一部视角独特的职场小说

卖点时代
MAIDIAN SHIDAI

蒋 松 ⊙ 著

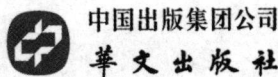
中国出版集团公司
华文出版社

图书在版编目（ＣＩＰ）数据

卖点时代 / 蒋松著. -- 北京：华文出版社，2018.6
　　ISBN 978-7-5075-4925-6

　　Ⅰ．①卖… Ⅱ．①蒋… Ⅲ．①长篇小说-中国-当代 Ⅳ．①I247.5

中国版本图书馆CIP数据核字（2018）第107544号

卖点时代

作　　者：	蒋　松
责任编辑：	谭　笑　黄彩霞
出版发行：	华文出版社
社　　址：	北京市西城区广外大街 305 号 8 区 2 号楼
邮政编码：	100055
网　　址：	http://www.hwcbs.com.cn
投稿信箱：	784263235@qq.com
电　　话：	总 编 室 010-58336239　发 行 部 010-58336267/58336230
	责任编辑 010-58336237
经　　销：	新华书店
印　　刷：	三河市东方印刷有限公司
开　　本：	710×1000　1/16
印　　张：	18.5
字　　数：	260 千字
版　　次：	2018 年 7 月第 1 版
印　　次：	2018 年 7 月第 1 次印刷
标准书号：	ISBN 978-7-5075-4925-6
定　　价：	55.00 元

版权所有　侵权必究

目 录

楔　子…………………………………………………1
第 一 章　晦明的总编办……………………………3
第 二 章　见面会……………………………………11
第 三 章　酒桌上……………………………………16
第 四 章　幕后故事…………………………………21
第 五 章　改版研讨…………………………………27
第 六 章　陪上司散步………………………………39
第 七 章　班子人选…………………………………44
第 八 章　天下第一…………………………………51
第 九 章　变脸与查岗………………………………55
第 十 章　灯光的关怀………………………………60
第十一章　柳总的女友们……………………………65
第十二章　奖惩制度…………………………………69
第十三章　罚错………………………………………75
第十四章　首刊编稿…………………………………78
第十五章　值日私规…………………………………82
第十六章　百年文化名人……………………………86

第十七章　天下第一情刊……………………92

第十八章　周末放松的代价…………………96

第十九章　大喜临门…………………………103

第二十章　一字千金…………………………107

第二十一章　一场聊天………………………111

第二十二章　试用期工资……………………115

第二十三章　两个夫人的闹…………………118

第二十四章　街头发行………………………124

第二十五章　一箭双雕………………………130

第二十六章　语不惊人死不休………………133

第二十七章　差错认定………………………137

第二十八章　婚姻危机………………………143

第二十九章　劳动合同………………………145

第 三十 章　新员工住院……………………151

第三十一章　军事娱乐………………………156

第三十二章　女友资源………………………162

第三十三章　女硕士辞职……………………167

第三十四章　作家关系户……………………171

第三十五章　炒作的困局……………………175

第三十六章　急商对策………………………179

第三十七章　古玩……………………………184

第三十八章　制度与午餐……………………187

第三十九章　柳总出差………………………192

第四十章　莫言获奖的另类解读……………194

第四十一章　可乐版升级……………………198

第四十二章　市长调研………………………206

第四十三章　编外员工………………………212

第四十四章　处分通告………………………216

第四十五章　发行摊派………………………221

第四十六章 年尾攻关 ……………………………… 225
第四十七章 乔迁之喜 ……………………………… 227
第四十八章 年终总结会 …………………………… 232
第四十九章 摘稿示范 ……………………………… 237
第 五 十 章 股东造反 ……………………………… 242
第五十一章 过招 …………………………………… 245
第五十二章 文学隐情 ……………………………… 252
第五十三章 大胆用稿 ……………………………… 255
第五十四章 周年庆 ………………………………… 259
第五十五章 驱赶员工 ……………………………… 265
第五十六章 分道扬镳 ……………………………… 269
第五十七章 补偿之争 ……………………………… 274
第五十八章 意外事变 ……………………………… 278
第五十九章 证据造假 ……………………………… 282
第 六 十 章 最后赢家 ……………………………… 286

楔　子

虽说跳槽是从一个已知世界跳向另一个未知世界，但未知世界似乎并不那么可怕，反而可以寄托新的希望，充满着诱惑。跳槽一经如愿，带给人的是兴奋与新职途的遐想。现在，宋奕平已步入江边时报集团的院落内，眼前三十几层的报业大厦像一束卷起倒立着的喇叭形报纸，矗立于清江之畔，也算得上江边市一处醒目的文化地标。他没有急着上楼，而是在院子里稍作逗留，先熟悉熟悉周边环境，体会一下初来乍到的心情。他觉得人生际遇有着很大的偶然性，热切向往的事谋求不到，不去想了它却扑了个欢喜满怀。多少年前宋奕平就想混进这幢大楼，却未能如愿，眼下他便是赴江边时报集团旗下一家半月刊杂志的副总编之任而来。早春天色苍茫，雾霭飘着幸福的毛毛雨，仰望高耸的时报大楼，大楼尤其显得巍峨，颇像事业的高峰，又像一座强大的靠山。他出神地想：我新的职途生涯当真可以在这幢大楼内重新开始了吗？虽说《时报文汇》半月刊就像江边时报集团收养过来的一个孩子，却有堂堂国家级大刊的高阶身份，论级别比区区市报要高出好几个辈分呢！只是非党报媒体普遍面临市场化改革的生存压力，级别当不得饭吃，也只好俯就一家地方时报集团来承办了。不过呢，若把这块响当当的国家级的牌子端起来的话，也是可以唬唬人的。因此，宋奕平乐意放下现在《生活风尚》杂志主编的位子，跳槽过来做这个半月刊的副总编。

宋奕平对这次跳槽是郑重其事的，俨然寄托着自己后半辈子的期望。

他早年是文学青年出道，后来进了媒体界。早些年社会纪实类刊物风行一时，他受聘编了几年大众化刊物，为赚稿费努力淘明星写传记、写社会纪实与故事类稿子，却又像眷恋着初恋情人似的，同高雅文学始终保持一点藕断丝连，不时写点小说散文诗歌等。可是无端的，俗文化做得不起劲了，厌倦了，觉得大好人生不能这样消磨下去了，希望找到更好的平台去做更有品格的文化，在更好的人文环境中扭转笔头搞出几本掂着有厚重感的纯文学作品，也算是告慰少年时代孜孜以求的作家梦。他深信像江边时报集团这样的老牌正规军，会有更深厚的文化积淀，是藏龙卧虎之地，而且蛟龙好像就要潜出水面了，乍现在了眼前。当下的期刊市场日趋萎缩，胡畅社长兼总编辑却是一介媒界牛人，长袖善舞、出手不凡，居然把《新学生》杂志做到发行40余万份，这是何等的本事啊！宋奕平眼前浮起新上司那一张鱼尾纹闪动的生动笑相，举手投足之间，展现中年得志的洒脱气度，他神情盎然，又带着几分江湖豪迈。宋奕平感觉那么一张亲切笑脸，就在21楼等着他。

  他抬脚迈向大厦的电梯间，坚信今天登上此楼，便是登上了新的人生高度、事业高度和文化高度。胡总全权承办《时报文汇》，放言要在三五年内办成超级大刊，发行量超过百万份！宋奕平念着这个办刊目标有些怦然心动、为之振奋，因为在纸质媒体因遭遇网络冲击出现整体滑坡的大气候下，不是谁都敢随便说出口来的。

  院内停放着不少新闻采访车，大厅有背着挎包的人进进出出，多半是忙碌的记者。电梯厅的墙面张贴着报纸期刊的宣传图片及集团公告，内部氛围扑面而来。毕竟是大型的媒体单位，不允许外来人士随便进入，几个门卫对访客的盘查与登记做得也煞有其事，不同于商务写字楼那样潦草做样子或形同虚设。宋奕平首日前来报到，自然没有办理出入证，他说明来由，掏出身份证按访客身份填写登记卡，经保安打电话核实后，才得以放行。

  他带着攀登高峰的浮想，跟在一窝人屁股后挤进了电梯，以后在这一幢楼里，又将开始怎样的职场前途呢？无端地，他又生出几分忐忑。

第一章　晦明的总编办

电梯速度很快，中途两次停留后，眨眼到了21楼，让宋奕平有种恍若一步登天的错觉。走出电梯，迎接他的是一条幽暗清凉的楼道，阒无人声，弧形长廊排列着一溜整齐的蓝色防盗门，门门紧闭像是阻挡着春寒。宋奕平本来早几天来社长室复试时，顺路到21层的编辑部看了一眼，眼下他却绕了两圈还没找到那扇门，恍然步入了一方首尾相接的阴阳八卦阵，迷失了方向。他不免纳闷，堂堂大牌杂志社，门口怎么连招牌也不挂一块呢？绕这两圈倒是发现不少商业公司的牌子。原以为物以类聚、人以群分，未料报业大厦内并不纯粹，文化与商业糅杂在一起。他不便去乱敲门询问，于是停下脚步仔细回忆初次登临的情景，恍然记得编辑部旁边是一家茶叶公司。他便寻到茶叶公司的牌子，才敲开了报到的那扇门。

胡畅社长的确已经在编辑部等候他了。第二回见面，双方已很熟络了，胡总对宋奕平以"一家人"的言辞热忱相迎，寒暄一番后，笑嘻嘻地把他引到一间灯光幽暗的房间，说是总编办，座位、电脑都已安排妥当。宋奕平的心顿时咚了一下，本能地停下步子，有要撤退的冲动。室内一个倜傥的半老帅哥已站起身来迎接，他先恭敬地喊了一声"胡总"，再对宋奕平咯咯地笑着说欢迎欢迎。宋奕平只好礼节性地向前一步与他握手问好。胡总对他介绍面前的半老帅哥，原是《新学生》杂志的执行总编柳总，之后又向柳总介绍了宋奕平。

室内灯光一如月华。宋奕平本来视力差，看柳总的面容有点蒙眬，大白天有恍然入梦的错觉。他心里凉了半截，一时回不过神来，听胡总说话的声音竟然也有些缥缈了："你同柳总共用一个办公室，时报大楼的房子眼下比较紧张，只好先将就将就吧！等今后《时报文汇》发展起来了，再考虑搬一处宽松的单独办公场地。你们两位老总合在一起办公，外头两个杂志社的编辑同志也都合在一起办公。"说完，胡总转身退出，宋奕平木木地跟随他回到了集体办公区。胡总冲他介绍说，纵的一排是《时报文汇》编辑部，靠窗口横的一排就是《新学生》编辑部。

宋奕平这时才注意到集体办公区纵横两处分隔的办公桌，把大堂挤得满满当当，一颗颗脑袋扎在电脑前，场景颇似座无虚席的列车厢。室外是早春凉冷，室内倒还暖意融融，只是氤氲着一股子潲湿的体味，有点混浊，让人有些憋闷。就这样的办公条件？就这样一个作坊吗？宋奕平心思烦乱，觉得是糊里糊涂被人带进了一处是非之地，惶惑得不知所措。

胡总的手机突然响了。他简单说了几句话，便挂断电话，回头嘱咐宋奕平说："我有事得外出了，你先熟悉熟悉情况吧，对刊物的改版定位做些思考，嘱咐每一个编辑都准备一份改版意见，到时集体讨论。"宋奕平胡乱地点头答应，下意识地送胡畅社长出门。胡总似乎也感激这个电话来得及时，因有点惭愧于对宋奕平的安置，巴不得有个借口急于逃离。

宋奕平旋身回到晦明的总编办里，免不得又发怵："胡总就把我扔进这老鼠洞里就完事了吗？这里就是我安身立命、憧憬未来的地方吗？"现状与预期实在相差太远，让人感觉意外了，他甚至怀疑这里是不是一个已拥有40万份发行量的大刊，今年还要打造出一份百万发行量新刊的地方。就像好梦尚未开始做，就仓促醒来似的。他觉得这样的总编办带有惩罚的味道，未免暗生沮丧。

柳总倒是习惯了这种环境，暧昧的光线又正迎合了他的心情，现在有人突然加进来，反而扰了他独静的环境，显得有点不悦。宋奕平也不想落座，又退出来站在了集体办公区，这里虽然人头攒动，但有玻璃幕墙的落地窗，整个厅堂还是通明透亮的。《时报文汇》新进的编辑们大多已先他来了，有些已经在面试时打过照面，今天走到一起，别有一番共叙缘分的欢喜。他同大家寒暄，聊得融洽，不想回总编办去，但他们的闲聊又影响旁边《新学生》编辑们的办公。闲聊片刻后，宋奕平又硬着头皮折回自己该待的空间去。

总编办是大开间一侧分隔出的三间小办公室的居中一间，靠走廊一侧的暗室是财务室，外侧是副社长办公室。总编办与副社长室间有一面毛玻璃隔墙，映着鱼肚白的光；天花板上的一根雪白的日光灯亮着，洒下人造的月光。门虽敞开与外边集体编辑部连通，室内空气却如死水……宋奕平依然在想：就在这样一间密室开始新的职业生涯？而且将漫长地待下去？眼下还好，是清冷的春天，但到了夏天，待在这一处闷罐子房间里又怎样消受？胡畅社长虽然许诺说，等《时报文汇》强势做起来了，再考虑换一处办公场所，但得到猴年马月啊？他毛毛乱乱地觉得自己被忽悠了。

刚从《生活风尚》杂志的主编室走出来，他便开始怀念那一方宽敞明亮的独立办公间，闹不懂自己这次郑重地跳槽，怎么就无头无脑地弃明投暗了呢？他的心情可谓一落千丈。总编办虽在21层，宋奕平却有跌入昏暗地下室的错觉。他开始懊恼，这次满怀希望、郑重其事的跳槽，却好像跳拐了，眼前境况实在不是他所期待的。他后悔不该这山想着那山高，一念之差落得个进退维谷。

在逼仄的空间内，宋奕平的办公桌与柳总的办公桌面对面拼在一起。对角塞着的铁皮文件立柜，占了很大的空间，给人一种无形的心理挤压，起身、就座的动作，都得小心点儿，生怕动作幅度稍大，就会碰及周边什么家什。他谨慎地坐下，主动跟柳总说话。灯光下的柳总身影有些模糊，眼睛却分外明亮，像一对远空的星星。宋奕平与柳总两人的呼吸好像都能喷到对方的脸上，他分明闻到了柳总的口气，有一种葱蒜味。宋奕平心里嘀咕，这番寒碜，哪像是一家兴旺发达的杂志社？

上班第一天，宋奕平倒是碰上四位女士先后造访柳总。她们带进的或淡或浓的香水味，增加了室内空气的稠度，刺激人的嗅觉，似乎有提神的功效。女人爽朗的笑声，也似乎令室内明亮了许多。宋奕平巴不得有客人来访——尤其是异性，觉得能有效调节这个男人世界的沉闷氛围，带来一些生气，宋奕平自然也跟随柳总快活一番。因此，每当访客离开时，他还忍不住像老相识似的要挽留人家，留不住了便不自觉地送上一语："今后常来走走啊。"惹得柳总转头眨眼睛看他，像是提防宋奕平对他的女性朋友们存有觊觎之心。

　　宋奕平发现隔壁副社长室的门常敞开，宽敞明亮，玻璃幕墙上窗洞的风呼呼地涌向室内，里面空荡荡地摆放一套办公桌椅、一个立柜和一张沙发，这些都归乔副社长一人独占。见乔副社长也一直不来，宋奕平不时就游弋到副社长室去透气，眺一眺外边风景，享受下明亮阳光，他喜欢打开一扇窗，尽情吹一吹灌进来的凉风，真是爽快得很。阳光和清风原本是最寻常之物，一经失去，他才意识到它们是多么的可贵。他不禁奢想：如果总编办与副社长办公室调换一下，那也会舒心许多！可是身边的天堂可以羡慕，却无法拥有。他努力说服自己要接受现实，毕竟初来乍到，并且柳总都处之安然，自己怎么好意思向胡总提过多要求？工作环境能克服的就努力克服，多往好的未来去想。

　　两三天待下来，宋奕平奇怪地发现柳总不太爱动，喜欢待在屋子里，老是神色黯淡，一副卑屈抑郁、戚戚不安的样子，日光灯下的身子拖着阴影，眼神也有些躲躲闪闪的，好像担心被人窥破了心事，时不时还魂不守舍似的失神发呆。他这番情绪倒是与空间的黯淡相契合，缺少的却是作为40万份发行量大刊的执行总编应有的精气神。宋奕平几次主动找他搭讪，他只是勉强搭理，没什么心思聊天。这样，总编办更添了一份压抑，让初来乍到的宋奕平有一种不可名状的困扰。

　　早晨一上班，胡总过来递给他一叠关于《时报文汇》的改版方案稿，要他分发给新来的编辑们征求意见。宋奕平依上司嘱托把方案发放了下去，自己也勉强进入工作状态。他本来视力不好，灯下看胡总的方案还得借助电脑屏幕的光线才看得清晰。方案的内容不免令他蹙起眉头发了蒙：怎么尽规划一些猎奇、搞笑、瞎扯、畸情刺激之类的内容？如此这般刊物怎么立起来？用通俗做卖点也罢，用下流低级来做卖点就……而且下半月版的栏目设置有明显的逻辑问题。他冲着大时报集团与国家级半月刊两大名头而来，想当然认为刊物改版会走文化品位的路子，最少不至于像手头的方案这般粗鄙和俗不可耐。此时，他联想到一条匍匐在地面、萎靡的藤……《时报文汇》若如此改版，岂不成了国家级笑话？如此缺乏精神钙质的内容，刊物还能走多远呢？话说他刚离开的《生活风尚》杂志，虽是生活化办刊，走的总归是正道，还保持着基本的品格。开创了大发行量学生刊物的胡畅社长，怎么会如此浮躁潦草？难道他就是这种道行？难道这就是他创百万发行量的顶层设计？

宋奕平觉得自己作为副主编，责无旁贷应当在改版研讨会上扭转刊物定位的乾坤。于是，他开始按照自己的设想，大刀阔斧撰写改版方案，试图把刊物引向富有精神品格和正能量的方向。

他在键盘上敲字，不知什么时候开始感觉头昏脑胀，揉了几次太阳穴，仍不见缓解。宋奕平开始意识到可能是缺氧，便忍不住询问对面的柳总，是不是也有头晕的感觉？柳总干笑了两声说："老鼠洞里本来就闷不透气，以前的空气归我一个人呼吸，现变成我们两个人呼吸了，能不缺氧吗？"

柳总一语又勾起宋奕平的懊恼来。他觉得这次跳槽，真是跳拐了，只好苦涩地摇头，深叹了一口气。

先入为主的柳总已渐渐消退对宋奕平的隔阂和生冷，眨眨眼审视着宋奕平说，他曾力主《时报文汇》应另租一处独立的办公场地，可胡畅社长拗着不同意；乔副社长呢，也赞同胡总的省钱之策。

宋奕平不解地问，《时报文汇》不是时报集团承办么，怎么还要另租办公室？再说楼道里还有不少房子出租给了外面的公司啊。

柳总淡然道，《新学生》与《时报文汇》都自负盈亏，办公场地都需计算租金的。

宋奕平才恍然明白：原来这是一个相对独立的社中社，如此不成体统的办公条件，原本是精打细算想省点房租。可这钱省得也太不对路了。

柳总嘲笑一声，意味深长地悄声道："你莫看胡畅社长平时笑脸迎人，其实是只典型的笑面虎！是一个能省则尽力省、能捞则尽力捞的人。"

宋奕平暗诧于柳总如此评说胡总。他在心里猜度，柳总是不是因为这个不见天日的办公室而对胡总心存芥蒂呢，又觉得事情并不那么简单。他顿时敏锐察觉到柳总平时的郁结形神应该事出有因，肚里填满的怨恨晦气，像胀起的皮球寻找口子发泄。那么他的话有多少可信呢？宋奕平不能不生出几分警惕，抿了抿嘴便不再吱声，但脑际又浮现出胡总那张充满魅力的笑相：遇上谁都热情，和谁说话都很有兴致，笑起来眼角鱼尾纹频繁地摆动……这爽朗中透出大气的笑相是面具吗？江边市某酒店的中年门童，一副职业化的殷勤笑靥，像一朵常开不败的花，报纸曾报道说，他的笑脸就是对着镜子苦练数年而成。

宋奕平隐隐察出杂志社的静水流深，不同寻常的波纹下暗藏有旋涡。他期盼新的单位人际关系单纯，能够放下包袱轻松做事，看来这个心愿也一脚踏空了。怎么办呢？只能缄口为高。他又埋头在电脑前，继续写着他的方案。柳总知趣地沉默了起来。

两个人的呼吸果真令总编办的空气稠浊了起来，宋奕平仍没有适应这种缺氧环境，整天感觉脑袋晕乎乎的。好在几天后，两人多了些言语交流。偶尔，他们还一起去副社长室享受阳光和清风，临窗眺远。整个城市被笼罩在灰白的烟尘之中，高低起伏的一畴城市屋顶绵延铺开而去，像无垠的荒漠。那些纵横交错的大街小巷成了原野上的道道沟槽。原野上或露出一抹绿色，把灰沉的屋顶底色渲染得更显荒芜。好在有稀疏的高楼春笋般挺立，带给人几分精神振奋的审美观感。从窗口可以清楚瞅见报社大门前的街景一角，车水马龙。透过雾霾还可望见清江的一段。时下正是枯水时节，清江裸露着暗色的河床，江心透出一线枯水的惨白亮光。

宋奕平对城市的模样有些失望，喃喃地道："从这里看江边市，怎么这般沧桑，并无美感啊！"

柳总咯咯发笑，意味深长地道："境随心转，看来宋总初来乍到，心情也不是十分愉悦啊。"

宋奕平无语，苦涩地冲柳总笑了笑。

柳总又透露说："乔副社长是挂职，不坐常班，主要是监管杂志社的财务，有事才过来一下。"

宋奕平便说："乔副社长不坐班，却占据一处大好的房间。而我俩挤在狭小的幽室里，不合常情啊。"

柳总说："这是胡总讨好乔副社长，处心积虑安排的。"

相聊中，柳总对乔副社长不反感，还赞他是个有正义感、可以挟制胡总的人。

说曹操，曹操到。下午，乔副社长来到了杂志社，喊柳总去房间唧唧咕咕密谈了好一阵，像在商量一件重大事项。柳总出来后，心情突然纾解开来，对宋奕平有说有笑。

乔副社长在隔壁没坐多久便离开了。柳总把头凑了过来，用喉音撺掇宋奕平说："宋总，你到25楼找胡总说说啊，要求把总编办与副社长办公室调换一下……"灯光下的柳总表情有些暧昧，眼珠子分外地明亮。宋奕平含糊应答道："是啊，按理说，总编办应当换过去！柳总，你蜗居在这有一段时间了吧，怎么没向胡总提呢？"柳总道："我啊，一个办学生刊物的老总，人微言轻；你堂堂国家级成人刊物的副总，说话比我更有分量。"宋奕平回答："柳总您这是在抬举我还是挖苦我呢，正好要倒过来说——我还在试用期，您才是资深元老呢！"柳总语焉未尽，又不好再说什么，退回座位开始工作。他在勘校新一期的《新学生》样稿，频频翻动得纸页清脆作响，看上去他读稿的速度很快。一大堆子一会儿就看完了，他也懒得起身，伸着脖子朝门外喊："肖主编，肖主编过来取稿子。"一个女孩应声而至，闷声不吭地取走了批复的稿子，似乎也不愿在这暗室久待一分钟。

柳总似乎在暗室闷惯了，不太喜欢多挪动。闲的时候，他就不断地往外打电话，或接来电，听交谈的口气，联络的都是一些女性朋友。他上网也是一副痴迷神态，键盘敲得啪啪作响，冷不防还发出咪咪笑声。宋奕平有时忍不住问一句："柳总，在笑什么呀。"柳总方才像梦醒一般抬起头，满脸情迷地说："我正在跟一个朋友聊QQ，很开心的。"

宋奕平"哦"了一声，也晓得他在网上逗女友玩，兀自一笑便也不再打扰。

宋奕平写好了杂志的改版方案，几乎是对胡总方案推倒重来。他打算在改版讨论会上据理力争，呼吁刊物要走富有文化品格的办刊路线。当然，他知道改版研讨会是每个人首次展示才华的机会，也不便先看下属们写的东西，自然也无法知晓下属各自的想法。他想到胡总要求杂志从第七期改版，务必提早一个月上市。那么，改版首刊的编辑时间就显得很紧张了。

第二章 见面会

新老职员见面会，借用时报集团8楼的大会议室举行。大通间会议室宽敞明亮，摆设气派。社长兼两刊总编的胡畅以当家人的姿态坐在大椭圆桌的正中座位，一脸大气自信的笑容，亲切而威严。会议尚未开始，新员工大多已早早坐下，表情怯怯又夹带着兴奋和陌生感，期待早日融入新的集体。倒是老员工们仍在不急不慢地步进会场。

伴着柔和的会前序曲，胡总以当家人的神态和左右几人一边吞云吐雾，一边聊着社会热点。前不久，在清江滩头上发生淘挖古钱币的群殴事件。一伙在清江沙滩上淘古钱的人，为哄抢谁先挖出来、谁先发现，又被谁先抢到手的两枚铜币，十几个人发生互殴，造成多人重伤。公安部门正在追查主要责任人，沙滩挖古钱币的行为也被政府严厉禁止。但他们并未多谈群殴事件，兴致聚焦在沙滩上淘到元、明、清代的古钱的话题。一位被称作夏总的中年男露出满口烟熏黄牙打趣说："我们干脆不搞杂志了，花钱请一批人到河滩挖古钱去。"坐他右边的人打趣他："刚才都说政府禁止淘了，你还要请一批人淘去。"

胡总眼角鱼尾摆动几下，插嘴说："依我看哩，我们把这家半月刊搞起来，淘文化产业的钱更靠谱。当年搞《新学生》杂志还正遇上全国教育系统整顿教辅类乱摊派现象呢，我们《新学生》杂志迎难而上，不照样发行到40万份？这还局限于学生刊物的性质，而《时报文汇》是面向社会成人读者的大刊，我们完全可以放开手脚去做，把天下新鲜有趣的事都汇集起来,编出一本极富可读性的杂志,你说市场会有多大啊?可以说,眼界有多大,市场就会有多大。"胡总踌躇满志地说:"要干就干大事,图眼前小利去沙滩挖钱币,能挖出多少身价来?"

夏总立马怔住了,脸现赧色,称去淘宝只是开个玩笑,办杂志肯定才是正道。

胡总吸了一口烟,表扬夏总说:"你这想法就对头了。"停了片刻又加一句,"我胡某办刊就敢迎难而上,我欣赏的是敢于攀登珠峰的英雄壮举!"

其他人也止住了闲谈,目光聚集在胡总身上,脸上泛起希望的阳光来。

宋奕平疑惑地观场,如堕五里云雾中。他们都是杂志社的高管吗?为何满嘴只有生意和钱?市井商侩气十足,压根不像文化人。这一排高管中也有发行部沈总监。他始终面带和善的笑,谦卑得有点像夹在凤凰里的公鸡,显露几分自惭形秽。他额头光滑外凸,笑的样子很像老画里那慈眉善目、手托寿桃的寿星。只是他既不拄拐杖,也不托寿桃,而是喜欢两手插在裤兜里,憨笑迎人。宋奕平总觉得这帮高管更像商人,而胡总夹在他们之间既像文化人,又不像文化人。他身着名牌,手戴欧米茄表,嘴里抽名烟,物质气息更多遮盖了身上的文人气。

胡总突然对左右两边人介绍宋奕平。宋奕平连忙起身,陪着谦卑讨好的笑脸对一溜领导们点头致意,准备同他们搭讪。可领导们一个个大模大样无动于衷,有的只是斜了他一眼,偶尔有对他点一下头的,另有两人只顾热络地私聊。宋奕平感觉热脸贴着冷屁股,有些落寞,才掂量出自己作为打工副总编有几多分量。他复坐下,也猜不出这帮傲人到底什么来头,但不像江边时报集团码文字的,更不像北京来的领导,倒是很像一群暴发户。

高层的谈笑之间,围绕大椭圆会议桌已满满当当坐下了两排黑压压的人。办公室林主任正领着《新学生》杂志的一个女孩,用一次性杯子给大家送上茶水。胡总把茶稍稍一推,对沏茶的女孩说:"帮我去办公室取一瓶可乐来。"女孩歉然一笑,答应着踮脚离去。

大家啜着茶水。胡总随手拧开可乐瓶盖，特立独行地咕咚咕咚喝饮料，虽还是寒冷的早春，响声还是吊人胃口的。乔副社长不时瞥他一眼，嘴角挂起一抹斜斜的笑。胡总的烟也抽得厉害，嘴里还不停地嚼着槟榔，整个会场数他忙得不亦乐乎，表现出一种江湖老大的做派。

胡总扫眼全场后庄严地开腔问，都到齐了？那会议开始吧。请乔副社长主持。

乔副社长讲了一番欢迎新职员加盟的话，请每位员工依次做自我介绍，以便大家相互认识。《新学生》杂志师兄师姐率先而行，从会议桌端头按逆时针顺序站起来亮相，做自我介绍。

第一位自我介绍的女孩声音细细地说："我叫肖玲，是《新学生》小学版的主编，真诚欢迎《时报文汇》的大哥大姐们，希望今后相互关心和帮助……"挨个轮下来，说的都是一些套话。轮到《新学生》编辑部的唐主任。唐主任年近五十，是在座名副其实的大哥，说话时也以资深元老、编务权威自居，踌躇满志地称自己任职编辑部主任多年，历经了杂志社的创业艰难，也见证了杂志一年一个台阶的快速发展。正因为《新学生》杂志的快速稳健发展，才有幸迎来了兄弟杂志《时报文汇》，今后希望两本杂志携手并肩、共创新辉煌。宋奕平感觉唐主任分明在自夸自擂，言辞故作谦让，却对新刊的新班子抛出了挑战书。这无端挑起了宋奕平不甘马尾的斗志。

《时报文汇》杂志虽然也有两位小青年，但平均年龄比《新学生》的编辑们明显要大几岁，大多是经过了社会历练的人，自我介绍也是声宏气足，颇有后来居上的气势，无形中让宋奕平备感振奋。轮到宋奕平自我介绍时，他蓄意回应唐主任的挑战说："……我们《时报文汇》的全体新员工诚请《新学生》杂志的师哥师姐们不吝赐教；相信有师兄师姐们率先垂范，一定会激励我们更加奋发图强，争取早日让《时报文汇》与《新学生》比翼齐飞！"

胡总听着欢喜，微微仰脸，眨眨眼，鱼尾又使劲闪动起来。他随手拿起可乐瓶猛灌一口，一副爽快的样子，连连叫了两声好，称宋奕平的讲话有志气，令人振奋！两家刊物就要像两兄弟，既要相互扶持，又要你追我赶，今后看谁把刊物办得更好、更出色！《新学生》有小学、初中、高中三版，《时报文汇》每月有两期，合起来要形成五马奔腾的大气象！

胡总的插话结束，乔副社长示意由编委做自我介绍，最后再请胡总做指示。这时宋奕平才明白：坐胡总左右两边的神秘人物，原来都是《时报文汇》杂志社的编委。可自己怎么就看走眼了呢？首先是被称作夏总的领导发言，他脖子上套着一条粗大的金项链，仰起脸咧着一口突牙道："不瞒大家说，我是大字不识几个的人，办企业赚钱还勉强行，编杂志这玩意儿就是白眼瞎了。我作为投资人就希望你们这个新班子能办好杂志，早赚钱早盈利，这样才你好我好大家好！"会场发出一阵哄笑。接下来是领导席位的其他几位做自我介绍，自报姓名后皆称自己是编委，出口爽快得不带一点文化气，大致都是希望《时报文汇》改版后，能办成一个叫得响、有大发行量的刊物。

宋奕平开了眼界。这一批编委们到底是哪路神仙？自称大字不识几个，却能做上堂堂国家级刊物的编委？

会上，编委们显得自大又自在，一个个吞云吐雾，不时相互递烟、点火，烟雾在空中交织，弥漫着呛人的气味，个别女士已被熏得掩口轻咳。大家自我介绍后，发言都是市场化、发行量、赚钱效应……商业气息涌动，让人感觉这不是文化圈开会，而是一个纯商业沙龙。宋奕平感觉这次新老员工见面会，更像一场谋划新商品上市的动员大会、宣誓大会。古人云，君子不言利，而眼前的文化君子们却坦率得只言利、不言义。宋奕平隐隐感觉这本杂志的趋利动机有些过头，今后的编务工作可能不好运作。

乔副社长的自我介绍多了些文雅气，却也没有抛开盈利的主题。

最后，社长兼总编胡畅做总结讲话。他保持着几分江湖老大坐镇场面的神态开腔说："今天是一个新的起点。新老员工的见面会，大家介绍自己，也表达了今后工作的决心和信心，很好嘛！我听了很欣慰，非常痛快！什么是市场经济？市场经济就是要务实赚钱的经济，就是要力争让文化变成生产力、变成钱，这就是我们承办《时报文汇》的基本出发点和落脚点。我们要胸怀百万大刊的大志，百万发行量就是我们要勇于攀登的珠峰。"

听到现在，宋奕平突然觉得《时报文汇》就像一匹租过来拉车的驴子，唯一的目的和使命就是让它赚钱。

胡总说着，操起可乐瓶晃了晃，瓶里快见底的棕色液体欢快地激荡："你们也许注意到了我喜欢喝可乐，我不是简单地喝可乐，而是想借物言志。大家想到没有，现在的饮料市场有多大啊？全国一天能卖出多少瓶可乐？如果我们的杂志能够达到可乐的销量，哪怕是三分之一、十分之一的销量，同志们，那将是怎样的一个市场啊！我希望，我们能把《时报文汇》办成这样的饮料式杂志，这就是我思考刊物定位的初衷。"

新上司的讲话，让宋奕平明白了他喝可乐的深意所在。编委们听得眼放亮光。尤其发行部沈总仍旧笑得灿烂，神态有点陶醉，仿佛早就看见了杂志未来的盛况。

胡总脸上浮着一股豪气再道："我希望《时报文汇》运作起来后，很快能跟上《新学生》杂志，发行到四五十万份，然后两刊齐头并进向百万大刊迈进！"他手一挥，在空中停顿片刻后才放下，很显一种挥斥方遒的气度，且气势夺人、信心满怀。

胡总再提百万份发行量的目标时，宋奕平也开始跟着心潮起伏，产生了干文化大事业的雄心，也感受到整个会场充斥着亢奋的气氛。

胡总左手弹弹烟灰，烟头的火光像他思维的闪烁。大家没料到，他忽然话锋一转，说起了此次招聘的事："这一次广揽人才，通过《江边时报》两次大篇幅刊载纳贤广告，总共收到近千份应聘材料，经层层筛选确定了近百名面试名单，最终选录了在座的十余位新进人员。可以说，《时报文汇》的新员工都是百里挑一挑出来的，你们都是英才！"胡总把烟头掐灭在烟灰缸里，用目光扫了扫两边的幕僚们说："这次的人才录用，我没有照顾一个私人关系，包括亲友、集团内部的关系我都顶了回去！为什么？因为我志在揽到真英才，办出一本让市场刮目相看的杂志！"

宋奕平不免觉得此番表白有些唐突，但也触动人心。一个单位的当家人能够抛开关系与亲情，做到用人唯贤，实在难能可贵！胡总应该是一个能干大事的人。

第三章　酒桌上

会后，全体职工在时报酒店的餐厅聚餐，庆贺新刊启动，并为入职新员工接风。酒桌是会议的延伸，这是一大社会生态。杂志社的高层成员围成一桌，坐在包厢里，员工则坐在大厅的席位。

酒桌上的攀谈富有生活化，但胡总的讲话还是在给编委们打气树信心。言及当下期刊市场受网络冲击不景气，他说做刊物就像放风筝，要逆风奔跑才能把风筝放上天空去，放得更高更远，你们想想看，我们达到百万发行量，将会是何等的事业成就。宋奕平听这个比喻倒是非常钦佩胡总的事业豪情，用笑声表示了赞许。夏编委打趣道："我不管你是逆风还是顺风，只要把风筝放上天去了就行！赚钱越多，我们股东分红越多，我就佩服你是办刊高手。"

宋奕平才听出这伙编委大概都是杂志社的股东，不禁迷惑了起来：刊物不是江边时报集团承办么，怎么又蹦出了这伙股东呢？

酒菜摆上来了，喝的是精品五粮液。服务员给大家倒酒，胡总很有兴致地说，中午就陪大家好好喝一杯。乔副社长瞅了两眼精品五粮液，流露出一丝不悦，表示坚决不喝酒，只喝茶。胡总嘱咐服务员拿来一瓶椰奶。

趁边吃边聊中，宋奕平忍不住向胡总询问在座编委们的另外身份。胡总用恭维加夸张的口吻回答，在座的编委，也是杂志社的股东，都是了不得的企业家、大老板。有承包工程的、做电缆生意的、经营建材生意的，发各种行业的财。其中乔副社长是最大股东，名下的产业也最多，开发小水电、挖矿、开拍卖行以及投资杂志，追求多元发展。然后他打趣发行总监沈总，称他是彩票资本家。沈总只是龇着牙呵呵地笑。这时，一直郁郁寡欢的柳总忽然发言说，乔副社长是十足的儒商，从报社下海经商的。在座的编委也都是儒商。

乔副社长暧昧一笑道："我不儒了，现在只是个纯商人。"

宋奕平马上奉迎说，乔副社长和在座的各位编委，有心投资杂志，做的是文化产业，都是地地道道的儒商。胡总夸他说得有理。酒过三巡之后，大家闲谈的话题又不知不觉扯到清江河滩惊现古钱币的稀罕事上。

江边市的母亲河清江，在历代文人心目中是一条超越自然属性的文化河。传说远古舜帝巡视江南，舟过清江留过赞美；大禹治水在此创立了开山浚流、救民于水火的千古功勋。自此，伟大诗人屈原曾在清江之畔吟唱诗篇；杜甫、白居易、辛弃疾、王夫之等无数文人墨客皆曾泛舟江面或流连于风景如画的岸边，吟出车载斗量的精彩诗文。位处清江岸边的千年学府清江书院，更是名扬天下，自古大儒荟萃，英才辈出。近代曾国藩、谭嗣同、梁启超、蔡锷、黄兴等风云人物，都曾是清江书院的学子；毛泽东、刘少奇等革命先驱，早年也与清江有过不解之缘。因此，清江一直是江边市民心目中的文化意象和历史骄傲，江面碧波荡漾，江水浩浩荡荡，它其实就是一条文化的长河。可惜，近年来沿江两岸大搞经济建设，植被破坏严重，加之泥石流和工业污染，清江清纯不再，芳容受损。到了枯水时节，清江裸露出乱石峥嵘、千疮百孔的河床，这都是近年来挖沙淘古币留下的累累伤痕……现在的清江似乎已越来越远离文化审美，变得丑陋不堪。前不久发生的淘抢古钱币事件，又让文化清江再次蒙羞……

关于清江沙滩古币的来由传言不一。胡总不愧是文化人，讲出来几则典故：古代运输主要靠江河，江边市这一带很早就是繁荣码头，商贾汇聚，银票集散，商业文明发达。据说明清时发生过几次运输钱币的船只翻覆事故，大量钱币因江水冲荡而埋藏于沙石之中。又有人说，太平天国时期因发生兵匪抢劫富商事件，不少富人就恨气地把钱币抛到了江中。

还有说法，"文革"时期抄家，也迫使一些商人地主往江中抛钱消灾。

编委夏总听得发愣，然后回过神说，这些把钱抛入江水的商人也真是傻蛋，就不懂得挖一处地窖把钱埋藏起来，日后告诉家人藏宝的地点啊！

宋奕平听后忍俊不禁，心里想胡总怎么会与这帮子商人混到一起办杂志？看来市场经济条件下，朋友圈的界限真是模糊了。

夏总放下酒杯，突然关照起宋奕平来，问："你，姓什么来着？"柳总抢着介绍："姓宋，《时报文汇》新进的宋副总编。"宋奕平连连点头示好。

夏总用一副严峻的语气道："宋总，你刚才说要我们做什么文化贡献？我们投资《时报文汇》项目，是为赚钱来的！恕我直言，你今后千万别把刊物当成公家的办啊。"宋奕平顿时脸讪，有些尴尬。胡总插嘴打圆场说："宋总说作贡献也是没错的，杂志走通了市场，也就繁荣了社会主义文化事业嘛。"却又转而对宋奕平强调道："夏总说得也没错，我们今后编刊物一定得改变书生气，要以读者喜闻乐见为目标，《时报文汇》虽然是国家级刊物，但我们接过来是纯粹走市场路线的……"

夏总来了酒兴，拍了一把胡总的右手背说："我最欣赏你在会上说的那些话——把杂志办成像饮料一样畅销的消费品，就真叫成功了！"

宋奕平听得五味杂陈，虽还没进入编刊角色，却已感到沉重压力。胡总办杂志的情结虽然很深，但目的落在赚钱上。倘若《时报文汇》不能如编委们所愿赚到大钱，那该如何是好？他记起曾读过的一篇文章，国外商界人士出资创办文化刊物是当作公益事业，只要求把刊物办出特色、钱花得透明，从不会追求投资回报。国家也正在推动媒体改革，如果眼前的这些投资者能有国外商人的那番胸襟与格局，该有多好。

胡总拉乔副社长、柳总与宋奕平四个人一起去大厅的三桌职工席去敬酒，勉励大家齐心协力，共谱事业新篇章。

敬一圈酒回来，乔副社长忽起心事，用忧心忡忡的口吻喃喃自语说，现代人要不就上网，不上网的就打牌，不知还有多少人爱读杂志？看上去，乔副社长对这一笔投资很是放心不下。宋奕平在心里嘀咕，既然怕钱打水漂，干吗还要做这笔投资？

五粮液喝到第三瓶还剩大半，大多数人有些酒意阑珊，倒是胡总与沈总兴致不减，看上去酒量也旗鼓相当。酒精让两人成了平起平坐的哥俩好。胡畅社长主动要与沈总比酒，而沈总因酒量自信，也不再畏惧眼前的上司了，抄起酒瓶把胡总的酒盅斟满，又给自己添上，相互说一些纠缠不清的酒话后，端起杯来欢快相碰，便一饮而尽。放下杯子，两人又开始争执搞猜拳罚酒，各自把座椅挪退一步，拉开划拳喊口令：

　　花儿颤呀，蝶儿舞呀，蜂儿醉呀……

双方唾沫四溅，热火朝天。两回合较量下来，都是沈总得胜，罚得胡总连喝了两盅。胡总好像是海量，酒醉心里明。与沈总做着游戏，还能照应各方聊天。宋奕平留意到胡总确实是社交场上的高手，很能摸准每个人的性情，擅长驾驭各种场面，而且有底气靠办杂志来赚大钱，的确是个有本事的人。只是，好像缺少那么一点气质。

谈驾驭就意味着有心机，不过宋奕平想起柳总称胡总是笑面虎的话，也察出了胡总对柳总不太搭理。胡总一口酒下肚，忽地记起什么大事似的向大伙"哎"了一声："各位股东在场，换车事关杂志社的面子形象，同时也是生产力呀，大家是不是现在拍个板啊？"编委们闻言，你瞅一眼我，我看一眼你，都收敛起谈笑不再出声。还是乔副社长机灵应变，他讪笑一声道："这个生产力的问题，我们开专题会再具体讨论吧。今天呢，股东也没到齐。"

胡总轻轻一笑，带点霸蛮地说："我呢，爽快人说爽快话。车呢，铁定是要换的！这是一件发展大事……"

柳总笑嘻嘻地岔开话头道："大家都说说，现在网络发展那么快，纸质媒体到底还有多大的生命力？"乔副社长说，他也在想这个问题。胡总不便再谈买车，接口说："纸质媒体是不可能消亡的，西方国家的信息化早发达那么多年，纸媒不也办得很火吗？"宋奕平赞同胡总的观点，称网络阅读、报纸阅读、杂志阅读带给人的体验是不同的，纸媒不可能被网络完全取代。

胡总眼角的鱼尾纹摆动，向大家举杯邀酒，便把酒桌上的利益话题打断了。他放下酒杯后忽然调侃沈总，问："近期博彩的手气如何啊？中彩数字的推演曲线，一步步往500万大奖逼近了？"

沈总端着酒杯，憨憨地咧嘴笑。

宋奕平好奇地问："沈总还研究博彩学问哩？不简单。"其他股东也看着沈总，满脸的钦佩。

胡总用夸张的语气说："目前还看不出沈总是博彩高手，只能称博彩老手！已有了五年多的博龄了吧？最高中过100元，20元是常有的事。"大家都哈哈地乐。沈总附和着僵硬地笑了几声。

宋奕平凑兴地问："沈总研究中奖数字的规律，这可是高难的偏门学问，有什么心得呢？给大家分享分享嘛。"

沈总独自抿一口酒，慢悠悠地放下杯，不隐讳地说："大收获呢谈不上，小心得吧，还是有的。近来我描绘出体育彩票历次中奖号码的曲线，感觉还是有迹可循的。谁敢说我不会冷不丁地行好运呢？前不久大师给我算了一卦，卦里也不少钱路的。"

酒桌上再次愉快地哄笑，宋奕平差点喷饭。

胡总拍拍沈总的肩膀道："沈总，我要祝福你花小钱行大运。但我更要劝你把心力放到抓刊物发行上来，这才是稳稳当当的发财正道。"

乔副社长以下午还要上班为由，不准胡总和沈总再拼酒了，大家陆续离席。胡总显得醉意蒙眬，喷着酒气、晃着身子送走了几位编委，回头对宋奕平说："我得回家睡一觉才行，下午的讨论会，改明天吧。"

第四章 幕后故事

　　几天待下来，宋奕平似乎渐渐适应了总编办的缺氧环境了，不过耳闻目睹的许多事情，令他积起了许多新的疑惑。《时报文汇》分明是以江边时报集团子媒的名义招贤纳士，这群乱七八糟的商业合伙人又是怎么回事？胡总和这伙编委们对《时报文汇》寄予发财梦，杂志的路子该怎么走？时下的期刊市场普遍处于走下坡路的状态，以前风行一时的纪实类杂志，除少数几家名刊能勉强维持既有的发行量，绝大多数萎缩得很快。以前的纪实类稿子的稿酬至少有200元/千字，发行量稍大的刊物，动辄千字千元，而现在能立足市场的通俗杂志一般以千字百元支付了，还有不少刊物已停止支付稿费。这还是适读面广的通俗类刊物，像文学类刊物，生存状况更是堪忧。胡总要《时报文汇》逆势而上，打造百万销量大刊，绝招在哪里？又有几分胜算？他想借闲谈的方式向柳总请教。柳总却先对宋奕平问话："宋总，您今天参加杂志社的首次大会、首次聚餐，有什么发现，有什么感想啊？"

　　宋奕平一时回不过神来，稍有迟疑后才打起哈哈说："同大家见面相识，很好啊！我这人很愚钝的，真还没什么大发现、大感触啊……觉得胡总是个能力不一般的人！"

　　柳总似笑非笑的，扯起嗓子对着隔壁财务室喊了两声："陈会计，陈会计。"隔壁没有回应。柳总又起身走过去敲了两下与财务室的分隔玻璃墙，里面还是没有应答。那样子好像有天大的秘密要透露出来。他就走近宋奕平，揶揄地说："宋总眼力不错，他胡畅是能力不差！很有本事吃股东们的豆腐。他创业办刊物能空手套白狼，一分钱没有投进来，还强行要换豪车……杂志社朝纲不举啊！"

宋奕平顿了一下："是吗？"

柳总嘴角一撇又说："你别看胡总表面豪爽，那全都是装出来的！"

正说着，财务室传过来钥匙开门的声响，柳总的话戛然而止。宋奕平有些想笑，觉得柳总像一只惊鼠。不多久，隔壁又响起关灯锁门的动静，柳总的神态又释然起来。

柳总眼珠转动着，满腹酸水想一吐为快。他再次朝宋奕平俯过身来，压着嗓子用气声说："胡畅他还好意思在会上当众称任人唯贤，你晓得吗？《时报文汇》副总编这个位子，他当时就想照顾关系的，是乔副社长看了你的简历之后，坚持要选用你。"这话的确让宋奕平的心咚地一跳，却也不知这内情是真是假，便故作风轻云淡一笑置之："是吗？不过我倒不在乎这个位子，现在还后悔跳槽跳进坑里了，巴不得当初胡总不录用我的好。"宋奕平听得不畅快，又认为柳总所言是真是假也无从考证，倒有点拉拢自己的嫌疑。

柳总缩回身子坐下来，似乎有些不满意宋奕平淡漠的反应。这时隔壁财务室灯光关闭，随后有锁门的动静。柳总瞟一眼财务室后，神态又放松下来。宋奕平忽而感觉柳总神态有点阴暗，的确像一只伺机而动的老鼠，是不是在这老鼠洞一般的屋子里待久了的原因？

宋奕平好一会儿不吱声，然后顾及柳总的情绪，主动打破沉默，向柳总问起两家杂志的来龙去脉。

柳总告诉说，杂志是时报集团出面搞过来的，不过是由胡总承包，再忽悠大家投资的。胡总的高明在于空手套白狼，把杂志社变成他的一亩三分地。今天开会一起吃饭的几个股东老板，都是胡总忽悠过来的。柳总忽闪着眼睛接着说，杂志每年向集团缴纳5万元的承包费、向中国时报协会交30万元的管理费。

宋奕平"哦"了一声，算是了解了《时报文汇》的大致背景。时下中央透出媒体改革的风声，未料像江边时报集团早在几年前就打擦边球先行先试了。

　　柳总进一步揭秘胡总空手套白狼的事。几个股东加编委，都是胡畅做《江边时报》广告部主任时相识的客户；胡总后来不想帮《江边时报》做广告了，决定自己当老板，就忽悠这一批朋友出钱办《新学生》杂志，他占干股，没投一分钱，占股百分之二十。所以说他是能人，杂志办好了呢，他白赚无本生意钱；杂志若是亏了呢，摔死的也是别人的孩子。

　　宋奕平慨叹胡总真有一套，又不解地问，占干股，股东们怎么都会同意呢？

　　没办法啊，他是时报集团的在编人员，两家刊物只能以他的名义承包，说是他的独有资源。说来《新学生》这三年从学生身上赚了点钱，他胡总大块吃肉，股东跟着他喝点汤。眼下他又弄来了《时报文汇》，硬逼大家拿红利再办新刊物。大家敌不过他的软磨硬泡，也就依了。但柳总坚决不入股，所以他现在恨死柳总了，老早就起心想报复柳总。倾诉时，柳总流露出压抑已久的怅恨。不怪乎柳总经常显得郁火难平，宋奕平甚至怀疑，胡畅社长把柳总塞进这间暗室也是蓄意而为，可自己刚加盟就被无端地牵连了，实在委屈。人的心理感觉总是逃脱不了外部环境的影响，宋奕平再回忆胡总那张笑脸，想起一位哲人的话：笑是一种生存方式。那么胡总的笑是怎样一种生存方式呢，是笑里深藏阴谋吗？前两天，宋奕平还见识了他暴躁的坏脾气。那天他上25楼去找胡总请教事情，正遇上他对发行部沈总发火，劈头盖脸的，沈总耷头缩脑默默承受，脸上的憨笑形态比哭还难看，让人瞅着有些心痛。办公室其他人也是大气不敢出。当时宋奕平很意外：笑脸常开的胡畅社长，怎么会出现如此大的情绪反差？

　　宋奕平还想了解更多的内情，不觉把警惕搁到了一边。柳总呢，仿佛也摆出了敞开心扉的架势，只要宋奕平乐意听，他就会知无不言、一吐为快。宋奕平借机又说："胡总与我面谈时，称人事关系归时报集团统一管理的啊。"

　　柳总眨巴眨巴眼睛道："这个倒没错，我们《新学生》杂志的人事也在集团备了案，但工资归承包方发放，自负盈亏，人事安排也不能在集团内部流动，只是过年过节的福利，按集团标准发放。"

宋奕平听得这其中的关系挺复杂的，转口探问："柳总，您也是两家杂志的股东吧？"

柳总说："我当初在《新学生》投入了10万元，算是一个最小的股东；胡总动员我在《时报文汇》入股，我坚决拒绝了。"

柳总把宋奕平引为知己，又问宋奕平午餐时是否听到胡总提换车的事了。

宋奕平点了点头，这也正是他当时没有听得十分明白的地方。

柳总像胀气的蛤蟆，喋喋不休地说，杂志社买的别克车才三年，他现在提出要换宝马，说关乎杂志社的面子问题。谁都明白他在图个人享乐，把公车当私车用，所以股东们都没同意。

原来如此！宋奕平有些不敢相信：表面阳光灿烂的胡总，真会那么诡谲多端和贪心不足吗？但柳总说得好像都有鼻子有眼。

宋奕平听得刺激，又不免黯然，懊恼自己的不安分，现在投错了主！他又担心这家凑份子合办的新刊物能走多远，要是哪天玩不下去了，自己又何去何从？他又开始担心以后的工资有无保障，杂志社承诺的福利待遇能不能及时兑现。

柳总揶揄说："《新学生》杂志现有21位职工，他的亲戚就占了10个，特殊关系户占了3个，让我这个执行总编都得谨言慎行，这一回招聘他还有脸称自己没有关照一个亲友。"宋奕平忧心忡忡，在家族式单位工作，恐怕是最不自在的了。

他俩正聊着，桌上的电话急促地响起。柳总先瞄了一眼来电显示，拿起话筒后马上换成了柔和的声腔："胡总，您找我啊？"听余音，胡总是同他谈关于《新学生》订刊方面的事情，柳总俯首帖耳地应诺，嘴上胡总长、胡总短地喊得沁甜，神色也十分恭顺。放下电话，他又恨恨地发泄道："老子做的是执行总编，他却逼我包揽发行工作。他发行部的两个外甥，就跟在我屁股后面做一做投递。"

宋奕平笑看柳总像演川剧的变脸，觉得他也是耍心眼的高手，不是省油的灯。柳总又恢复了憋屈和愤懑的形态，对他俯过身子，继续糗胡总的老婆只是一个高中生，却在杂志社当办公室主任，几乎不干什么事，享受中层干部的待遇。

宋奕平听新鲜听得一惊一乍，也觉得来劲，但理智提醒他：许多事情晓得或许莫如不晓得。于是他岔开话题，询问《新学生》杂志的员工社保是否都办理了。

柳总点了点头道："这个，买是买了，相信今后也会替你们新员工购买吧。不过你们得多催，要不然会无限期拖下去，他胡畅的做事风格是能省则省。"

宋奕平多少受了柳总的影响，对胡总的印象变坏起来，觉得新上司的确有点不可捉摸，像个笑面虎。他苦笑这一步跳槽，真是跳进了一个有故事、有旋涡的地方。

接下来的日子里，宋奕平带着柳总的透底，开始做暗中观察的游戏，结果发现：谁走路昂首挺胸、大模大样，说话声音洪亮、底气十足，平时不太理人，笑起来有点假，谁就一定是胡畅社长的亲属。这倒说明，柳总的话不假。他暗叹胡总是一个有大心机的人。

宋奕平近几年编通俗杂志，写通俗纪实稿，也赚了些稿费，但身在曹营心在汉，内心最崇尚纯文学。他平时也坚持写些散文和短小说，最能体会到一种心灵的满足。他认为文化作为精神层面的东西，不应该过度功利化。可现实存在一个大悖论：越是娱乐化的浅陋内容，越容易走通市场，稿费也越丰厚。早些年纯文学的稿费大多是千字几十元，但通俗刊物的稿费一般是千字200元起，少数发行量大的明星通俗刊物，公开承诺千字千元的高稿酬以招徕有市场卖点的稿件。为争抢好题材，写手们费尽心思、不遗余力，一旦把题材抢到手，则意味着找到了财路。写手揽稿费也有他们的套路：先瞄准稿费高的刊物投稿，不中再依次而下。有人为了和编辑搞好关系，还给稿费回扣。同城一批通俗刊物的编辑与写手们基本相识，互通往来，常常聚在一起晒发稿数量和稿费收入。一些"文抄公"就乘机浑水摸鱼，搞一些东拼西凑的东西来骗取稿费，扰得圈子里乌烟瘴气。早些年，宋奕平一边主编《生活风尚》杂志，一边当业余写手，每年稿费有四五万元。手下一位叫陶利的编辑写得更勤奋，再玩点稿费回扣的把戏，每年稿费都在10万元左右。因此通俗文化写手的日子也算过得悠哉优哉。但一直以来，雅作者与俗作者之间存在一种特殊的文人相轻的现象：文学作者看不起通俗作者，认为其作品是狗肉上不得席面；通俗作者讥笑文学作者孤芳自赏，挣不到钱，显得酸不溜丢；通俗刊物以发行量而自豪，雅文化刊物则自命清高等，双方倒是各有倨傲的理由。

宋奕平见识了胡畅社长的大手笔发财，开始自愧以前挣的那点稿费只是小打小闹、小巫见大巫了。再对比早些年一起做文学梦的几个朋友，他们常有作品见诸纯文学大刊，出版了长篇小说，在文坛混到了一些名气，而自己则是扁担无钉两头塌，到头来一事无成，不觉有些神伤。

宋奕平再向柳总打探《新学生》杂志发行40万份的秘籍。柳总嘴角挂笑地道："这还不是靠打通了教育系统关系，在学校搞强制发行？发行上走通这路子，老子也是立下汗马功劳的……"

宋奕平"哦"了一声，嘴角挂起了不屑。靠关系走捷径创造发行奇迹，与真正的市场业绩毕竟是两码事啊！他觉得自己拜错了英雄。

晚上独静的时光，宋奕平近来喜欢读一读纯文学，可今晚他突然心情烦乱，拿着一部长篇小说读不进去。正好《生活风尚》杂志的同事陶利打来电话。宋奕平离开后，陶利凭一支写纪实文学的笔，是最有希望接替主编位置的人。陶利礼节性地询问他，跳槽到时报集团后感觉怎样，是否还欢心？他当然不好意思吐苦水，或说跳错了槽之类的话，便含糊地回答："还行吧，反正做的是相同的事，换汤不换药。"陶利告诉他，社里今天已正式宣布了由他负责《生活风尚》的编务了。宋奕平虽然口中祝贺，心里却酸酸的满不是滋味，懊恼这个槽跳亏了。

第五章 改版研讨

　　本说好上午开会研讨刊物定位和栏目设置的，等到10点仍不见通知，也不见胡总现身。宋奕平正纳闷，柳总带着痞笑走了进来，附在他的耳边悄声告诉说，胡总昨夜与他老婆林主任打架了，现在还没来上班。林主任在办公室把她夫妻经常打架当乐事说，称有家庭暴力……宋奕平听得意外：堂堂两刊社长兼总编，还存在家庭暴力倾向吗？胡总是不是另有新欢？

　　柳总说，胡总昨晚喝得半迷糊，约几人去茶馆打麻将。对麻将情有独钟的林主任也寻了过去。她坐在夫君身边当参谋。不料，参谋没做好，让胡总放了炮。最可气的是，好端端的将将胡泡了汤，打个倒算盘，损失2000多元。胡总一气之下，顺手就是一记响亮的巴掌，抽得林主任猝不及防，差点跌倒。两人当场就厮打了起来。林主任脸上擦破了皮，但还是来上班了，正在办公室拿这事说得欢，骂骂咧咧、怨气未消。胡总一直没来办公室，估计是挂了彩，不好见人。柳总嘿嘿地乐着，称他们夫妇俩素来牌风差，赢了欢笑，输了做鬼叫。宋奕平觉得，这是他进杂志社以来看到柳总最开心的一天了。

　　一个文化人，闲余心思怎么会放到打牌赌博上呢？况且为输牌打起架来实在有失身份。宋奕平越来越弄不懂新上司究竟是怎样的一个人。

　　下午上班，胡畅突然出现在21楼总编办。柳总与宋奕平都起身跟他打招呼。宋奕平带着一种潜意识，果然从胡总的左额上发现了一道抓痕，不用说是在昨晚的夫妻内战上不慎负了伤。胡总有些闷闷不乐。柳总仍旧保持着招牌式笑脸，一副亲密无间的样子，主动汇报了江边市第十二中追加订购《新学生》杂志的情况，好像并未注意上司左额的伤痕。宋奕平也打马虎眼在心里乐，知趣地把目光移开，询问改版研讨会何时召开？

胡总回答会议马上开。虽说下属们对上司脸上的挂彩心照不宣，有意避开了尴尬，但胡总显然并没有从昨晚的坏情绪中调节过来，说话也没有往常的如虹气势。

25楼社长办的会议桌不大，十来个人挤成一圈。会议开始前，气氛有些沉闷，平静得像细风吹过的湖面。宋奕平心里带乐地认为，胡总带伤主持首次编务会议，实在难能可贵。

宋奕平把自己重新起草的《时报文汇》的定位与栏目方案，递给胡总一份。事先他也打印了几份发给了编辑们，意在以自己的方案做蓝本开展改版讨论。

胡总坐下来，拿起讨论稿浏览了一下，发现不是自己的方案，霎时脸色沉了下去，把手头的东西拍在一旁，很冲地问："我的方案呢？拿过来没有？"现场只有三人示出了胡总的方案稿。宋奕平立即意识到自己不懂深浅轻重，行事莽撞冒犯到新上司了。他起身道歉说忘了忘了，这就去拿。宁菲菲已抢先离座说："宋总，我也忘记拿了，我替您一起带上来吧。"其他几个没带胡总方案稿的人，也纷纷请宁菲菲一并捎上来。

大家枯坐着，林主任也不出来倒茶水，她似乎对昨晚那一巴掌仍耿耿于怀。两个女孩主动找林主任要来杯子，给每人倒了茶水。胡总起身从办公室取来一瓶可乐、一包槟榔搁在桌上。宋奕平有些落寞，找话头和胡总套近乎问："胡总这冷天的，怎么还喝可乐啊？"

胡总打开一盒烟，取出一支点上后，才悠悠地接茬："好喝的东西，怎么要分冬夏呢？可乐凉凉爽爽地吞进肚里，舒服！"他吸一口烟，再解释说抽烟喝酒的人，一般都有胃热，喝点凉爽的正好。

宋奕平笑了笑，不好往下接腔，吸入的二手烟，令他连咳了几声。

胡畅社长吸烟、嚼槟榔、爱喝可乐，情态也沉溺在五味俱全的小享乐中。有烟酒嗜好的男人一般是不太喝饮料的，胡总算是特例吧。他像是猜出了宋奕平的心思，吐出一坨黑乎乎的槟榔渣，吮了吮嘴，又主动告白："我的小嗜好呢，也是社交道具。烟酒槟榔这些东西，是伤身的，所以想喝点可乐橙汁类补充维生素和糖，养养肝胃，口感也好。营养专家喜欢对饮料发难，社会也喜欢拿它说事，可饮料仍旧有大市场！我认为它就是好东西，不单口感好，而且对身心有益。好东西嘛，一喝就让我上了瘾，成了习惯。世事洞明皆学问，其实喝可乐、橙汁对于办刊物也是很有启发的……"这时，宁菲菲气喘吁吁地进门，拿来胡总亲拟的改版方案稿一一发给了大家。

胡畅社长打住了与宋奕平的交谈，拿起自己的原方案，说："今天重点确定《时报文汇》上半月版的改版方案。《时报文汇》改版后，走的是纯市场路子，我们办刊一定要以市场为导向，改版的大政方针也是咬住市场卖点不放松。如果谁没认识到这一点，就必须赶紧扭转观念。"缓了片刻，他环顾四周后发问，"谁能回答，民间文化的主旋律是什么吗？注意，我问的不是中央提出的主旋律，而是民间大众文化的主旋律。"

大家面面相觑。

胡总用一副自得的嬉笑再道："都答不上来吧？哈哈，那我只好自问自答了：当今生活的主旋律是全民追求放松，追求娱乐！所以我们杂志就得顺应民间文化主流去办刊，带给读者轻松快乐。"

大家听得神色茫然，又流露出似有所悟的表情。如今以网络、电视为导向的大众文化生活，的确是一江春水向娱乐流。

胡总的思绪尤其活跃，声调也抬高了："你们看明星演唱会的现场，为什么有那么多欢呼、尖叫，那就是欢乐的快感啊！娱乐八卦为何那么吸引眼球？那是因为现代人的工作生活压力大，想借娱乐摆脱沉重，获得轻松和开心，所以娱乐成了民间社会的主旋律。"胡总吸了一口烟再道："娱乐其实是伴随着人类文明的萌芽而产生的，根据出土文物考证：人类在原始社会就有了舞蹈，有了乐器。所以说，人都有追求娱乐的天性，娱乐文化也是有着深远历史积淀的，原始的娱乐是真正地开心快乐。我们的杂志一定要接地气！"

宋奕平慨叹眼前的领导有些自以为是，又带些故弄玄虚，却也佩服他的诡辩口才。他觉得做开心文化，给生活多增添点轻松也无可厚非，当代人的确也活得挺累的，但如此趋利动机的低俗娱乐能带给读者真正的单纯快乐吗？大众阅读也许存在庸俗趣味的倾向，他们报刊就一定要一味迎合吗？作为有深厚底蕴的文字更应当去启发读者的深层思维与美好想象，去激发思想的灵光。当下庸俗杂志早已泛滥成灾，难道《时报文汇》改版还要东施效颦？

胡总激情地再问，除了娱乐主旋律，还有什么是主旋律？

大家再次被问住，不由得相视而笑，气氛也活跃起来。相继有人调侃：赚钱，追求幸福，考上公务员……

宋奕平哑然失笑。胡总就揪住了他，要他回答这个问题。宋奕平还没回过神来，脸有些涨红，含糊地道："我觉得他们回答得都对啊……"

胡总轻笑着摇摇头，又仰起脸对空发问，谁还能回答吗？

心思活泛的薛悦大胆站起来，说是情感主旋律。胡总赏识地竖起大拇指："对的！人除了渴望娱乐，谁也离不开情感！现在社会牵动人心的爱恨情仇，还有明星们的隐私生活，都是一个情字！所以下半版就做情感大主题。"

讨论定位，自然要提及目标读者群体。胡总又抛出新见："我认为不要将刊物画地为牢，改版后的《时报文汇》应当是开放的、雅俗共赏的，适合于男女老少及广大社会的。开心娱乐与情感主题联起手来就可以一网网尽天下读者。"

宋奕平听得吃惊，胡总的胃口够大呀，居然要办天下所有人乐读的刊物，是不是被豪情冲昏了头。新编辑们大概是首次参加这样的研讨，听得新鲜又一脸漠然，又好像恍有所悟。胡总独角戏唱了半天，才想起让在座各位发表观点。会场一个个吞吞吐吐地念着发言稿，见解可谓五花八门。胡总敷衍地听完，却故意不让宋奕平发言就开始了总结："大家都花了心思，但《时报文汇》的定位只能采用我的方案。我们不要怕内容的猎奇、寻幽、煽情、搞笑，这正是我们要打造的刊物特色，让读者喜闻乐见，力争一炮打响市场。"

宋奕平主张杂志内容要区别于报纸网络，要有厚重感、有思想性、显品位，有耐读的魅力，而这些正好与胡总的观点南辕北辙，故而被胡总弃之如敝履，不觉有些落寞。胡总似乎猜到宋奕平有话要说，又开腔说："面对市场，我们唱高调，说空话是没有用的！市场化刊物用不着那么高的品位与格调。我们的办刊宗旨要纯粹一点，就是制造开心与娱乐！现代人都在拼命赚钱，然后快乐享受，有多少人乐意去深入思考什么啊？"

宋奕平不知趣地辩驳道："现在教育水平越来越高，大学教育走向普及，国民也变得更有品位和思想，倾向于较高层面的审美愉悦。再说，现在的励志类杂志都卖得很不错啊。"他心里还有一通话没说出来：奇谈怪事低俗乐趣能满足人脑子一丝不挂的轻快，但能让人回避现实，做以乐而忘忧吗？能够填补心灵的空虚吗？一个人、一个社会、一个民族回避丑恶，不去正视悲剧，不去思考一些深沉的问题，那将是怎样的悲哀？

胡总听得不耐烦，认为自己的办刊思想和意见无须质疑，只要不折不扣地执行就是。他不耐烦地掐断话头问："你的意思是要办一本高雅刊物？《时报文汇》现在做的就是文化与文史的话题，也算高雅，有层次，结果呢，玩得下去吗？若是做得下去，还轮到我们接手？现存为数不多的纯文学刊物还在玩严肃高雅，他们若是离开财政扶持，还能生存吗？再说励志类杂志销得还算不错，其实也就那么几本占据了高地，你还能把他们的市场抢过来？我们是要走窄路，还是走宽路？"宋奕平被噎得不好再开口了。

这时女硕士何向阳低声道："我认为娱乐阅读与情感阅读的确有市场卖点，但也不能太肤浅，否则会被社会讥笑为脑残读物……"宋奕平听得正中下怀，也站出来声援说，刊物要有基本的文化品位，方能行远。

胡总回答说："我认为娱乐、情感两大主题，高可以上九天揽月，深可以下九洋捉鳖；追求娱乐与情感享受是人类的本能，也是从骨子里长出来的需求。所以说，看似肤浅的东西其实并不见得没深度，没高度，没品位。再说我们主张单纯快乐，就是脑残读本吗？这是严重的谬识。

简单认为娱乐刊物肤浅的人，本来就是一种肤浅的表现。许多伟人有高度、有深度吧，晚年也同样喜欢看笑话书放松自己。佛教够严肃吧，也倡导寻找乐土。所以说，看似表浅的东西，往往是最有深度的。"胡总的神态有些像一个俗文化的教主，边抽烟边高谈阔论，吐出的烟圈弥漫开来，把几个女同胞熏得直皱眉头。

胡总继续纵谈娱乐文化，思路越来越开阔，地球人为何还在关注戴安娜王妃的车祸之谜？近期的《世界新闻报》丑闻，他们为何要冒天下之大不韪去窃听威廉王子、哈里王子的电话？BBC为何要花那么大的力气去挖名人的幕后新闻？英国喜剧演员卓别林为何时隔百年还被人津津乐道？可见娱乐文化的深厚内涵与广泛影响，这也是世界性的主旋律。如果大家把《时报文汇》编到了极致，今后还可做外文版，办成国际性刊物，向海外发行。胡总扫视阒无声息的会场，讲了两个故事：一个故事是写四川的深山湖泊发现水怪，水怪出现时湖面有大旋涡，还伴有天色变化，据说是公认绝迹了的龙；另一个是讲一对夫妻吵架斗气，妻子原本不晓得丈夫吸毒，她只是一气之下打了110谎报丈夫吸毒，警察赶来对其丈夫做检查，发现其丈夫果真在吸毒。还有一出新鲜事，早些日子在网看到的——他说有点不好意思说，有一个妙龄女子一夜间长出了男性生殖器，全家人都惊慌了……男士们听得哈哈大笑起来，女士们则涨红了脸。胡总嘿嘿发笑，又说："同志们啊，这样的精彩故事难道你们不读得新鲜，读得没有兴趣？所以说，上半版如果把古今中外有趣的事情搜集起来，奉献给读者，就是把轻松、快乐、开心带给了读者，就是对社会的积极贡献。"

宋奕平听胡总的高论几乎听傻了，忍不住喷笑了一声，又紧接着将上司的军问："杂志改版跟风俗读，怎样显示独立个性？怎样打造核心竞争力？"

胡总不假思索地回答："要走通市场，就不能讲什么独立精神；至于核心竞争力——我说了，做极品娱乐杂志，就是我们最显著的核心竞争力，或者说就是刊物的最大卖点！宋总，你的思想得快步跟上才行啊，目前的状态怎么带团队？我们要创建百万大刊的目标不是说着玩的。"

宋奕平只好哑然苦笑。新编辑们几乎不怎么插嘴，斜眼看被批斥的副总编。倒是性情直率的何向阳又大胆提议增设一个考证趣味成语或名句来源的小栏目。胡总摇摇头断然否定，不搞这些文绉绉的，有所谓思想、深度、高雅的东西。读者需要单纯的快乐，就只做单纯快乐的内容，不要牵扯太多的东西。

宋奕平有些憋屈，不太悦服胡总的武断。他也意识到自己在办刊思路上与胡总南辕北辙，分歧难以弥合。那么自己作为副总编，今后该如何与上司和谐相处呢？

乔副社长与发行部沈总监姗姗来迟。胡总请乔发言，他一副谦卑姿态说："我呢，不太懂编务，更没有高见。我只代表杂志社股东说一句话：刊物一定要迎合市场，一切要从卖点出发，栏目和内容设计紧扣这两点就行了。其他没有什么可说的。"

发行部沈总监也附和："对的！乔副社长说得对！我们的栏目定位讨论，每一个人的思维就要以市场意识为前提，那样今后的发行就好走路。"

刚入职，宋奕平终归不宜与上司唱对台戏，便不说话了。胡总对上半月版最后一锤定音：《时报文汇》上半月版做可乐型杂志，偏重于男性读者。

一个清秀的小青年突然冒出来一句："我们编可乐杂志，哈哈，今后天天可以过快活日子了！"他叫薛悦，是此次招聘来的应届大学毕业生。他一脸稚气未脱的样子，很活跃，也喜欢制造一些乐子。他的话语引起哄堂大笑。胡总也被逗乐了，但迅速收回笑容冲他抛出一语："能不能过上快乐日子，就得看杂志能否编得喜闻乐见，真正能走向市场。"

接下来讨论《时报文汇》下半月版方案。胡总又提问说，如果上半月版是哥哥，下半月版是什么啊？

大家皆觉得很乐。宁菲菲抢先答："叫弟弟。"

胡总边嚼槟榔边摇头，这个回答没用脑子。

薛悦拐拐脑袋说，应当叫妹妹。

胡总眼睛一亮，反问："为何叫妹妹？"

他答:"上半月版可乐版偏向于男性读者,下半月版做情感话题,偏向于女性读者,当然是妹妹了。"

胡总高兴地说:"对!说得很对,下半月版就是妹妹。"

宁菲菲不服地争辩道:"怎么不叫姐姐呢?"讨论会上的气氛快乐起来,俨然可乐型杂志过早显现出快乐的效果了。乔副社长插话说:"上半月版是哥哥了,下半月版在后,怎么可以叫姐姐呢?那样岂不乱了伦理辈分?"

会场一片嬉笑,宋奕平听这些故意制造出的快乐,却并不觉得好笑。胡总还在自以为是地提问:"在座的女士们,你们平时最喜欢喝什么饮料啊?"

宁菲菲发声答:"喜欢喝橙汁。"

胡总说:"对!答对了!可乐与橙汁两种主流饮料比较而言,可乐是男人饮料,橙汁是女性饮料!这两种王牌饮料各领风骚,平分秋色。所以,《时报文汇》上半月做可乐版,下半月做橙汁版,兄妹联手,就可把天下读者一网打尽。"胡总扬着头,一副自得的形神。

接下来讨论橙汁版的栏目定位。一直被胡总冷落的宋奕平,忍不住揪出了胡总方案的短处,不含糊地指出栏目名称采用"激情、纯情、豪情、幽情"等归类,存在逻辑问题,不好从内容上进行界定,举例说写温情或者激情的稿子,同时也会有纯情、豪情、幽情,情感在一篇文章中不太可能那么单纯地呈现,主次地位也可能转换,到时怎么分家?

胡总稍稍怔神,脸上隐约透出一层红晕,样子有些可爱。他咯咯笑两声后强辩说,橙汁版务必编得炫情、煽情,要避开那些大路情感,着力寻找非常情、怪异情、离奇情……因此栏目名称也要与众不同,不能拘泥于普通意义的逻辑关系。

会议不知不觉超过下班近一小时。胡总宣布散会,要求大家把栏目名称等带回去思考,下次由副总编宋奕平组织专题讨论,尽快拿出方案交他过目。又敦促编辑工作务必抓紧,上半月可乐版马上着手采稿,出刊时间紧,不可松懈。

宋奕平勉强点头,心里有胳膊拧不过大腿的无奈,莫名多了几分失意。他回到总编办,看到灯光下的柳总郁郁寡欢,便问:"柳总怎么还没下班啊?"柳总勉强露笑,声音有些变调地反问:"讨论完啦?"

宋奕平敏锐地感觉到柳总是因为研讨会没有邀请他而心生落寞。

翌日,宋奕平敲着键盘写《时报文汇》上半月可乐版的定位方案,突然不顺畅起来,觉得甚是无趣,再次对杂志改版失望透顶。凭多年来主编杂志的经验,他能想象可乐版编出来后会是怎样一本索然无味的读物,甚至没有精神与审美可言。现代人生活压力大,是需要单纯的快乐,但单纯的快乐就是浅薄和低级趣味吗?就是兜售文化垃圾吗?一本刊物低俗如此,摆在市面上情何以堪?这叫哪门子品牌啊?

柳总倒显悠闲,沉迷在电脑上聊QQ,大概又在耕耘女友资源了。宋奕平唤了他两声,他才如梦方醒,抬脸问宋奕平有何事?宋奕平唉了一声,把胡总一意孤行的办刊思路以及自己的不同主张倾诉了出来,问他有何看法。

柳总冷笑了两声,习惯性戒备地瞥了隔壁财务室一眼,看还亮着灯。他就附到宋奕平身边,用悄悄话道,胡总就这水平、这德行!照他的思路去搞就是了。说话时,一股口臭味的气浪涌了过来,宋奕平屏住呼吸,稍稍偏了一下脸。

宋奕平苦乐了一下,不想再继续话题,便把身子往后背一靠,缄了口。柳总也便知趣地闪开,回到座位。

宋奕平写完了栏目方案,又开始起草约稿函,依然怅惘于杂志走恶俗路线赚钱,有类于艺妓卖春。他为这本好端端的刊物竟然改版走向堕落感到悲哀。虽然无力扭转乾坤,但他潜意识里总不想对胡总的思想照单全收,总觉得杂志不可太轻浮,应该要有一些压得住的版面才对。他兀坐片刻,顺手拿起案头一本《新学生》翻了翻,刊物倒是跳离了一般学生类杂志走教辅办刊的套路,更多侧重于校园生活情感话题。终归是学生刊物,虽然有点嬉皮,内容总算不低俗,讲了一点品格,但能发行到40万份的确是个奇迹。学生类刊物之于成人读物,不好参照,他又翻出最近一期《时报文汇》浏览。刊物做的是文史定位,内容与境界不缺少文化品位,也不乏思想深度、高度和力度的稿子,可是怎么就偏偏做不大发行量？宋奕平也得知，刊物目前只有不到 2 万份的发行量，一直在亏本运营。中国时报协会有意把刊物另托承办单位，之前的承办方也甘愿甩掉这个包袱，所以才落到当下易主改版的窘境。时下高雅刊物的销路远不如通俗、低俗刊物，中国的期刊市场到底怎么了，是不是得了什么怪症呢？

宋奕平对刊物的痞俗定位耿耿于怀，思谋挽救一点刊物的形象，给上半月版增进一些实用性、文化性、精神性的内容，也算对社会奉献一些正能量。但又该采取怎样的策略去影响和说服胡总？他忽而念起面试时，胡总送了他一本自费出版的散文集《踏歌行》，一直搁在包里还没来得及细读，于是转身把书掏了出来翻看。这部 15 年前出版的散文结集，虽然显得幼稚，却也证明胡总曾经的确是一个有憧憬、有思考的热血文艺青年，可现在的他怎么会变化如此大呢？粗略一读，宋奕平发现过去的胡总喜欢抒发一些浅陋的人生议论，提炼一点人生哲理。于是他顿生一念：是不是投其所好，建议他增设一个观点栏目呢？他便自作主张把一个观点栏目整合进了方案和约稿函中。

宋奕平把写好的东西向胡总交差时，先对胡总阐述对散文集《踏歌行》的读后感：想不到胡总的抒情散文写得如此好，随笔的观点也很有见解。胡总眼角的鱼尾顿时畅快地摇摆，神思飘忽起来。他开始讲述自己在文学愤青时代的逸事。

他曾是大学文学社的副社长，创作诗歌和小散文，偶尔还收到稿费单。收到稿费单通常不会立即去邮局支取的，而是先在文学社成员之间，乃至全班同学之间传阅，尤其需让女同学看到，美美享受同学的艳羡目光和赞叹之词，然后在几位文学同窗的簇拥之下去邮局取钱。当然，领到了钱，很快就会被诗友们抢去买些食品、啤酒之类，几个好友在草坪上摆庆贺宴。钱不够的话，就由其他同学凑份子。在学校的树林里，他们饮酒吟诗，在阳光斑驳的林荫里，有鸟儿啁啾伴奏，有蝴蝶翩翩起舞。一杯啤酒下肚，酒花泡沫在肚子里翻腾、弥漫、上升，一个个开始激情四射，文思涌动，各抒文学观点，争得不可开交……胡总回忆说，那时候所有的热忱和豪气皆因文学而生。那时候大家单纯得像温室里的有机蔬菜。那时候城市的天空总是很蓝，没有听说过雾霾，在校园可以尽情地享受清甜的空气……胡总的神思仿佛回归到那个纯真的时代。

宋奕平说："胡总，我看《踏歌行》里就有几篇散文描述这样的生活。"

胡总连连点头称是："散文集是记录有这段生活，那时候的我喜欢做一些人生哲学的思考……"

两人攀谈甚欢，隔壁发行部的沈总闻声过来，站在门口用他特有的憨笑表示友好。胡总向沈总求证说："你说我当年在大学，是不是混得还算风光？"沈总急忙点头称是，又补充道："胡总在大学可谓是文学领袖、风流人物，女生的偶像。"宋奕平不解地问："沈总你怎么清楚胡总的大学时代？"沈总嗔道："我与胡总是同学呢。"宋奕平"哦"一声，颇为意外他们这层特别的私交关系。

趁着相谈甚欢的时机，宋奕平掏出了上半月版方案稿说："胡总，我读您的散文，特别对文章中的人生哲理和观点思想深有体会，所以想增设一个观点栏目，到时也可在您集子里选一些精品文章转载上去。"

胡总边嚼槟榔边浏览方案，突然抬头目光闪闪地看着宋奕平，当即表态说："可以啊，你这个栏目补充得好，有创意！"

宋奕平也高兴了，又问他对其他栏目还有什么指导意见。

胡总朝着脚边的纸篓吐出一坨槟榔渣，又扫视了一眼方案稿说，暂时没意见，先这样定吧。宋奕平暗自有一种成就感，觉得总算争取了一个有内涵的栏目，多少可以压一压版面，让杂志不显得那么轻浮了。

因为《时报文汇》要做开心娱乐的话题，平时不追星也极少看娱乐频道的宋奕平，晚餐后也坐到妻子身边看起了一档明星秀公益捐赠节目。妻子眨动眼睛打量他问："你今天是怎么了？看起我喜欢的节目来了？"宋奕平调侃说："你说我缺少情趣没共同语言，现在亲近你呢，你又奇怪，男人真难做啊！"女人在他腿上拍了一掌嗔道："你少来。"

银屏上正播放当晚捐助的对象：一对贫寒家庭的母女同时患上了尿毒症，巨额医药费已令这个家庭负债累累，生活难以为继，两个病人躺在医院也面临断医断药的局面。母女俩都在争着要放弃治疗，把机会留给对方……故事通过真实画面以及主持人满怀悲悯的述说得以展现，引人唏嘘。背景交代完后,嘉宾与主持人分组开展猪八戒背媳妇、桌面吹小球等弱智娱乐比拼,明星们用夸张的表情和荒诞的动作来贩卖着单纯、天真与幽默,居然把现场观众逗得前仰后合,一个个张口呆笑,荡起一波波无意识的尖叫与欢呼,显然早已把悲悯情怀驱逐到了九霄云外。这让宋奕平很是感慨:中国堪称慈善事业贫乏的国度,中国富人只顾自己赚钱。现在难得有些企业家疏财行义、济贫救困,本是崇高的举动。捐款人怎么不直接表达,一定要借助明星的娱乐秀去行事?难道慈善本身还不足以引起社会的广泛关注与热忱相助?如此乐而忘忧,失却了对善举的感染力,这是社会的悲哀,还是社会的幸事?此时,他突然想起康德的一句话"生活中一切快乐都是吸引人的,因此人们追求快乐",也觉得胡总对杂志的定位或许真找到了一大市场卖点,感官娱乐在当代生活中确实很叫座。然而,宋奕平觉得人生总不能越活越肤浅,总要活得有点深度才有意义;文字媒体应多一点社会责任,带给人更多阅读的思考与深层次的审美快乐。

感觉这档节目实在无聊,他也并不觉得明星的可爱,便下意识地轻叹一口气,起身走向书房,拿起了一本尚未看完的文学名著。沉入文字世界的确另有一番心灵的愉快和满足,他凑巧读到一段话"如果你跌入与期望的生活有所不同的陷阱,就应当机立断退回来;如果退不回来,不妨换一种想法去感激你所拥有的一切,幸福也许会敲响你的门"。他怔了怔,在这端口突然读到这样的文字有点蹊跷,好像是神谕劝言似的,他决定调整心态,姑且在《时报文汇》杂志干下去,走一步看一步。

第六章 陪上司散步

隔日中午,胡畅社长喊宋奕平外出散步。时报大楼前的大街车水马龙、热闹非凡。胡总带他拐进了旁边一条绿荫浓郁的小街。虽是春光明媚,但因路两侧的楼房及林荫掩盖,春风依然拂着寒意,树头的新绿早已蹿起了满目的生机,枝头跳跃的小鸟发出清脆悦耳的喳喳声,春天的嫩枝偶尔俏皮地碰刷到脸颊,有丝丝痒痒的快意。一路上,也有败叶飘零,不时飘落到头顶和肩上。宋奕平忽而发现春天万象更新,也是凋落的时节。

胡总突然说:"宋总啊,我看你文人气十足的!"

宋奕平不知是褒是贬,打哈哈说:"是吗?不至于吧?"

胡总说:"我可不是捧你啊!你现在带一个团队编完全市场化的刊物,就得尽快转换角色,彻底放下文学情怀来干事业。"

宋奕平有点尴尬,不知如何回答。他清楚胡总喊他散步,是冲着疏导洗脑来的。这时,前方不远处一只麻雀被他俩惊起,飞上了树枝。

胡总又说:"我们这一代的文学青年,在内心深处是有文学梦想的。但我早就放下来了,懂得直面现实了,否则我能把《新学生》杂志做成今天的成绩吗?文学啊,高雅文化啊,能够满足精神和虚荣,但当不了饭吃,更换不来高质量的生活。"

此语倒是触动了宋奕平的内心。他点头附和,然而嘴笨舌塞地不知如何接话。

胡总忽而发出自嘲式的爽朗笑声道："我啊，曾经也是狂热的文学青年！为了文学，我大学毕业后没进机关，而是千方百计进了江边时报社，后来做了《江边时报》副刊的编辑……你们省作协的蔡副主席，还是我的文学路上的引导老师呢，我们至今还保持很好的关系。哎，你认为他在省文坛的地位怎样呢？"

宋奕平有些愕然，脱口回答："蔡副主席哩，应当是一个难得的坚持纯文学创作的作家，实至名归，在全省乃至中国文坛都有名气。"

胡总浮起一抹自足的神色，轻笑一声道："对的！你这个评价比较中肯！这些年蔡副主席坚持纯文学创作的路子，不屑于在省作协争权，拒绝文化功利，坚持做文学苦行僧。早些年我介绍他去给一些企业家写报告文学，他不肯为这点钱折腰，可活得怎样呢？据我所知，他还住在省作协家属区的老院子，至今买不起商品房。我这个当学生的请他喝茅台酒，他还视为开洋荤，是难得的奢侈享受！"宋奕平听出胡总奚落文人的弦外之音，顿时替文人感到寒酸与惭愧。胡总语气轻佻地接着说："过去的文学青年还能自诩不凡，现在只会成为别人的笑料；过去的文学青年靠几篇发表的诗歌就能哄来女生的崇拜，现在豪宅与名车才会让美眉们爱慕；过去在纯文学刊物发表几篇有分量的作品，或许能改变命运，如今的职场对文学青年已经不屑一顾。"胡总的语气有些苦口婆心，停顿了一下，特意看了一眼宋奕平又道，"你看看你办公室的柳总，交了不少女朋友吧，最多也只是一些文学情结未泯的中年妇女，哈哈。"

宋奕平听得想笑，又为自己的文学梦仍迂顽未泯感到有些怅然。一股凉风吹来，林荫沙沙作响，也像在嘲讽他。宋奕平忽然感到文学的虚无与凄凉，有些自惭形秽了。

胡总背着手信步在人行道上，俨然一位俗世红尘中的智者。

他把手搭在宋奕平的肩头，拍了拍说："宋总，我对你有一个建议。"宋奕平怵了一下，强装镇定地问："胡总，什么建议？请明示。"

胡总说："你呢，应少看一点文学作品，多去书报亭翻翻流行杂志，把潮流的东西吸收到《时报文汇》来。你也只有戒掉书生气，才能够成为市场化刊物的编辑高手。"

宋奕平暧昧地应了一声："是吗？"内心却有些不认同，好歹是一介文化人，没有了书生气，还像个文化人吗？

胡总接着说："我们这些文化人，只有把文学商业化、产业化，才不至在当下变成迂儒，才算开了窍，称得上与时俱进。"

宋奕平说："那是，那是。"他不想过多辩解，因为物质与精神的辩论，早已不是新鲜的话题。

胡总调侃自己说："当年中文系的几个同学，现在就是处级干部，日子过得神气、宽裕得很！我呢，因为多坚持了几年的文学梦，以致到现在还没混出个名堂来……"

宋奕平道："胡总您是谦虚了！您现在是两刊的社长兼总编，《时报文汇》还是正牌国家级刊物，照级别算，还不止正处级呢，人家处长或许还羡慕您名利双收呢。"胡总听得仰脸打哈哈，脸颊光彩洋溢。他用超脱的神态道："我呢，作为文化人，不想去论什么级别不级别的，就希望把积累下来的那点文化转化为生产力，转化为物质财富，现在最希望的是《时报文汇》的发行量尽快赶上《新学生》，两刊比翼双飞！《新学生》有小学、初中、高中版三本，《时报文汇》有上下半月版两本，五本杂志都办成大刊了，我就计划成立一家期刊集团，再购置一块地，建一幢像江边时报大厦一样的期刊大楼。"

宋奕平悸动了一下，未料胡总还有如此宏大志向。

胡总点上一支烟，又掏出一枚槟榔塞进嘴里，这些随身小享受很能显示他生活的丰富与自在，再看腕上的名表，身上的品牌服饰，他的确也是文化人中的富豪了。

胡总昂首道："我当初毅然放弃领导职务，从圈子争斗里跳离出来，独自去承包杂志的时候，时报集团多少人想看我的把戏。不想几年的时间，我却把《新学生》强势做起来了，成了集团子媒体当中靠自力更生实现快速发展的典范，杂志社买的车和集团高层配的车一个档次，现在多少人都嫉妒我！嫉妒有什么用？我不偷不抢，靠杂志挣文化钱！所以啊，我们文化人做事要有一股气，一定要下决心把《时报文汇》做起来！"

宋奕平说："胡总，很佩服您把《新学生》杂志做成今天的水平，但《时报文汇》不像《新学生》那么好在学校搞发行啊。"

胡总说："我历来相信事在人为！社会比学校的面广阔得多，《时报文汇》的发展才真正是天地无边。只要办成了我所提出的可乐型杂志，发行便是大有可为。"

宋奕平附和说："那是，那是。"

胡总忽而停下脚步看着宋奕平说："宋总，你我都得拿出一种精神状态来，这个世道，无论做什么，赚到钱才最要紧！有钱才有尊严，才有幸福生活，其他一切都是浮云。"

宋奕平努力鼓起一股气回答："好，胡总，我会努力的！"

胡总再提他当年做副刊编辑的岁月："那时候的文学青年多如天上的星星，有的从十几岁开始追求文学梦，清贫半辈子仍执迷其中，眼巴巴地央求他在副刊帮忙发一篇千把字的稿子，请吃啊、邀玩啊、送礼啊，现在想来觉得好笑！不少人还真像鲁迅笔下的孔乙己，你说可悲不可悲？我呢，幸好后来跟文学错道了，要不还在满足于那点小恩小惠。"胡总再斜了他一眼，轻蔑地问："你看过《江边时报》的那篇报道没？一个诗人找不到工作，没钱吃饭了，迫于生计在街头擦起了皮鞋……文学艺术这些东西其实误导了不少人的。"

宋奕平听得如鲠在喉，脸皮再次发热，自己何尝不在为发表几篇小散文而自我陶醉。嘲弄往往富有神奇的力量，眼下，宋奕平的文学理想被胡总摧毁了，顿时觉得自己活在当今时代还怀揣虚无梦想，的确幼稚，被上司嘲笑也是活该。他有点感谢胡总的当头棒喝。但转念一想，文学真的有罪吗？便也不恭维胡总的高见了。

宋奕平不想就文学话题聊下去，就恭维胡总是中国期刊界的高手，很有市场灵感，富有创业激情。

胡总似乎很满意这种吹捧，说："我们这个年龄正是干事创业的时候，时不我待，再不努力就晚哩！"

街巷里卷起一缕邪风，夹杂着灰尘和落叶形成两个旋涡，向他俩扑来。胡总侧身快步避了一下尘风，又用漫不经心的口吻问了一语："宋总，你跟柳总同室相处,感觉他人怎样啊?"声音被风尘吹得有些虚缈。

宋奕平心里咯噔了一下,明白此问的深义。他急中生智地应答:"这个,我们相处时间还短啊,平时各司其职,彼此交流不多。"

"嗯,各做各事,你这处世方式是对的!胡总道,柳总这个人哩,老油头了。我认为他搞发行是把好手,可是为人嘛,喜欢搬弄是非……总之,你们坐在一处,各自把手头的事情做好就行!"又说,"他现在一本学生刊物都做不好,还想进《时报文汇》的编委,哪能行得通呢?!"

胡畅社长说得如此露骨,分明含有警告味道。宋奕平默然不语,但已确定胡总与柳总之间的过节不浅。又讽笑地在心里说:"你胡总既要把我和他塞进一个老鼠洞里,又要我和他划清界限,就没考虑近朱者赤,近墨者黑吗?怕我和他搅到一起去,就单独给我安排一间办公室嘛。"宋奕平不晓得他们为何会有如此隔阂,又发现胡总与柳总暗里斗劲,外表倒是一团和气的,而且工作上也合作,双簧演得淋漓尽致的,人生如戏啊。他提醒自己不能卷进去,以后必须保持高度警惕。

围绕报社大楼外的巷子走一大圈后,他们在电梯里分手,回到各自的办公室。宋奕平坐在座位上发呆。回忆这一场散步,有感于上司的良苦用意,却又五味杂陈,不知自己是否已被上司说服了。

第七章　班子人选

《时报文汇》上下半月版的栏目与内容规划确定下来，就要进入编务运行了，当务之急是组建班子并进行责任分工。宋奕平把栏目方案分发到各编辑手头，一是要求大家进一步领会，二是希望大家主动选择自己愿意负责的栏目，作为下阶段分工与能力评价的参考。

宋奕平从社务办公室取来了胡总称是百里挑一的编务人员花名册。看着看着他便拧起了眉头：文字编辑没一个熟手，综合能力也明显欠缺。其中，天真活泼的薛悦是刚毕业的应届生，附上的作品也是稚气十足。那位机灵乖巧的女生宁菲菲，在书商手下做过一段时间的图书编辑，但没公开发表过一篇作品，这两位都很受胡总器重。还有一位叫杨菁云的女孩，长相娇美，装扮新潮，喜欢追星，发表过几篇豆腐块文章，汉字却写得歪歪扭扭，是个海外交换生，胡总称她是办时尚刊物的好苗子，宋奕平打算分她做明星逸事栏目。有些文化底蕴的文史研究生何向阳，发表的一篇论文还像一回事。宋奕平通过这几天的观察发现她喜欢读书，几乎卷不离手，但写作能力平平。相比之下倒是一位叫苏清的已婚女性，发表了50多篇散文，算是优秀分子。要选班子，也只能从矮子群里拔高子，宋奕平多么希望这批入职的下属里，多几个有文学底蕴的人啊！他忽而觉得文学这东西，口味浓一点会让人感觉酸腐，少了又是一种缺憾。庆幸的是，两位新进的美编皆是熟手，水平也不错，杂志编排基本能有保障。宋奕平不清楚胡总为何要用百里挑一的话来唬人，凭的又是怎样的选才标准？时下当真的文化人才难觅，大家只顾赚钱去了吗？不过有一回，他不经意听到胡畅社长与乔副社长的私下交谈，得知本次招聘时，首先就把那些企望高薪的应聘者排除在外了。

宋奕平召开首次编务会，拿着花名册和下属再一一相识。扫视全场，一张张面孔虽然带着如愿以偿的兴奋，却也有踏入陌生行业的茫然。或许这是一个可以塑造的团队，然而目前绝不是一群精兵强将。宋奕平自嘲也不过是个半吊子文人，将带领一帮尚未入门的弟子，需要施展怎样的魔法才能实现《时报文汇》改版后的高起点运行，创造大发行量的目标呢？况且，这高起点与低起点，又怎样去衡量？这个年轻团队编编学生类刊物也许还勉为其难，但要挑起堂堂国家级成人读物的大梁，实在有类于芦苇秆当扁担用。不过转念一想杂志的低俗肤浅定位，或许他们也能胜任吧。

关于编辑部班子组建，胡总眼神笃定地看着宋奕平说："班子就由你先推荐人选，再报给我；今后《时报文汇》的编务工作就靠你挑起担子了。我呢，两家刊物五本杂志要抓全盘，以后的主要精力还是要放在发行工作上。"虽然是压担子，但也是老板的一份信任。班子成员的名单怎样提呢？宋奕平有点纠结了。为进一步考察，他决定先让编辑们按刊物用稿要求外出采一稿送审，试图观察每个人的工作态度和选稿水平。

电话响了两下，柳总瞄一眼来电显示后拿起话筒，先恭敬地喊一声"胡总"，嗯嗯两声后，便把话筒递给了宋奕平。原来胡总在催问编务进展与班子人选的事情。宋奕平连忙就自己的想法和安排做了简要汇报。说完又加了一句："胡总您放心，时间抓得很紧的，他们采回的稿子，今后也会有一些能用得上。"

将近午餐的时候，林主任来到编辑部，向新员工着重推荐了她一个老乡的外卖，称油绝对是放心油，她和胡总的午餐也不回家吃，一直都是叫的这个老乡的外卖。宋奕平和同事们很感谢林主任的关怀，答应以后都订这位放心油老板的盒饭。确实，快餐能吃上放心油是上班族最大的幸运。林主任离开不久，一位优雅的陈姓女士来访柳总，两人相谈甚欢，然后请他去吃午餐。宋奕平听出来，柳总在《新学生》给陈女士的儿子发表了一篇小稿，她是专程来感谢他的。陈女士也乘机虚言邀请宋总同往。宋奕平觉得不应扮演不速之客的角色，便婉言推托，说自己订了外卖，中午还有些事要外出。

柳总与陈女士正要离开，林主任送过一份时报集团的会议通知，要柳总明天上午去25楼开会。柳总不情愿地接过文件，对林主任说了一声有事外出，明天会按时参加会议。

林主任用含笑的眼光送他们离开，然后莫名其妙地问埋头看稿的宋奕平："宋总，你还好吗？"

宋奕平听得有些怪异，只好含糊回答："好，很好啊，林主任，您怎么突然这样问我呢？"眼前的林主任徐娘半老，脸上虽滋生了星星点点的褐斑，但靓丽的姿容依在。遗憾的是，她平时总喜欢端着一副老板娘的架子，高高在上，叫人不好亲近。今天，宋奕平注意到她的穿着特别光鲜，上身一件米色猎装，脖子上挂了一串牙白珍珠项链，光芒闪耀，在上衣的衬托下显得贵气袭人。不过宋奕平隐约觉得，这一身盛装与她本人的气质并不太搭。

林主任道："我感觉你没有柳总过得潇洒。"

"呵呵，那是。"宋奕平莫名地有些局促地说，"不过我也好，有一个老婆就够了，麻痹一点过日子也自得其乐的。"

林主任哈哈乐道："一看你就是个书生。老婆当然只能有一个的，但你也可以学柳总交些女朋友，生活就有花色了啊。"

宋总被逗得有些手足无措，不无慌乱地说："我是缺少柳总那样的魅力，还是安分一点为好。"

她今天的心情无端的好，也比往日多了份柔情，没有急着走开的意思，好像在等待点什么。宋奕平忽而想对她今天的装束说些赞美的话，但面对上司夫人一时又找不到适当的辞藻。

林主任再调侃道："钻在书堆里的人哩，就是放不开！我才开个玩笑，你就慌神了。你老婆找你这样的男人，有安全感。"

宋奕平放松下来，回应道："那林主任觉得胡总是个放心的好男人吗？"

林主任说:"胡总其他方面我都很放心,就是对他爱打牌不放心。"

宋奕平显得有些木讷,再找不到新的闲聊话头了。林主任便转身离开,去了《新学生》编辑部。有几位女编辑热络地喊她表姐、嫂子或是姨娘的,都用夸张的形神赞美她脖子上的珍珠项链和时尚的上衣。林主任嬉笑着细声道白:"珍珠项链是在大连买的,折后15000元,网上都可查到编号的手工珍品;上衣是欧洲流行款,打折特价都三千好几。"又惹得一片啧啧声。听她们相谈甚欢,才晓得林主任刚陪母亲游了一趟大连回来,是来讨奉承赞美的。宋奕平才感慨还是女人口齿伶俐,后悔自己嘴笨,想赞美却说不出口来。

宋奕平刚吃完盒饭,胡畅社长又打电话邀他一起散步,顺便聊聊班子的事。胡总说他已到了电梯里,要他就下来。宋奕平有些受宠若惊,慌忙把剩余的几口饭扒进嘴里,就赶往电梯间。刚才胡总夫人亲切调侃了他,眼下胡总又亲自邀他外出散步,他闹不懂这对上司夫妇怎么就青睐起自己来了?

外面是淡淡的煦阳,照在身上有丝丝温暖,倒是扑面而来的春风令人感到少许寒意。胡总带着他沿上次的路线走。边走,胡总边漫不经心地问及宋奕平近来做些什么事。宋奕平说看稿,另外开了个编务会,让编辑们利用各种社会关系,快速建立起自己的荐稿队伍。胡总欣慰地点了点头,又说:"宋总啊,咱们走到了一条船上,就是同舟共济的兄弟了。刊物要改版走市场是有挑战性的,今后杂志赚了钱,我不会亏待你。"

宋奕平听出胡总对自己仍放不下心。不过,他对上司的称兄道弟倒是有几分感动。他就字清句朗地回应说:"胡总请放心,我会尽心尽力的,我投奔到您门下,也是想干一番事业来的。"

胡总说:"这就对了!你是一个性情直率的人,很好!我就喜欢开诚布公、说一不二的人。"他要求宋奕平多给新来的编辑做培训,把他的办刊思想不折不扣地执行下去。宋奕平表面应着好,心里依旧对他的编辑思想不敢苟同。

胡总扯了几句有关天气的话,忽而问:"宋总,你与柳总对面相坐,你觉得他能力如何?比如编辑水平和营销水平,哪个方面更强一些?"

宋奕平的心骤然一紧，担心自己与柳总闲聊的一些话，是不是隔墙有耳，传到了上司这里？他猜不透胡总的用意何在，便偷偷瞄了一眼胡总，胡总面色无风无浪的，他才把微微吊起的心放下来，说："这个，我现在不好评价啊，柳总在您的指导下把《新学生》编得那么好，应当水平不错吧。至于营销能力，我觉得他善于灵机应变，能说会道。不过我终归对柳总了解不多，毕竟我们各做各的事，同室相处时间也还短……"

胡总平静地说："柳总搞发行还算得个人才。本来我想让他专抓发行，把发行部沈总同他调换位置，但柳总坚决不同意，还拉拢了乔副社长反对……嘿，柳总就是懂得幕后做事。"

宋奕平才猛然明白了柳总一度来闷闷不乐、颓唐不振的原因。

胡总又说："宋总，《时报文汇》刚起步，投资大，凡事从简考虑，所以安排你与柳总同室办公。他这人处世有点深奥，你平时莫要随便听信他说一些事情。"

柳总与上司之间的芥蒂赤裸裸地暴露出来，宋奕平觉得自己无端受到嫌疑，便再明确地表白："我这人除了做好本职工作，不喜欢过问外事的。再说两家刊物相对独立运作，与柳总也没有更多的瓜葛扯在一起。"宋奕平有意避开旋涡，却感觉旋涡正向他靠近。

胡总与他并排走过一片林荫时，抬手摘下一片新叶把玩，转而以轻松语气问宋奕平是不是有季节感应，会不会觉得春天特别充满希望。宋奕平察觉上司也萌生了文学情思，连忙说，《时报文汇》改版运作也算是起步，一定前途光明。

林荫小街的深处是一大片居民区，纵横的葱郁小巷倒是给这里的生活平添了几分幽静。春风带着绿色的清凉，吹得人舒爽，却不能让宋奕平放下拘束。胡总心情显然很好，突然莫名其妙地喟叹："哎，文学，文学。要说呢，我走到今天也是受了文学的启蒙。"

宋奕平说："胡总，我感觉您其实也是文学情结未泯的。"

胡总说："文学这东西呢，用作人生启蒙是有意义的，但得适可而止，就像搞婚外恋一样，绝不可陷入太深。"

宋奕平俨然能够理解此言的深意,只是呵呵地笑。他们走过林荫道,来到了一处社区公园。公园满园的春色叫人心生欢喜,他们找了一处休闲石凳坐下,扯了一会儿闲话。胡总再问起班子名单的事。宋奕平回答正在抓紧时间看稿,然后分析大家的采稿质量,再综合考虑,将尽快把班子名单提交上来。胡总吩咐说,到时班子名单和稿子也一并送来,让他过目一下。

编辑们首次采回的稿子稗稻不分,一股脑送上宋奕平的案头,堆得像小山似的压得他喘不过气来,让他读得云山雾罩。唉,要是编辑们懂得有效筛选,副总编的工作就会轻松许多啊!为引导大家提高审稿水平,他对每篇稿子都参照刊物选稿要求附上点评。为赶时间,他蹲厕所都带着稿子看。稿子看完后,他已有了人选计划:发表了50余篇作品的苏清,采稿水平的确更胜一筹,列为编务统筹一职;上半月可乐版与下半月橙汁版的两个主编岗位,几经斟酌后,他推荐由小巧机灵的宁菲菲与文史硕士何向阳分别担任。具体栏目的分工,他根据新进人员的简历与采稿情况,再结合每个人的意愿进行了分工。最合适的,他认为莫过于由杨菁云担任娱乐与时尚版责编、薛悦担任开心笑料版责编了。快下班时,他把班子人选名单、杂志各栏目分工名单以及一大摞稿子,一并送到了胡畅社长案头。

周一上午10点,胡总打电话喊宋奕平去社长办公室。宋奕平一进门,见乔副社长也等在那里。关于班子人选,胡总不由分说地做出决定:宁菲菲任编务统筹,文史学硕士何向阳任橙汁版主编,刚毕业的小青年薛悦任可乐版主编。这个意见令宋奕平极其困惑:这批编辑中最能写、水平相对较高的苏清被淘汰,而学生气未脱的薛悦被提名为可乐版主编。宋奕平当即表明不同看法,认为宁菲菲任编务统筹还勉强可以,薛悦做可乐版主编实在不太合适。

胡总当即要宋奕平说出理由。

宋奕平镇静地说:理由很简单,《时报文汇》是一个成人读物,从薛悦写的东西、采回的稿子来看,心智不太成熟,其平时的言谈举止也同样是活泼有余、沉稳不足。况且他刚大学毕业,也缺少社会历练。

静观场面的乔副社长开口，赞同宋奕平说得有一定道理。

乔副社长要求看一看苏清与薛悦采回的稿子。胡总随手翻出两沓稿子递给乔副社长，说："我认为薛悦脑瓜子活，是很有发展前景的小伙子！而且这几个周末都在加班，还趁我来编辑部转悠时向我请教问题。"说时，他瞅了一眼宋奕平，似乎在暗示：薛悦周末还在办公室自觉加班，你做副总编的却没有做到。

宋奕平再说："我也认为薛悦有发展前途，但刊物要走市场，只能优先考虑工作能力强的人选，一些重要岗位不是加班就能胜任的。至于加班，在家干活同在办公室加班没什么差别，这堆稿子也是我在家里看完的。大家总共交了300余篇稿子，都表现得很勤奋。"

胡总便无言。乔副社长粗粗翻看苏清与薛悦采摘的稿子说："我赞同宋总的意见，可乐版的主编还是苏清比较合适。"

胡总略略沉默，自找台阶打了两声哈哈，也算认可了。

宋奕平觉察出，胡总识人用人的眼光似乎还停留在编学生刊物的思维上。

第八章 天下第一

编务会上，胡总照常享受自己的小嗜好：抽烟、嚼槟榔，不时吞一口可乐。他训话的声音十分洪亮，要求每位编辑开阔视野，从各大报纸、杂志、书本与网络上广泛采稿，优中选优，采天下好稿为我所用。文摘刊物的优势在哪里？就是可以网罗天下优稿。他要求大家加大荐稿队伍的组建力度，宣布今后社会荐稿人员的荐稿稿费、原作稿费均按千字50元计算，还将重奖优稿和表现突出的荐稿人。针对编辑人员也将出台一系列激励政策，实行基本工资、效益工资相结合。胡总又特别提出高标准的勘校要求，也将与效益工资挂钩。宋奕平倒是赞同胡总这些宏观管理思路，尤其支持要进一步提升勘校质量。时下，随着俗文化的泛滥，语言文字的不严谨成了业界一大流弊，《时报文汇》若真能做到语言文字的规范，也算是承担了一些社会责任。不过转念他又很乐：以高校对水平来编一本低俗化刊物，也是一件很有意思的事情。

胡总开口道，一本刊物要打响市场，首先要学会自我宣扬、自我推广。因此《时报文汇》上下半月版应各敲定一句精彩的广告语。他给出20分钟，要求每个人给上下半月版各想一句广告词，再集体研讨。大家开始抓耳挠腮地冥思苦想，会场出现了短时间的岑寂。时间到点，胡总要求大家按顺时针逐一把自己想好的广告语用充沛的热情朗诵出来。一句句确实精彩纷呈，趣味横生，使会场氛围泛起少有的轻松快活。宋奕平提了两句广告分别是：娱乐阅读，轻松获得；感动你我，情动天下。

胡总点评大家的广告语说,大家都费了心思,但还是没有跳离窠臼,显得太弱。广告语贵在不同凡响,有独到气势,显霸气。他酝酿了两句主广告语。

大家眼睛聚焦在胡总的脸上,屏声静气。

胡总像制造悬念似的,先吸了一口烟,才道:"上半月可乐版:天下第一轻松文摘;下半月橙汁版:天下第一情感文摘!"

胡总神色自鸣得意,然后又释义:《时报文汇》的远景目标是做天下第一,广告语就要体现气势,让读者一看广告语就想拿起杂志。又说,刊物要走极品路线,做极品就要有天下第一的雄心壮志。

宋奕平则听得犯怵,觉得"天下第一"几个字眼的确牛气冲天,但念着脸上有些发烧。他窃思顶头上司怎么就找不着北了,刊物刚改版重新起步,就要在封面上自诩天下第一。看来他把一本学生刊物发行到40万份,便已失去了平常心,有些不知天高地厚了。这句广告语赫然出现在杂志封面上,就不怕人笑话吗?

大伙一片唏嘘声,认为自封"老子天下第一",不妥。宋奕平也表态广告语应当再作思量。

胡总狠狠地吸了一口将尽的烟,然后拧灭烟头,扬起头振着嗓子说:"要成为奥运冠军,首先要有强烈愿望做世界第一,这样他才有望在奥运赛场上夺魁。一个登山英雄首先要怀揣山高人为峰的信心才敢去攀登珠穆朗玛峰。我们要立志办百万发行量大刊,这就是我们的珠峰。"他瞪大眼睛扫视全场,还特别关照一眼宋奕平,又对空发问:"大家说说,为何不可以给自己一个大胆的期许呢?!"

全场肃静,谁都不吱声,似乎都认为自己人微言轻。胡总宣布广告语就这么定下来。然后,他似乎意识到搞一言堂有点不妥,又说:"还有什么意见吗?有就说嘛,大胆地说,不用顾忌!讨论会就是要畅所欲言,敢于交换观点。"

全场一个个像雕塑似的缄口为高。胡总拿起饮料咕咚一口,宣布散会。

宋奕平觉得编这本刊物，有一种闹着玩似的感觉。天下第一的开心杂志，就这样编出来吗？他依胡总的嘱咐，把拟好的约稿函添上了"天下第一"的广告语，让编务统筹宁菲菲送到楼上给胡总过目。

下午，宁菲菲把胡总改后的约稿函取下来，交给宋奕平时表情轻笑，眼神异样。宋奕平惶惑地接过一看，也顿时瞠目，区区2000字的稿子被胡总用朱笔改得一塌糊涂。细读下来，感觉他还是按学生刊物的语言方式在改，有些地方改得非常生硬。宋奕平苦笑摇头，不晓得胡总想借此显摆自己的水平，还是蓄意打击教训下属？顿时，他也明白了宁菲菲为何用带嘲的目光看他了，觉得有失面子，顿时有点不自在。

宋奕平想去25楼与胡总理论一番，可转念一想犯不上，不如就按他的意思修改好了。

宋奕平打开电子文档，照胡总的批红修改。刚改完，林主任下来巡视，带信给宋奕平说："胡总要你把约稿函改好后，再送上去给他审定。"宋奕平本想打印出来，托林主任带上去。林主任回头说："我不上楼了，还有事外出。"宋奕平只得让宁菲菲把稿子送上25楼。

午休时间，胡总又约宋奕平出去走走。宋奕平不想去，又碍于情面。一路上，他强装兴致地听胡总绘声绘色地回忆在《江边时报》当副刊编辑的非常经历。他说，曾给国内某知名作家约过稿，其实有些名家也徒有虚名，写过来的稿子他照样大幅修改，部分稿子质量不高，他坚决不用。说时显示出见过高山、不在乎平地，曾经沧海难为水的倨傲。俨然认为做过副刊编辑，就有了俯视文坛、睥睨所有文学作者的资本。这令宋奕平不无反感，却又不好败上司的兴。

胡总说得更来劲了。他称由他主持的副刊版面，差错率最少，质量上乘。那时候，一些编辑改稿子，改得让不少作者不服气，尤其让一些名家不认同，因此还打电话到编辑部提意见，只有他改过的稿子没有不服气的，都是来电称赞改得好，改得精到。

宋奕平听胡总自吹自擂，觉得他有老子天下第一的自负，而且很要面子。他实在不想再继续听他的吹嘘，适时岔开话头，请示编辑部有关管理制度的事项，并问《新学生》是不是有一套现行的制度蓝本。胡总说:"你另起草吧,《时报文汇》与《新学生》不同,都是相对独立运行,也需要一套相对独立的管理规范。"又叮嘱宋奕平说:"以后编辑部要从严治理,营造一种紧张的工作氛围,鞭策每个人努力工作。"宋奕平点头,又与他沟通有关大力发展荐稿队伍,拓宽摘稿视野的一些具体思路。胡总说:"我赞同!广采博收是文摘刊物相比原创刊物的巨大优势,这个优势要发挥好!发挥好了就能创出大品牌,这也是我立志要做天下第一的理由。"

宋奕平心里嘟哝:什么才叫好文章呢?按你既定的择稿要求选的稿子能叫好稿吗?好与不好,各有标准,真是一个说不清的东西。

陪胡总散步,宋奕平觉得越来越不自在,心不在焉,只想尽快逃离。然而脚下的路很长。胡总的情绪倒是很不错,宋奕平念起员工催问参保的事情,便问胡总杂志社何时办理社保。

胡总不小心被一枝树叶刮了一下脸,略略一愣才回答:"这个你跟大家说一声,今后会买的,不过要等三个月的试用期满后。"

他本想说明《劳动法》规定员工到岗第一个月起,单位就必须为职工买社保。但稍做迟疑后想,既然胡总答复要办,过于紧逼也是不妥。胡总提及试用期,宋奕平想到当初面试,双方谈定他这个副总编是没有试用期的事,不知胡总还记在心不?自己毕竟也不是生手,眼下正不遗余力给编辑们做培训,他便谨慎地又问:"胡总,我也要三个月的试用期吗?"

胡总说:"你不用试用期!你是当人才引进的,不同于他们。"

宋奕平甚感欣慰,觉得胡总还算是讲信义的人。

第九章 变脸与查岗

带领一支生手团队起步编务工作，得从怎样填稿签教起，千头万绪的确是一件负轭前行的事。最难还在于培养编辑们的审稿能力，逐步把他们引入角色，只得鼓着热忱、耐着性子循循善诱。宋奕平采取对每篇稿子逐一点评、就普遍问题集中培训、个别情况单独指点、现场解答提问的方式，积极推行日常训练。大家现学现用，亦步亦趋进入编辑角色，可薛悦等个别编辑，受胡总称录用人员皆"百里挑一"褒奖的影响，自我感觉良好，有时对他的指导意见还噘噘嘴巴不以为然，或以顽皮叛逆的言辞相抵牾，让他心里有些窝火。网络文化对这些人的影响非常大，一些浅陋搞笑、缺乏内涵的稿子被大量摘取下来送审。这些稿子让宋奕平读得很苦，读得厌倦，丝毫体会不到阅读的快感。尤其薛悦采回的笑料稿，纯粹是低级俗气穷搞笑，宋奕平反复解释幽默不是低级趣味，不是穷搞笑；幽默的写作手法需要出新、有变形、有内涵、有张力，逗笑的同时能启迪心智，或引人深思，这样才能带给读者深层次的快乐。可惜他全然不能理解。

薛悦用迷惘的眼神听着，冷不防抛出一句："宋总，我是依照胡总的要求摘来的稿啊！你的意见怎么与胡总不同呢，我该听谁的？"弄得宋奕平直发窘。

宋奕平现在基本能在幽暗的总编办与柳总相安无事地待下去了，不过看稿看累了，他习惯踱到隔壁副社长室去享受一会儿阳光和新鲜空气，然后又转回座位埋头苦干。时序接近夏天，白天越来越长，有时下班走出电梯间，西斜的阳光还很明亮，黄灿灿的很刺眼，让灯光下待惯了的宋奕平产生晨昏颠倒的错觉。他苦叹工作之累，成天待在暗室里，生命都好像要萎缩了。

然而，他感觉更累的还是自己的内心。这些天来，宋奕平觉察到林主任天天到编辑部来查岗，清点人数，上午、下午最少来逛一次，每次还会走进总编办探视一眼。她看人的眼光是虚空的，喜欢用女当家的口吻说话。有时她没看到某编辑的身影，就会青起脸色盘问宋奕平，××哪儿去了？他只好一一回答。胡总也时不时突查编辑部，目光炯炯地盘问人员去向，好像他会和编辑狼狈为奸似的。胡总再三叮嘱宋奕平要从严从紧管理，要狠抓工作效率，等等。宋奕平很不屑于这种做法，犯得着这样吗？这一摊子事谁在做？他有点自尊心受挫，觉得新上司性子火暴，的确是个笑面虎，会上那番气概和豪爽，也是假扮出来的。

宋奕平自觉编务工作开展得有条不紊，但胡总总是表现出对编辑部工作的不满。胡总对新员工也好像过了蜜月期，开始由随和变成了威严，和善的笑脸不见了，变得戾气十足，经常绷起脸说话，时不时动怒，一味施加压力。只是偶遇客人来访，他那张脸才晴空开放、谈笑风生，笑得鱼尾纹摆动起来，哈哈打得响亮，显得洒脱而富有亲和力。客人一离开，胡总的笑容便旋即收住。他有一句训诫的话挂在嘴边"杂志社的未来是美好的，但创建美好的现实是残酷的"。上司臭着面孔，自然令编辑们也不乐心，渐渐对他敬而远之。

宋奕平窃想这个可乐型杂志才起步，大家就已做得不太开心，今后能把开心快乐带给广大读者吗？

这些日子，柳总也在暗中串连其他股东，叽叽咕咕说事，像是在玩联手对抗着胡总的把戏，想必这也是胡总烦躁的缘由吧。

上午，宋奕平去洗手间，带上几份稿子在蹲便器上审阅，不知不觉，久蹲了一些时间。当他回到总编办，柳总问他去哪儿了？说林主任刚来过了，在编辑部待了好一会，在问他的去向。又说刚挂掉了胡总的电话，要他去胡总办公室一趟。

第九章 变脸与查岗

"胡总，您找我有事？"宋奕平进社长室就扮出笑脸问。胡总头也不抬说："林主任在编辑部等了老一会儿，没看到你人影。我刚才打电话下去，你也不在，去哪儿了？现在出刊时间紧，工作任务重，开不得小差哩！"

宋奕平回答："我刚去洗手间了，还带了几份稿子在洗手间看哩。"

"怎么没有和同事通个气呢？柳总不知你去哪儿了，我问编辑部的其他人也不知道。"胡总绷着脸色，眼睛紧盯着他说。

宋奕平好笑又好气，反问胡总："难道单位有规定，上个洗手间还要请假？"

胡总被噎得语塞，随后只好道："没别的事，就是催你工作要抓紧点，编务放松不得。"

宋奕平抑着不悦，放平语气回答："胡总，我工作一直抓得很紧，一直在努力。"

走楼梯回总编办，宋奕平一路有些悻悻的，对上司无理的紧逼和疑神疑鬼感觉很不爽。他自认为干工作不是偷懒的人，该尽责的尽责了，编务工作也是有条不紊，胡总怎么没看在眼里，还如此不信任人呢？人生哩，真是不如意十有八九。

他是个心里藏不住事的人，忍不住对柳总倾诉。柳总莞尔一笑，意味深长地说了一句嘲弄的话："他们胡畅夫妇，自家肚里有太多的鬼，才怀疑别人也会像他们一样，所以不相信人。他俩历来是严以律人，宽以待己。"

宋奕平觉得柳总此话是哲人哲语。一度来的工作体验，他越来越不敢恭维胡总的为人与办刊水平，反而对柳总多了几分好感。他回想上次散步，胡总郑重其事提醒他当心柳总，不要轻信他的话，但柳总透露出来的事，基本能得到多方印证。比如说他批评胡总虚伪，说胡总亲戚加关系户占了杂志社人员的三分之二等，都不是空穴来风。

柳总好像巴不得宋奕平对胡总结怨，也越发对宋奕平表示出好感和善意，俨然要拉拢他结成统一战线，同仇敌忾对抗胡畅社长。柳总表情耸动了几下，瞟一眼隔壁财务室灭灯无人，又猫腰去关了总编办的门，压着嗓子再次揭起胡总的老底。宋奕平忽而觉得灯光下的柳总，表情和动作都有些鬼鬼祟祟，像电影里"文革"时期的阶级敌人，不禁想笑。

柳总爆料：胡总公车私用不说，油票全在杂志社报销；私人请客吃饭的钱，也是在单位报销，甚至连家里的水电费，都一概拿到单位报账，反正出纳是他的外甥女，会计是他的关系户，做账方便得很。后来股东清理账目，发现了许多不清不白的地方，就推举乔副社长分管财务。现在单位出台了新的财务管理制度，所有发票都须乔副社长签字。几天前，胡总拿了几百块来路不明的油票和家里座机电话费要报，乔副社长不给签字，他没有报成。后来，他又把那些油票交给他那开面包车送杂志的侄子胡雷，再次来找乔副社长签字，结果又被看了出来。宋奕平听了这些，虽说股东之事与己无关，却很不是滋味，增添了对胡总人格的几分鄙视。

柳总见宋奕平被说动了，再爆猛料说：《新学生》杂志每年的分红他占20%的干股，又自行决定每年拿出20万元当发行奖励。《新学生》杂志80%的发行客户都是由柳总在负责联系、追踪和维护，可去年20万元的奖金，胡总仅给了他5000元，其余都据为己有。就连工资，胡总也照样贪婪，他给自己定了月薪1万元，给柳总却仅4000多元……说着，柳总表现出愤恨的神色，再蹦出一句：老子这两年因为力主反腐，又惨遭他的报复，受饱了窝囊气！

看着柳总气愤的表情，宋奕平想笑却笑不起来，再想他当着胡总的面一副阿谀奉承的样子，便有些轻蔑他的软骨头。然而，胡总又表现出那么大的事业激情和理想，难道源于个人贪欲的驱动？他感叹昔日的文学愤青，如今变成一个彻头彻尾的唯利是图者！甚至让人感觉有点可怕。可是偏偏这样的人，社会关系混得如鱼得水，事业搞得红红火火。这个世界，真是存在太大的悖论。

宋奕平想起胡总提出换车的事，便向柳总打探。柳总黯然叹气道："他现在是当家人，谁都奈何不了他，他上周已经把宝马车开回来了。"宋奕平笑道："杂志社购了豪车，也不欢庆一下？柳总你也可以去体验名车的感觉啊？"柳总憋着一口气说："那是胡总的专座，哪能有我体验的分啊？我瞅都没去瞅一眼，更没福分去享受了。"

宋奕平将柳总的军说:"你们股东怎么就惯于宽容忍让呢?"柳总说:"我是一直在和他进行曲线和柔性斗争,所以他恨透了我,恨进了骨髓。"然后冷笑了一声又道:"等着瞧吧,弹簧压到一定程度,也会强力反弹的,乔副社长也好久就不服他的气了。"

忽然响起敲门声,他俩才意识到闭门私聊的时间不短了。柳总止住话头去开了门,原来是苏清给宋奕平送稿子来了。她眼神有点异常,也没多说什么,把一叠稿子交到宋奕平的手上,就退了出去。

第十章 灯光的关怀

《时报文汇》刚启动运作,柳总一位女朋友便出手不凡,率先拉来了一单广告,但不是现金收入,而是一位名家的三幅画作。胡总对此也乐得欢,很是欣赏,称是一个好的开端,对柳总的态度也友好了许多。这位名家便是江边市的知名画家渔人,将在封二刊发他的作品。这天,渔人亲自送刊用资料过来,宋奕平已是第二次见到这位曾经名噪一时的先锋派画家。岁月不饶人哩,画家渔人虽然还保持着齐肩长的艺术家标志性发型,但已苍老憔悴了许多。闲扯时,画家当然记不起曾与宋奕平的一面之缘,但宋奕平记忆如新,那是在世纪之初的一次文艺沙龙上,一伙叛逆的文艺青年相聚。渔人以其抽象写意手法表现清江厚重、具有灵性的历史人文的系列先锋作品,成为那场沙龙的中心人物。十余年后,宋奕平再看他作品的照片,虽然意境还很美,却瞠然发现其创作风格变化很大,虽然画得精美,但装饰味太浓了。他对一幅《清江晨歌》作品的照片脱口赞叹,站一旁的柳总更是不吝溢美之词。这幅画面以清江晨渔为题材,旭日东升、清流涵日,清晨的世界透出希望和朝气。画境不无诗性,却是典型的商业画味道。宋奕平恭维说:"渔人老师,清江现在都狼藉不堪了,您眼里的清江怎么还那么怡人,还画了一个清纯的渔家姑娘。"

画家叉开手指梳理了一把长发,淡然一笑道:"我这几年不去清江边散步了,但我眼里的清江依然是过去岁月的清江,是意念里的文化

第十章 灯光的关怀

清江。"

宋奕平不禁感慨：正在接受艺术启蒙的新一代画家，清江留在他们审美中的形象，又是怎样的呢？他们笔下的母亲河，还会保留最后一点美感吗？他边翻看着这叠作品照，不经意出口道："渔人老师，我感觉您现在的画风改变了。"

画家怔了一下，歉然一笑："曲高而和者寡，就难与市场经济接轨。商业时代得讲现实哩，画家也一样。"宋奕平因此感慨尘世烟火和市场经济对艺术工作者的改造力，至今已是人也非，物也非啊。

渔人离去，柳总又凑近宋奕平低声说："你晓得吗？渔人画家现在找了个二奶，很需要钱，也想多卖画。"宋奕平快活地问："你怎么知道的？"柳总咯咯一笑再说："我怎么不知道呢？我那个小妹跟他的二奶关系很好，才拉来这个广告的。"

他们正聊着，林主任带着少有的圣母般笑容来了。她提着两盏台灯笑吟吟地走进总编办，用慰问式语气说："我看你们这屋的灯光有些暗，就给你们申请两盏台灯。工作要做好，但不能把眼睛使坏了呀。"柳总与宋奕平连忙起身相迎，乐呵呵地接过台灯，感谢领导的特别关照。林主任却谦逊说："你们两位才是我的领导呢！我是打杂的，给你们两位老总做好服务是本职工作。"柳总意味深长地说："我们不仅要感谢林主任关心，还要感谢胡总的关怀！"宋奕平也连连称是。

林主任顺势说："胡总早早就吩咐过我，要给你们添两盏台灯，让两位老总在明明亮亮的环境里干工作。"

柳总的笑容僵住了，别样地望了一眼林主任。宋奕平没理会那么多，当即插上了台灯，昏暗的空间顿时放亮。林主任也像送来大恩惠似的，笑靥如花。柳总与宋奕平再次对她道谢。她满意地离去了。

两盏台灯同时旋亮，照得总编办通明雪亮，屋里角角落落都变得清晰了起来，空气似乎都不再那么稠浊了，让人从暗淡的心情中跳出来，内心世界也亮堂了不少。宋奕平开心道："柳总，托你的福啊，我们添了光明。"柳总嘿嘿地笑着回嘴："你的说法不对，是因为单位新购置了宝马，林主任心里高兴，也让我们沾点光。"宋奕平听得开心，便说：

"如果林主任能够把总编办换到乔副社长的办公室去，那才叫真正关怀我们。"柳总又说："胡总之所以换宝马，是因为林主任一直向往拥有一辆宝马。"

人呢，总是得陇望蜀。宋奕平有了台灯，还是希望能把总编办搬到有自然阳光和清风的副社长室去。

前几日，胡总跟宋奕平说，《时报文汇》编辑部开会都到25楼去开，免得影响到《新学生》杂志编辑部的办公。宋奕平说，副社长室长期空着，开会正好利用一下。胡总说，乔副社长的办公室，不要去占用，上25楼来开会就好了。这一叮嘱，基本掐灭了宋奕平觊觎副社长室的幻想。不过他心里怅怅地觉得不公平，主仆之间存在太大的待遇差别。

宋奕平对乔副社长的感觉则是好坏参半，觉得他有点正义感，敢对胡总说不，有直率的一面，却也主子气十足，尤其对胡总苛责员工视而不见，喜欢装糊涂。唉，在追逐利益面前，又有几人能够保持本色呢？

灯光明亮了，心情好转了许多。宋奕平更能看清柳总的形态了，可终究看不透他的内心世界。柳总时不时撺掇宋奕平去跟胡总、乔副社长说调换办公室的事。

宋奕平刚好写完各种编务制度，胡总打电话下来，催要编辑部有关管理制度和编辑流程。他懒得等电梯，爬了四层楼梯走向胡总的办公室。正好经过发行部沈总监办公室，看到沈总独自坐在屋里发呆，样子很慈祥。他便不自觉地同沈总打招呼："沈总，你想什么美事呢？"走近身边一看，才发现他桌上正放着一张曲线图。自不用说，又在潜心研究博彩的数字规律。

宋奕平禁不住好笑地说："沈总，原来在做发财梦啊。"

沈总脸色陡变，慌忙做了个"嘘"的手势，又指了一下胡总的办公室。宋奕平心领神会，立马转口说："沈总是想《时报文汇》今后能大卖特卖吧？"

沈总兴奋地回答："对，我在等你快点把首刊编出来呢，才好外出搞发行。"

宋奕平说："我们正在加紧工作。但不能只赶速度不要质量啊，有

第十章 灯光的关怀

质量才有利于沈总拿出去搞发行嘛。"胡总在办公室听到了外头的对话，传出不满的声音来："沈总也在急着等事做了，宋总你要加快编辑进度，赶紧把改版的刊物编出来才行。"

宋奕平应声走进社长办公室，作笑说："胡总您又犯急性病了，我同编辑部的同志一刻都没停的，都在苦干。急火加工难免煮出夹生饭啊。"

胡总板起脸诘问："你说在没日没夜地干，怎么编务的一系列制度流程，还没见你拿出来呢？"

宋奕平说："这不给您拿来了吗？本来昨天要送上来的，又酝酿修改了一遍。"说着，把几页拟好的制度搁到了胡总面前。

胡总指着一叠稿子说："你看，这一大堆稿，我一个多小时就全看完了。你们做事情是怎么个效率啊？"

宋奕平愣了一下神，才回答："胡总，您是头儿，我们的水平怎么能跟您比啊。再说您可以粗粗地浏览，我要每篇稿子做点评，也当是给编辑们做培训，所以效率会低一点。"胡总忽然想起说，有些稿子太长，一定要有主观能动性，注重删减。现在的稿子删减得很不够，还须大刀阔斧地删。今后要力主发短稿。如今社会的生活节奏快，有几个人能沉得下心来读长篇文章啊？

宋奕平直抒胸臆说，稿子长度是要控制，但主要还得看文章是不是言之有物，有的话稍长一点也无妨。期刊市场的衰落归罪于长稿惹的事，好像也不公允……

胡总听得不耐烦，嗓门大了起来："你的意见怎么总是与我相左呢？什么有物无物、有话长无话短的！今后刊物只能以短稿为主，绝大多数稿子要控制在一页以内，最长不能超出两个页面，要多鼓励发半个版面、三分之一版面的稿子。我的这个思想，要作为硬性要求落实下去。"

宋奕平又提醒说，稿子过度删节的话，会破坏了作品的完整性，依照《著作权法》也是侵权的……

他不耐烦地道："你又在我面前法啊法的，哪有那么多顾忌畏怯啊？照我的意见办就是！"

胡总不由分说的态度，让宋奕平很窝火。他想，当下许多杂志在一味提倡短稿，好像长稿带有原罪，把刊物编得鸡零狗碎的。简陋化和浅薄化几乎成了刊物的一种通病。难道现代人真就忙得沉不下心来读一篇长文章了么？长篇小说那种博大、丰富与恢宏，以及故事脉络的悬念，不就是显著的卖点么？宋奕平觉得憋屈，嘟哝道："尽搞些快餐式的东西，杂志编出来也不像回事，读起来也会很没劲……"

胡总没好气地说："现在生活快节奏，就你在心忧阅读快餐化！我倒觉得刊物要走市场，快餐化不是一件坏事，让人爱上你的快餐更不是一件容易的事！你没看到江边市的不少快餐店很有特色，生意普遍都很好？时下的消费理念，还是快餐最大众化，最有广阔市场。还有可乐类饮品，消费量不也很大？你老是把法律挂在嘴边，编个稿子侵点权就前怕狼后怕虎，这个副总编怎么当下去？怎么去调教你的下属？"

唉，明知上司旁征博引的宏论似是而非，但宋奕平也不想再争辩下去了，胳膊终究拧不过大腿。他只能克制情绪，装出歉疚的笑脸自找台阶下："好好，胡总您别生气，我按您的指示办就是。"

胡总点了一支烟说："我找你来，还想跟你商量奖罚条例、绩效工资制度的事情。你也得赶紧把这两个方案拿出来才行，我们再讨论一次。"

宋奕平说："现在我桌头的稿子堆积如山，还得边看边做员工培训……胡总，这两个制度您觉得该怎么定，您定了规矩，到时宣布一下就行。"

"怎么要我定了宣布？我主张实行民主集中。"胡总很不悦地说，"现在不是提了个编务统筹宁菲菲吗？要她起草啊，她的主要工作就是协助你。"

宋奕平心想，宁菲菲对杂志编务一档子事还是丈二和尚摸不着头脑，能帮上多少忙呢？但这话到了嘴边忍住没说出来，最后勉强应了一声，便告辞出来。

第十一章 柳总的女友们

　　胡总接到中国时报协会的会议通知，起程赴京。阎王出门，小鬼当家。宋奕平与柳总的心情都为之一释，像学生可以暂时逃避严师管束一样快活了起来。其实呢，宋奕平还是很佩服柳总的处世艺术，柳总负责《新学生》小学版、初中版、高中版的发行，工作强度也不小，但他分心有术，善于忙里偷闲，还能广交女友，日子过得活色生香，工作也能左右逢源。即便是胡总的责难，似乎并不能影响到他的洒脱生活。

　　每个学期开课的第一个月，是《新学生》杂志搞发行工作的忙季。发行方面本来还有些扫尾工作要做，胡总一离开，柳总也懒得动了，整天趴在电脑前，忙得不亦乐乎。前段时间，胡总要动他执行总编的位子，他郁闷了一阵，现在因为乔副社长给他撑腰，危机过后，烦忧自然也消退了，饶有兴致地与女朋友们频频通话或聊QQ。宋奕平感觉扎在电脑前的柳总不时发出的咯咯痴笑有肉麻的感觉，于是把头伸过电脑，问柳总在笑什么？柳总神秘兮兮对宋奕平招手："宋总你过来看看。"

　　宋奕平不知看什么新鲜，起身走了过去。

　　柳总往一边闪了闪身，让他看QQ窗口上一张女人照片，边问："你说这个女的还行吧？"

　　照片上的富态女人一脸浅笑，有一双媚眼，气质也很好。宋奕平嬉笑地点头道："不错，不错，很有韵味和内涵的那种。她也是你的女网友吧？"

柳总乐得嬉地点头说:"算是吧,新钓到的。"

宋奕平说:"柳总,你网上钓女友真是有办法啊,堪称神手!"

柳总带些猥琐地道:"人生烦恼与生俱来,快乐要自己寻找,我这是在排解烦恼啊。宋总你也莫太沉溺于工作了,男人嘛……"

宋奕平说:"这个,要柳总传授经验啊。"

柳总道:"要什么经验啊,网上多的是,主动去找她们聊天就是了。"

宋奕平真是佩服柳总的生活艺术,拿得起,放得下;收得拢,摆得开。即便对付胡总,他虽然恨之入骨,也能欢喜相迎,恭顺有加,有时还敷衍得胡总很熨帖;即便胡总讥刺他滥交女友,他也不以为然。宋奕平发现了他近来通电话和来访的女友又有新面孔,有大学老师,有公司职员,有经营企业的老板,还有公务员。长相靓丽中等、环肥燕瘦,各有风采,但普遍质量不错,柳总也只有在与女朋友的交往当中,才流露出快活表情。上门上得勤的有三四个,其中一位扎马尾辫的,被柳总喊作茹妹的青年妇女似乎与他格外融洽,有时还当着宋总的面扑在柳总的肩头黏乎,弄得柳总有些难为情地望一眼宋总,然后扭动身子避开。

宋奕平免不了妒羡柳总的女人缘,当然还有乔副社长和发行部沈总等人也有这种心态。有一回,乔副社长过来,恰巧遇上柳总外出,就和宋奕平聊起了天,他一副不可捉摸的笑容问:"宋总,你同柳总一个办公还适应吗?他那些来往的女朋友不会干扰你吧?"宋奕平倒被说得不好意思,脸丝丝泛红地说:"还好还好,现在习惯了。"乔副社长乐呵呵地道:"不过柳总这些女朋友,对我们杂志社还是蛮有用的,她们在发行和广告业务上给两个杂志不少支持。所以,你即使看不惯,也不要怠慢了柳总的客人啊。"宋奕平连连说:"怎么会呢,有客人来访,我也不亦乐乎。"

柳总的女朋友都如此有用,这是宋奕平始料未及的。她们还经常给柳总送一些小礼品,如领带、衬衣、皮带、茶叶、咖啡、剃须刀,等等。宋奕平倒也遇见不少。柳总收到这些礼品,表情幸福自得的,免不了在宋奕平面前炫耀一下:"宋总,你看这皮带是什么品牌?你说这大红袍的市场价大概是多少钱一斤呢?"宋奕平通常都是敷衍一下。柳总还会

第十一章 柳总的女友们

自爆底料谁谁给他第几次送东西了，前次送的是什么之类的话。柳总也免不了要回馈，彼此礼尚往来，更能融洽双方的情意。这样隔三岔五就有快递送来，好几回柳总不在，都是宋奕平代为签收。偶尔，柳总也会把收到的礼品当着宋奕平的面转赠给另外的女朋友，比如茶叶、咖啡之类。有一回，柳总还要转赠一条皮带给宋奕平，宋奕平慌得死活不敢要。

宋奕平有些艳羡柳总每天生活在温柔乡里，享受别样的幸福。每当有女朋友来访时，柳总会表现得烦去忧消，岁月美好。每当他谈这些女友时，便有点神色沉迷，显得有些可爱。不过宋奕平也发现他心思很细、性情敏感，不知是不是与女朋友厮混多了的缘故。与他闲侃，虽然不乏心有灵犀的感受，但措辞不能不非常谨慎。柳总大概也感受到了宋奕平的忠厚老实，而且对他的女朋友们并不排斥，于是对宋奕平的防范逐步减少，慢慢地对他表现得更加友善，两人经常相谈甚欢。

他又对宋奕平坦露心扉说："男人嘛，平时多交些女朋友其实比交男朋友更有意思，更能得到心灵的慰藉。男人与男人、女人与女人之间的交往容易构成一种竞争或妒忌的关系，男女朋友之间的交往更多是情感的互补交融。"宋奕平意外于柳总有如此独特的体验，哈哈笑着道："是吗？也许真是这样啊，可惜我没有这方面的经验和体会。"他暗叹柳总对男女友情有如此深的感悟，还上升到了理论的层面，真是一个有心人。柳总又眨眨眼睛对宋奕平说："说真的，你也莫辜负了这个好时代，应当腾出些心情和时间交交异性朋友，那是不一样的感觉。"宋奕平莞尔道："是吧，可我觉得自己缺少魅力，缺乏自信。"柳总说："宋总你莫谦虚了，你比我还年轻，又是标准的帅哥！关键你要往这方面花心思。"

宋奕平觉得柳总批评得对，自己成天看稿、做培训，心系杂志发展，终归是没有割舍这份文学情结。

柳总再吐心得说，现在虽然文学氛围淡薄了，媒体人也不像以前那么吃香，但还是有许多漂亮女人喜欢文化人，尤其在媒体有一官半职的人。他建议宋奕平有花堪摘当须摘，好好利用身份优势，莫要荒废了大好青春。

宋奕平笑得有些意乱神迷，联想柳总那位最要好的茹妹妹，的确是一位带有文学情结、仰慕媒体工作的女士。一起聊天时，她的话语里多次流露过喜欢文化男人的情怀。

柳总突然慷慨地说："你若乐意交女朋友的话，我介绍几个不错的给你认识？"宋奕平顿时慌乱起来，连忙摆手说："不不不，我哪敢夺柳总所爱？"又随机撒谎说："我其实也有一些女朋友的，只是来往不多。"

柳总有时也看书。宋奕平隔着两台电脑的遮挡，发现他老在翻看一本书，像是百看不厌，只是会藏着掖着，每次离开他总会顺手把书塞进抽屉。宋奕平很是好奇，这究竟是一本什么书呢？如此神神秘秘的。有一天，他终于窥见了书的封面，叫《老狐狸处世术》。

第十二章 奖惩制度

午餐后,宋奕平下电梯走到时报大楼的前院,正碰上胡总从崭新的珍珠白的宝马车钻出来,显得很有派头。宋奕平迎上去打招呼,晓得是胡雷刚开车去机场接从北京回来的胡总。宋奕平带着兴奋问胡总:"这是杂志社新购的车?"胡总笑着点了点头,反问:"你看还行吗?"宋奕平连忙道:"行,还行!"但话刚出口,他又暗笑自己的酸腐,怎么说还行呢?这样的好车对于自己来说简直不可思议。有几个报社的人走过来与胡总搭讪,喊他胡老板,羡叹他的新座驾。胡总鱼尾纹忽闪满面春风地点头,忙给大家发烟。宋奕平趁机走开了,心里却对胡老板的称谓很有触动,觉得眼前的胡总的确老板气十足,老板手段也十分娴熟。

下午,胡总主持召开高层干部会议。他说这次进京主要是中国时报协会秘书处进一步落实《时报文汇》承办的事情,又传达了刊物政治导向的问题。胡总自诩说:"政治问题呢,我是能够把关的。做《新学生》杂志快六个年头了,从来没有出过什么大问题;《时报文汇》有我把关,能出什么大事?"柳总连连点头说:"那是那是,《新学生》杂志这几年来从来没有出问题,倒是集团主办的《江边时报》闹了几次小差错,受到新闻出版署的点名批评。"宋奕平听着这些话,也对胡总脱口称佩。胡总扬起头来,响亮放言说:"今后你们只管站在卖点的角度大胆用稿,有我把关,不用怕。"然后又丢了一枚槟榔入口,有滋有味地咀嚼,时不时咂着腮帮子吮一口滋味。

会上，胡总重点发表了对《时报文汇》编务人员的奖惩意见。说是讨论，其实是阐述他的意图。胡总训话，刊物既然要走市场，就得按市场游戏规则来办事，不能吃大锅饭、搞平均主义，必须按劳分配、多劳多得，区别对待绩效的优劣。所以需要制定一系列的奖罚条例，奖励先进、鞭策后进。胡总做指示，宋奕平与宁菲菲连忙铺开本子做记录。前两次会议，他们没有带笔记本，遭到胡总的严厉批评，称这是他的理念总贯彻不下去的内在原因。

各栏目实行责任分工与竞争上稿，责任编辑定效益工资800元，美编1500元。考核按照责任发稿页数100分计算，责编完成工作量即上稿量的百分之多少，就按该比例拿效益工资；编辑超出自己负责栏目的编稿数又在其他栏目上稿，可分配其他栏目的分数，享受相应编辑费。主编1000元，编务统筹（即编辑部主任）1300元，副总编3500元，由总编打分，从40分起步，加10分一个档次，最高120分，对刊物的总体质量进行考评，发放相应的效益工资。优稿奖励的措施是，上下半月版每期评出优秀文稿三篇，优秀版面各一个，各奖励100元。每季度上下半月版评出优秀文稿三篇，优秀版面一个，各奖励200元。每半年评出优秀文稿两篇，优秀版面奖一个，各奖励400元。每年度上下半月版评出优秀文稿各一篇，优秀版面各一个，各奖励500元。另外，凡在江边时报集团或业内权威报刊发表相关论文的，视情况给予奖励。

宋奕平觉得，这个考核方式很有鞭策和激励作用，只是执行起来容易引起争议，因为评优打分，也会仁者见仁，智者见智。

胡总讲完，喝了一口可乐，又撕开一包槟榔，再点上烟，一套下意识的动作行云流水。然后他严厉地说，作为一家国家级刊物，编辑务必严谨，显示出文字的规范，要坚决消灭差错。所以，需要对差错进行层层负责，严厉处罚出错行为。层层负责的原则是：责任编辑的差错由主编认定，主编的差错由编务统筹认定，编务统筹的差错由副总编认定，副总编的差错由总编认定，最后由总编签字付印，出刊后的差错则由总编承担责任。美编对各环节校对出来的差错，未改到位的，由美编担责。具体处罚措施是，政治宗教错误的，每处罚200元；错别字、语病每处处罚 10 元，标点符号错误每处罚 5 元；目录、标注差错每处罚 50 元。美编对图片侵权、页码标注错每处罚 100 元，对批红未做修改或再次改错的，每次罚 20 元。若给刊物造成经济或荣誉重大损失的，则给予相关责任人重罚或辞退处分。

　　宋奕平惊诧于处罚的严厉。调皮的薛悦伸着脖子说："胡总，照这样罚，到时我们那点工资不都罚没了？"其他人跟着哄笑，然后都噘起嘴表示很难接受。编辑部已搞了两次勘校的模拟演练，大家都知晓自己的勘校水平。胡总眼里喷火地道："就是要用重罚逼你们去学习，赶紧把短板补上来。我们要打造百万份大刊，文字质量不过关哪行？出了差错我胡某的面子往哪里搁？你们作为一个堂堂国家级刊物的编辑，没有过硬的文字功力哪行呢？！"

　　胡总态度不依不饶，吐出槟榔渣，重重地在烟灰缸里拧灭了烟头，目光扫视全场说："见刊后的差错都算我总编的，加倍责罚！"

　　胡总严于律己，出语铮铮。全场鸦雀无声，宋奕平亦肃然起敬。

　　胡总铿锵有力地再说："差错由办公室统一登记备案，各责任人确认后，报副总编与总编签字，最后交财务部执行。宋总和宁菲菲，你俩要把统计差错的职责担当起来，决不能枉徇私情。"

　　宁菲菲玩着手头的笔，尴尬地点头，显然无奈和心虚。

　　胡总说得硬梆，显然是自信的流露，宋奕平不免也感受到了压力，因为他很清楚，做编辑这一行，勘校是一大能力关，而差错也是很难完全消除的。不过，他虽然对上司有一千个不满一万个不认同，但对胡总主张严格勘校，规范刊物的语言文字是很认同的。说实话，当下报刊在语言文字上的严谨确实存在放任之虞，尤其网络读物的失范，到了一发不可收拾的地步。作为有社会责任感的读物，理应对文字严谨负责。不过他再度尴尬地觉得：如果杂志内容能脱离低级趣味，又加之文字语言的规范，好马配好鞍，该是多好的事啊！

　　在宋奕平走神的时候，胡总宣布奖罚制度基本就这么定了。全场鸦雀无声。临近会议尾声了，胡总照例发扬民主尊重民意，扫视全场问一句："谁还有不同意见吗？有不同意见就赶紧说出来。"

编辑们都蔫头耷脑，心事重重，寂然无语。

宋奕平意识到勘校涉及标准的问题，应该要明确才好，于是说："文学语言有许多个性用法，尤其网络语言新词迭出，到时怎么确认对错？建议制度得先明晰标准，我认为字词可以最新版《现代汉语词典》为准，语法以国家权威部门发布的语法和标点符号用法为依据。"

胡总爽快地说："这个当然。"

宋奕平趁机提出，校对离不开工具书，社里需给每位文字编辑买一本《现代汉语词典》才行。

胡总当即拍板："可以，你安排人去民营图书市场采购，辞书类可以打折的。"

宋奕平心想，他胡总也算精明到了家，到图书市场买能省几个钱呢？

会后，宋奕平和柳总谈及胡总发布的考核与奖罚制度，问柳总："《新学生》是不是也这么执行的？"

柳总轻蔑地一笑说："《新学生》也这么搞过，但等罚到胡总自己头上时，制度就不了了之了。"

宋奕平忍不住又说："胡总的话很硬气，看上去是文字把关高手。他说自己把关的《新学生》，六年没有出过大错，平常差错也降到了最低水平。"

柳总再次嘲笑了一声，习惯性地瞟一眼隔壁，俯过身来，用气声冲着宋奕平说："他老胡真是吹牛不怕犯罪，恬不知耻。"

宋奕平为了躲避柳总的口臭，侧转脸把耳朵偏向柳总的嘴，装出用心聆听状。

柳总再说："之前就有三次涉及政治、宗教方面的错误，都是他签字同意付印后，我最后修改的。他在稿子终审和终校时，都没有发现。"

宋奕平"哦"了一声，又反问："那些差错，你怎么没先看出来呢？"

柳总倒是镇定从容地答："这几期刊物的差错，我在审稿时都看出来了，故意留下尾巴试他一下的。他当时也吹牛说自己编校水平高、政治敏锐性强，结果狗屁不是。"宋奕平惊诧柳总果然是一个有城府的人。

宁菲菲呆坐了老半天，又缩缩瑟瑟地走到宋奕平的身边怯怯地问：

第十二章 奖惩制度

"宋总,这个奖罚条例,到底怎么写啊?"

宋奕平看着她一笑:"胡总不是说得很明白了么,你就按他的口述来写啊。"

宁菲菲显得十分为难道:"这种东西,我没写过的,比如怎么开头,正文、结尾该写什么,怎么措辞……"

宋奕平苦笑了一下,只好耐着性子说:"你先写个总则,就是为什么要制定这个制度;再分门别类写奖励条例和处罚条例,这两个分方案都先写考评的方式,再写具体的奖罚措施……你写好了,先给我修改,再交胡总那里去吧。"宁菲菲感激欢喜地点头,然后走开了。快下班的时候,她把写成的初稿交来。宋奕平不看则已,一看吓一跳:这方案写得颠三倒四像一锅烂粥。他蹙着眉头叹了一气:"唉,得了,你把电子稿发给我吧。"

宋奕平几乎把奖罚稿推倒重来,感叹还不如自己动手来得爽快。只是这些辛苦,胡总哪会晓得呢?

翌日,他把改好的稿子给了宁菲菲,同时想起改版后的首刊校稿在即,便嘱咐她给胡总提建议:请一个专职校对员最少把关一次。宁菲菲扮着鬼脸,表示为难。宋奕平说:"你就说是我的建议。"他心想,校对也是一门专业,时下媒体普遍实行编辑与校对分离,尤其《时报文汇》目前这个草创班子,要确保高起点运作,提这个建议也是合理的。

宁菲菲上传下达倒是很诚恳、很勤快。送宋奕平改好的方案到25楼社长室,回来又带了胡总要宋奕平上25楼去的口信。宋奕平走进社长室,发现乔副社长也在,他们正讨论社务管理的事情。胡总示意宋奕平就座,然后继续之前的话题,好像特意说给宋奕平听似的,用响亮的声音说,杂志社起步之初开源节流是必要的,团队管理一定要人尽其才,这是一个大原则!

乔副社长笑容在脸,表示赞同胡总的观点。宋奕平一时没反应过来。

乔副社长代表股东方掌控经济大权,但不参与编务一档子事。他起身告辞说:"你们谈吧,我还有要事先走了。"

胡总笑笑对他说:"宁菲菲我没有看错,交来的方案稿,大体上写得还行。"宋奕平愣了一下，本想申明方案稿已经过自己大幅修改，却觉得与下属争功有失风范，也便笑了笑完事。胡总针对宋奕平外聘专职校对员的提议给出答复："这笔开支务必省下。我们一班人马从责任编辑、编辑主任，到你副总编，然后到我总编四道程序，难道还不能把差错消灭掉吗？"

宋奕平明白了胡总刚同乔副社长谈人尽其用的真正用意，便苦心再道："我认为这个小钱最好莫省。多一道勘校工序并不能替代校对环节，办一本好杂志不可没有专业校对的把关。"

胡总冷脸说："编校水平低，到时就乖乖受罚好了。"

宋奕平说："罚归罚，虽然我们要调动大家的责任心，但短时间内也难以大幅提升大家的编校水平。"

胡总表情坚决，盯着他语重心长地说："宋总啊，中国时报协会和时报集团都对《时报文汇》寄予厚望，你要敢于担当。新进的编辑们不是勘校专家，你这么多年的工作经验了，应当是行家里手啊！你认真校过了，我再把一道关，还怕有差错吗？"

第十三章 罚错

　　事情往往会发生巧合。《时报文汇》正在讨论着差错处罚等制度时，刚出炉的一期《新学生》就出现了一处大错：封二刊登的一所培训学校的假期学生特训广告，把校长名字写错了。广告样刊送到该学校，校长怫然不悦，拒付广告费，否则要求重印。胡总严肃表态，此事查究到底！柳总一时慌了手脚，自认把关严格。把几轮校样都翻了出来，结果发现广告方提供的文字稿没有写错，原来是美编小周设计版面时，认为"校长吴助为为广大学员着想……"一句多了一个"为"字，便擅自删除了它。哪知校长的大名就是"吴助为"。付印前，清样没有过柳总的手，是由胡总终审把关，再签字付印的，也没有把这个字勘校出来。

　　客户十分计较这一处错误，杂志社就得负责。胡总着急地同柳总商讨对策。这一单广告正是柳总的茹妹妹拉来的，胡总让柳总去找吴助为校长道歉，请求网开一面，下一期刊物再免费赠送一个尾页黑白版广告。柳总只好屁颠屁颠去当求和大使。临行，他突然向胡总提出要宋奕平陪他前往。胡总略作思考说："也行，宋总参与一下，见识见识场面也不是坏事。就看你们化解危机的能力了。"

　　路上，柳总笑眉笑眼地对宋奕平说："宋总，有你同行，我心里踏实多了。"

　　莫非又有玄机？宋奕平心思一动问："此话怎讲？"

　　柳总说："你注意到了胡畅说的那一句吗？"宋奕平问："哪句话？"

柳总道："他说就看我们化解危机的能力了。"宋奕平"哦"了一声，仍未领会此语有何特别用意，又问怎么呢？柳总斜了他一眼说："你不觉得高明的胡总是在转移视线，想嫁责于我俩吗？——这是他惯常的做法，本来这种差错是他作为终审的责任。"宋奕平看柳总一眼，认同地点头。柳总再说："你觉得这'难'好摆平吗？要说呢，他校长名字弄错也不是件大事情，并不影响广告效果，可是，人家偏要计较，不明显带有耍赖的做派吗？这'难'了不好，胡畅正好可以兴师问罪，他这人惯于追别人的责，来推卸自己责任的。现在有你陪我一起出马，即便没有收到预期效果，我们也好相互佐证一下，彼此尽力了。"

听柳总这一说，宋奕平感慨职场的深奥。胡总与柳总是高明对精明，人心隔肚皮，各有各的谋算。唯有自己懵懂，本来事不关己，却糊里糊涂被牵扯进来。

事情不出柳总所料，吴校长对善后处理的态度，果有借事发难的做派，调子很高，坚持要求把该广告的更正稿，在下期的封二免费再刊发一次。柳总与宋奕平同意重刊，想讨价还价，希望校方承担三分之一的费用，但吴校长占理不让，坚决不肯通融。

太阳西斜时，他俩颓然回来交差。胡总果然表现出对这一协商结果的极端不满，说此程出马等于白跑，重新刊发一次是他打个电话就能达成的事。胡总责备柳总与宋奕平办事不力，然后又单独留下宋奕平，向他了解此次交涉的细节，主要针对柳总是不是尽力进行盘问。宋奕平一五一十地汇报了他们努力的情况，肯定地回答说，这个吴校长不是一盏省油的灯。胡总想再说什么，忽而手机响起，听其接听电话是有朋友邀他晚上打牌，他欢喜答应，起身示意下班。

《新学生》无奈又给培训学校重新刊登了一次广告。对此，柳总倒是乐得嬉，对宋奕平说，吴校长给他小妹这个广告，也是好大的情面，搞错了若不重刊的话，她也不好向人家交差。因为重刊，胡总企图省掉茹妹妹这一笔提成，柳总背后又嘟哝教唆他的茹妹妹，坚决不要同意，因为这不是她的责任。胡总终归怕影响茹妹妹以后给杂志社拉单的情绪，还是支付了提成款。

第十三章 罚错

　　胡总针对这一事件的态度很不含糊，神色严肃地做出了处分决定：给予擅自改动广告文案的小周严重记过处分，罚款 1000 元。胡总又把此事当反面教材，杀鸡儆猴，在会上厉声强调要严格执行差错处罚制度。没有谁敢提异议，那个美编妹子深深地垂下了头。

　　会后，柳总哼哼了两下鼻子鄙夷地说："他胡畅专门选软柿子捏，这事能全部怪罪小妹子吗？广告是由他签字付印的，他才是第一责任人！现在倒好，他把责任一脚踢到人家身上！"

　　宋奕平看那位柔弱的小姑娘受罚后一副哀伤的样子，顿时产生了怜惜之心，有点替她抱不平。他认为胡总这一场活剧，演的实在不是君子的做派，叫人不敢苟同。物伤同类，他又觉得胡总的为人，越来越叫下属们不能臣服了，顾及以后，他想：自己在这样的环境里混下去，务必有所防备，多些心眼才行。

第十四章 首刊编稿

　　各项制度和政策一经宣布，便意味着杂志进入规范化运营阶段。其时，宋奕平也审读点评了千余篇由编辑们采集的文摘，筛选出了一部分选用稿。他一度看稿看得云山雾罩。当初忧心这个老鼠洞不好度夏的，好在有中央空调，夏天也还舒爽。宋奕平着手开始练兵，重点培训编辑们的工作方法。这天，他根据《时报文汇》上下半月版的既定栏目，开会商量二级栏目的设置。其实对于二级栏目，宋奕平认为完全没必要搞得那么啰嗦，但胡总坚持要搞。由于胡总不在场，会场多了几分轻松，大家说说笑笑，气氛很是活跃。宋奕平面对这一帮青涩的编辑，想起胡总要编出天下第一的刊物来，真觉得是天下奇迹。宋奕平首先提出思路：二级栏目得根据一级栏目定位去进一步细化内容。薛悦拐拐脑壳用幽默的口吻说："宋总，我认为不要束缚得太紧，给小狗套上项环牵着走，小狗就迈不开腿了，倒不如让他自由奔跑。"引得大家很有味地笑。身边的女编辑杨菁云拍了下他的胳膊，嗔他莫捣蛋。

　　稚气未了的薛悦负责喜剧与笑话类栏目，一直苦于找不到感觉，采过来的笑话稿大都是一些肤浅乐子、没有内涵的东西。宋奕平反复对他讲解笑话不是穷搞笑，更不是低级趣味，得有内容、有一定思想，有艺术变形和引人思考的触点，让人笑后有回味，但薛悦始终体会不到深层次的东西，故而送审的稿子始终摆脱不了幼稚肤浅的学生气。但他平时喜欢制造气氛，也是大家的开心果。这一点，也让人感觉娱乐的确是生活的一大主题。

宋奕平倒是赞赏他这一句话说到了点子上，也幽默地回应他说："现在不牵着你走还不行！从你送审的稿子看，难以找出一两篇引人入胜的。因为你现在还找不着回家的路，所以还得用套牵着你走一段才行；待你识路了，再放你自由奔跑。"大家再次哄然大笑。

有人即兴说："这是个好笑料，可以写出来放栏目里。"

宋奕平也笑了一下说："对！薛悦，你把这个故事整理一下，发到网上，再从网上摘下来编进杂志。"

薛悦扭了扭头，觍着脸色不出声了。

宋奕平清了清嗓子严肃地道，大家平时休闲的时候，可以开开玩笑，但开会讨论正事，就要郑重对待，不准随意戏谑。接下来的讨论就变得郑重其事。临到讨论薛悦负责的搞笑类栏目的二级栏目名称时，薛悦冷不防又蹦出来一句："宋总，我觉得小栏名应当有可乐、橙汁，因为我们的胡社长钟情喝可乐。"出语再次引得大家开心起来。宋奕平也忍不住一声喷笑道："薛悦做喜剧、笑料版块，倒是量材适用，不过缺了一点思想和内涵。"又心想胡总夸他脑子活，是一棵可栽培的好苗子，也算慧眼识珠了。

宋奕平没有骂他捣乱，却正儿八经地对大家发问："都说说，薛悦的意见可取吗？胡总会同意吗？"

会后，他又把蓄意制造快乐的薛悦留了下来，和声和气地跟他说了一番话："薛悦，你得记住，你现在正式走向社会了，而且是一家国家级成人刊物的编辑。你得努力把学生习气改掉，积极向成人角色转换。"薛悦听着脸色霁和了许多，眼睛明亮地看着宋总，诚恳地点着头。

可乐版是上半月版，备用稿子收集齐后，宋奕平再一次细读，认为噱头与新、奇、怪的内容陈杂，宛如从野外拾回来的一堆粗陋玩具，带来的仅是一时快感。如果不是自己力主增加了观点栏目的话，这本杂志整个就成了一个嬉皮游乐场。他突然觉得刊物还得适当增加一些知识性、实用性内容才行，比如康乐栏，人首先得身心健康，才能感觉轻松啊。于是，他又上25楼和胡总说了自己的想法。胡总思量良久，说："这个，我再考虑一下吧，晚点再答复你。"后来，胡总还是同意了这个建议，不过强调健康类内容需限定在6个版面以内。新增的栏目要临时补稿，宋奕平把"康乐"栏目的用稿要求做了简要培训后，编辑们外出采稿了。

首批备用稿送到胡总手头终审。翌日上午，他把宋奕平召到25楼，很不满意地说："我的批复，你拿回去好好看看，认真体会，给编辑们做些培训，再补充一些好稿子。"

宋奕平当即脸一热，不无落寞地把一大沓稿子捧回了总编办。他一份一份地看胡总的批示，发现自己与胡总在价值取向上的分歧：自己把有一点思想、内涵和文化元素，以及正面引导的稿子批为用稿，把那些纯搞笑、肤浅、俗气的稿子批为备用；而胡总的终审意见正好与他相左，浅俗、搞笑、猎奇的稿子均签发，有的还写上"优稿"二字，有点深层内涵的稿子均写"备用"或"不用"。宋奕平下意识地清理着终审稿子，双眼雾蒙蒙地看胡总用朱笔批示的"优稿"二字，忽而觉得像勾画的鲜艳的罂粟花。

首期刊物无疑具有导向作用，宋奕平对刊物走极端低俗嬉皮的路子依然耿耿于怀。他耐不住性子憋不住气了，捧着稿子又找上楼去，与胡总发生了争辩，结果白挨一顿奚落和批判，还被扣上了一顶帽子：固执。胡总说："你这种牵扯，反而会把刊物明确的定位、编辑们的思想搞乱。"胡总再度表态刊物坚持要走纯开心的路子，这个大方针绝不动摇。宋奕平垂头丧气地回到座位上，郁郁寡欢。柳总见状问他，是不是又与胡总干上了？宋奕平叹口气道："我总是担心按他的要求编出的杂志，将会是一个大笑话。"柳总哈哈乐道："那就对了啊，胡总可是要求编笑料刊物啊。"宋奕平也忍不住哈哈地笑。世间之事，也许就是歪打正着的吧。

杂志的封面与版式设计出了多个样本供选，胡总亲自定夺。他拿着《时报文汇》杂志的过刊，极力批判其封面设计太旧式。他说现在是读图时代，封面设计一定要新潮、煽情、抢人眼球。宋奕平也认可过刊的内容不乏思想文化内涵，但封面与版式缺乏视觉审美，在当今视觉文化渐成主流的时代，构成了刊物卖点的软肋。眼下改版刊物的封面样本设计出来，上半月可乐版搞了一个怪模怪样的创意，下半月橙汁版用了美女图，虽然流俗，但无疑要抢眼多了。胡总拿着样稿玩赏了一番，然后提出："可乐版也务必用美女图，橙汁版的美女还不够风情，应当更露一点，视觉上再火辣一点。美女最能夺人眼球，最能令人想入非非。有心理专家的调查报告显示，不单男人喜欢看美女，女性也同样喜欢欣赏美女。我们要重视人文科学的最新成果并为我所用。"说完，他又转头问女编辑们："你们说是不是这样啊？"美眉们羞红了脸，不说话，稍后才有宁菲菲笑嘻嘻拖腔回答了一声："是——"大家一起乐了起来。

　　胡总又很尊重民意地招呼大家品鉴、点评下半月橙汁版的三套美女封面，大家你一言我一语，嘻嘻哈哈，现场气氛很是活跃。威严的胡总也表现出少有的随和，同大家打成一片。胡总突然对总编办喊了两声柳总。柳总应声，快步小跑过来。胡总把手头一叠封面彩样递了过来，带点坏笑说："柳总，你女朋友多，审美眼光好，请提供点参考意见，选哪个好？"柳总明显地不自在起来，脸上泛起了红晕。受了耍弄的他又不能不接过封面样稿翻看一下，然后递回给胡总。柳总毕竟是柳总，敛了一下神，打着哈哈回敬道："胡总，皇帝选妃子，美女如云，最终选哪个，还是得由皇帝钦点。"于是大伙又跟着乐。他俩的交锋，算是打了个平手。

　　宋奕平有感于胡总与柳总是一对欢喜冤家。虽然刊物编得没味，职场生活倒是有几番乐趣。

第十五章 值日私规

这天，宋奕平刚落座，柳总就把一纸编辑部值日制度递给他说："宋总，我们这两家杂志合在一起办公，室内卫生与来客茶水等等事情，也得好好规范一下，需安排值日才行啊！我起草了一个值日规定，你看一看。"宋奕平听着点头，表示赞同。他接过柳总起草的制度细看：1.由两个杂志的编辑部主任商量制订值日表，每日安排编辑人员轮流值班（编辑部主任以上管理人员不做安排）；2.值班人员须提早赶到办公室，负责清扫、整理室内卫生，准备好开水；3.负责两个编辑部中午的盒饭预订；4.负责对总编办擦拭、整理；5.提前给柳总与宋总泡好茶水，中餐盒饭送到桌上。

宋奕平抬起头哑然一笑。他从后面两条规定看出，柳总想把在胡总那儿受到的委屈，从编辑们的身上赚回来。

柳总紧追问："宋总你觉得怎样呢？我们两个务必拧成一股绳，把尊严架起来才是。"

宋奕平一时回不过神来，只好笑着点头说好，迟缓一下又道："不过，不过这第四、五条是不是……"

柳总有所察觉地打断了他的话："你觉得这两条不妥吗？我们两位老总就不该享受一下吗？我是单位的老革命，你那么费劲给他们做培训，难道让他们服务一下就受之有愧？"宋奕平回答，那是那是。人性中或许的确存在享乐的劣根性，经不起唆怂，他也开始打起小算盘：何不顺势搭车领略一下特权享受呢?

柳总说:"我们看重的不单是享受服务的问题,关键是把身份亮出来,把权威树立起来。"宋奕平若有所思地点头。一段时间的观察发现,《新学生》的唐主任在柳总面前的确表现出扬扬不睬、满不敬服的样子,胡总的亲戚们也都大模大样,似乎没把两个副总编放在眼里。他认同柳总的意见,有必要通过某种方式,把身份和权威向下属们强调一下才成。但他忽而念起问:"要不要把制度递给胡总过目呢?"

柳总脸上浮起一股怨气说:"编辑部是我俩的势力范围,值日制度我们有权自行决定。只要我俩拧成一股绳,说话就算数。"

宋奕平也有主张一点私权的心思,便爽然同意了。

柳总说:"那我们现在就把两个杂志社的人喊过来开个短会,宣布一下。"

宋奕平说:"总编办太小,就喊大家到乔副社长的办公室开吧。"

两个杂志社20余人陆续进来,乌压压挤满一屋子。柳总端着一股神气扫视了全场问,都到齐了吗?宁菲菲环视了下《时报文汇》的人,回答都到了。唐主任也跟着说一声,都到了。柳总开腔说:"我同宋总商量制订了一个值日制度。现在两家杂志挤在一起办公,人员多了,编辑室的形象、秩序还得维护好,所以有必要制订一个值日制度。"稍停,柳总当场把制度再递向宋奕平说:"宋总,你来宣布吧。"宋总推让说:"柳总还是您宣布。"于是,柳总清了下喉咙,稳了稳神,逐字把值班制度宣读出来。最后,他又随机发挥道:"唐主任年纪稍大了,就优待一下,其他同志从明天开始轮流值日。唐主任同张主任,你们两个商量把值班人员轮值表排好,再拿过来让我和宋总过目。"

全场窒息一般地寂静,大家显然挂着不悦的面色,却也都不开口。缓后,宁菲菲点头轻轻应了一声"好"。唐主任却一声不吭,一副不太买账的神情。

宋奕平把场面看在眼里,特意盯了一眼唐主任,帮腔说:"大家如果没意见,今后就按制度不折不扣地执行吧。"

依旧谁也不吱声。柳总接着道:"没别的意见吗?那就散会吧。"

人一走,柳总便冲宋奕平说:"宋总,你刚才那一句催问加得好!我们两个相互配合,相互扶持,就是威力!"

第二天上班,宋奕平果然发现编辑部不同以往的景象:地板擦得干干净净,打印机旁边的废纸也清理了……走进总编办,日光灯已经打开。柳总还没来,自己桌子上的东西已摆放整齐,桌子被擦得铮亮,保温杯已摆放在案面正中,一缕热腾腾的茶雾袅袅升起。宋奕平正要落座,柳总也走了进来,打开桌上的陶瓷茶杯,也看到一股茶雾腾起,就咯咯地笑着说:"有人值日,编辑部的风貌大不一样啊。"宋奕平爽快地附和:"是的,柳总,还是你管理有经验。"

临近中午,果然有《新学生》杂志的值日小妹进来恭敬地询问柳总、宋总的订餐。快到下班,宋奕平听到午餐已经提前送到了编辑部。12时,外头已有人取饭、开餐。饭菜的香味儿飘进了总编办,却不见值班员送盒饭进来。宋奕平起身伸了个懒腰,故意说了一声:"取饭去。"柳总连忙用眼神和手势压住了他,让他坐下。随后,柳总往椅背一靠,扬起脖子对外喊:"饭呢?饭来了没有啊?!"宋奕平瞟见柳总伸长脖子喊饭的威风神态,有些想笑,这样子很像电影镜头里享福的老太爷。

此时,胡总给柳总打来了电话,柳总立马变得满脸堆笑,一声声"胡总"喊得亲切殷勤。对比之下,宋奕平觉得自己缺少这种变脸的能力和演戏功夫。

外头的值班妹子闻声捧着两个盒饭进来,连声说对不起,称正在看一个稿子,忘了及时送饭。宋奕平不自在地说,不要紧,今后自己取就好了,内心很是过意不去。

柳总板起脸说,值日也是工作,吃饭还得按时,今后要有时间观念。小姑娘讪讪地默默离开。柳总对宋奕平说:"值日人员送饭是订好的规矩,宋总你怎么又说没关系,要自己去取饭呢?那样,岂不又乱套了?"

宋奕平不好意思地"呵呵"两声,以示歉意,也感觉自己的确没有拐过弯来。

特权服务享受下来,很爽!宋奕平由开始的隐隐不安,也渐渐变得心安理得。可是意外的一幕发生了。一天中午,他从外面散步回来,进门猛然听到《新学生》杂志的两个编辑——也是胡总的两个亲戚,正在非议他说:"宋总到底是什么来头啊,他一来就让我们送饭倒茶;他没来之前,柳总从没提过这样的要求。"

宋奕平贸然走入,令他们惊了一跳,非议惶然而止。宋奕平便装糊涂,走进了总编办。回味刚才的非议,他突然意识到自己又被柳总要弄了。他决定退出这种特权享受,但考虑公然否定自己与柳总一起制订的私规制度,会引发柳总的难堪。左思右想后,他决定换种策略:借口盒饭味道不爽,中午不再订饭,而是独自外出用餐,这样就免去了让人送饭的服务。每天下班前自行清理桌面,顺带将茶水杯锁进抽屉,第二天早晨再自己动手泡茶。至于室内清扫,倒是值日员的分内事,不必过多纠结了。宋奕平把这一切做得不显山不露水,心情复归坦荡,倒看着柳总泰然享受着制度规定的服务,别有一番感慨。

第十六章　百年文化名人

　　江南梅雨季来临，连续下了几天大雨。宋奕平习惯性地踱到副社长室呼吸新鲜空气，眺望远方，看到清江终于涨起了春潮。这天雨霁，天空仍是灰蒙蒙的。他忽然想借午休去清江边溜达。穿过一条新修不久的马路，就到了江边。眼前的清江波浪翻滚，仿佛带着好不容易摆脱干涸，迎来满江春潮的兴奋与激情。然而，一江暗黄色的浊浪，让人难以找到幽思遐想的意境。僻静的江畔也没有了沉吟的诗人，江边马路不时有车辆飞驰而过，倚水新建"诗意栖居"的一排排高楼，多姿多彩，浮现出一方新城的市侩气，反倒令人生厌和无聊。宋奕平在江边待了不到十分钟，就旋身往回走了。

　　林主任有几天没来21楼巡查了，大概每次看到宋奕平与编辑部的新人们都在埋头苦干，放心了许多。然而，宋奕平并没有因此感觉轻松，倒是杂志社趣事不断，经常打破沉闷。下午，林主任突然带着一位美貌少妇到21楼同大家见面，并介绍说，这是综合办新来的顾副主任，请大家今后多支持她的工作。大家抬头看新来的顾副主任，随后响起一阵掌声表示欢迎。薛悦的学生性情又上来了，边鼓掌边高声说，欢迎领导，今后多多指导！于是多人发出笑声。林主任抿起嘴，伸手往他脑壳戳了一指头。

　　见过面，正、副主任挥手回25楼去了。

　　她俩刚扣上门，柳总就凑近宋奕平，眨眨眼睛用气声说："告诉你，这个顾副主任,又是胡总的亲戚!他口口声声说这次招聘没有照顾一个亲戚,话还没有放凉又把亲戚引进来了。"

宋奕平好生感慨,胡总在见面会上的高调表白,似乎仍清亮地回响在耳边。他意外于一个文化人说话做事,像贪官一样厚颜无耻。

柳总气恨地说:"他是一个扯谎说假脸不红心不跳,说一套做一套的人。今后你千万莫轻信他的。"柳总直起身来扭了扭腰,又说:"早几天他召集乔副社长、我、沈总监,还有另一个股东开会,说办公室日常考勤、内外衔接、物资采购等事务太多,他老婆忙不过来,须再招一个副主任。而后表明说他有一个外甥媳妇,长得漂亮,也很机灵,很适合做办公室工作,打算把她引进来。宋总你说,我们哪好当面反对呢?关键在于他作为社长兼总编,要自我约束啊!《新学生》杂志已经安插进来那么多亲戚朋友了,现在又要拉亲属进来。单位几乎成了他的家族企业了。"宋奕平听得心潮起伏,觉得胡总现在是十足的老板心态,为所欲为,无所顾忌。不过,他嘴头只是轻描淡写地附和说:"是啊,单位皇亲国戚太多,不利于管理,也让员工感觉不自在。"

柳总憋着一股气用低细的声音说:"是!他胡畅既要当婊子,又要立牌坊。"

宋奕平心里不平静地想,蜕变的文化人,一点也不逊色于官场与商场的人士。他捉摸不透胡总与股东之间的深奥关系,又认为自己作为一个打工者不宜瞎掺和。他无意多谈,拿起稿子看了起来。柳总知趣地回到了自己的座位。

不久,新来的顾副主任打电话给宋奕平,问《时报文汇》编辑部的人员都加进单位的QQ群没有?好像不见编辑部有多少人登录啊。

《新学生》与《时报文汇》是两套人马,共用一个QQ群作为内部沟通、信息交流以及社务传达的平台。宋奕平回答说:"都加入了的,只是现在编辑部起步工作太忙,忙于外出采稿和编稿,可能没多少时间上线。怎么,顾副主任有事吗?"宋奕平心想,这大概是顾副主任新官上任做的第一件大事,不能不积极支持。

她稍作停顿,又说还有一件重要的事:"杂志社的QQ群正在发布胡总竞选江边市百年百位文化名人的消息，胡总的参评也是杂志社的大事，希望你和手下都登录关注一下。"宋奕平连连称好，放下电话就登录了QQ群。他惊异于胡畅参与如此重要的角逐，居然要在江边市历史文化史百人名册上留名！放下电话，看群里果然有发行部胡雷在扮演网络推手的角色，他在群上用红字发布了好几条信息，都是有关胡总竞选的——江边市文化网百年百位文化名人投票正在进行中。近2000人被推荐，今天的网络投票排名榜中，胡总已成功跻身前200名了。希望大家积极给胡总投票！也请全体员工动员亲朋好友帮忙投票。现在距投票截止日期还有一周时间。胡总一旦入选，将是两家杂志的共同殊荣！群里许多同事用支持、捧场、竖大拇指、加油欢呼的辞令或表情以示响应。

宋奕平没有冒泡，慨叹胡总真是个人物，擅长把精神成功转化为物质，又把物质升华为精神，名与利两手都要狠抓。眼下，他为让自己载入史册，也不怕干扰大家的工作了。柳总怪笑着说："等着石破天惊的那一刻吧，我们杂志社就要产生伟大人物了。"

柳总先看一眼宋奕平，又对着隔壁抿了抿嘴。宋奕平发现隔墙财务室灯光通明，里边有胡总的亲戚和出纳正在谈笑风生，但具体话题听不清楚。他想起柳总长期以来的高度警惕，会不会有点神经质。我们听不清隔壁的说话，难道她们有特异功能听清我们说话？不过呢，谨言慎行好像也是柳总的习惯。宋奕平观察两家杂志的编辑们，平时都懂得收敛，约束自己的言行。对比之下，他觉得自己太过莽撞，不懂卖乖。嘿，也许是性情不同吧，他感觉过分压抑自己又难受，憋得慌。

柳总翘起嘴巴，轻声呸了一口唾沫："狗屁！他姓胡的有什么资格竞选江边市百年史的文化名人呢？他若入选，是对江边市历史文化名人的亵渎。"又说："他为何那么想出名呢？"宋奕平问："为何？"柳总伸过头来压着嗓子说话。宋奕平怕他喷出来的恶浊口气，只好别过脸倾听。柳总说，胡总在时报集团受到排挤，才赌气出来承包杂志，所以迫不及待地想扬眉吐气！宋奕平想再了解更多的幕后故事，柳总却讳莫如深用"以后再跟你说"搪塞，不愿再细说了。

宋奕平也在冷笑，从胡总身上，确实看不出来有百年文化名人的德性与气象。柳总又笑着唆怂宋奕平去浏览江边市文化网,欣赏一下胡畅的参选简历,加紧给他投票。在前200名排序里,他果然找到了胡总的名字,打开简历一看:毕业于××大学中文系,主持过《江边时报》清江副刊,出版散文集《踏歌行》,现任《新学生》杂志社社长兼总编,主持该刊短短六年时间,年发行量超过40万册;现又主持承办中国时报协会会刊《时报文汇》,致力为社会主义文化事业做出更大贡献,云云。

凭这个简历就想载入江边市百年文化史册,成为百年名人?他鄙夷地佩服起胡总的勇气来,学着柳总对他嗤之以鼻。宋奕平多少了解江边古城的两千年历史,上古有舜、禹二帝的踪迹,后有屈原、白居易、柳宗元、朱熹、陆九渊、辛弃疾等一批文学泰斗,为江边乃至中华文明的辉煌历史奠定了坚实的基础,激励近代人才辈出,梁启超、曾国藩、左宗棠、章太炎等一大批影响中国近代史的杰出人物与江边市有着不解之缘。当代又有毛泽东、刘少奇等一大批改变中国命运的伟大领袖以及江边市历史上不少显赫学者,他们都在江边市创建过激浊扬清的历史伟业,这些人物都一一列入百年百位文化名人候选人名单,我们的胡总居然要和他们并驾齐驱……荒诞得令人不胜唏嘘。呵,当今世道,人只要脸皮厚、有勇气,何事不敢为啊!

这几天,办公室顾副主任和发行部胡雷天天在QQ群上为胡总摇旗呐喊,督促投票。柳总嫌恶归嫌恶,也召集了《新学生》编务人员开会,要求大家多上QQ群,关注胡总的参评消息;多登录江边市文化网,动员亲友给胡总投票助力。宋奕平忍不住含沙射影地调侃柳总有处世艺术。柳总则笑笑说这是成人之美。

宋奕平看到柳总就此事专门开了动员会,也跟着效仿,喊来《时报文汇》编辑们开会,要求大家多给胡总投票,动员各种社会关系来支持胡总。动员会后,他又窃想胡畅社长真是懂得钱财、名誉"两手抓,两手都要硬"。

两天过后,胡总的排名快速攀升到135位。胡雷更加疯狂地在群里呐喊助威,要大家抓紧投票。宋奕平感觉,如此势头之下,胡总真可能会如愿以偿。

周三，乔副社长来办公室并吃了外卖。午休时间，编辑部的人散步去了，柳总与宋奕平走进乔副社长的办公室闲扯。话题免不了说到杂志社的当头大事：胡畅社长参选江边市百年百位文化名人。乔副社长一脸不屑地说，胡总现在谋图名利双收哩！柳总便嘿嘿冷笑附和说，乔副社长说得极是。股东凑钱办刊物，变成了他的家族企业，有点业绩又是他个人的全部功劳，股东拿他没辙啊。

乔副社长用调笑的语气喃喃自语："江边百年百位文化名人评选，有个什么标准呢？"

宋奕平说："不会是个搞笑诺贝尔奖吧？"

柳总打哈哈说："对！有点像搞笑诺贝尔奖。不过好像又郑重其事啊！毛泽东、刘少奇等领袖人物也在候选人名单之列呢。"

乔副社长也来了谈兴，三个人好像结成了统一战线。相谈甚欢，柳总乘机突然说："乔副社长，宋总有一件事一直想跟您商量商量。"乔副社长问："什么事？"柳总看了宋奕平一眼，笑眉笑眼地再道："就是，就是宋总想跟您调换办公室。您呢，反正平时也难得来办公室坐一天的，我们两个大男人挤在一间不透气的屋子里，彼此呼吸都喷到对方脸上。前不久我患上感冒，很快就把宋总给传染上了……"

宋奕平不满意柳总又耍了滑头，扯自己当垛子。不过宋奕平吃一堑、长一智，也从柳总那儿学到了聪明，接过话头调侃说："柳总把流感传给我，我先吃了药，然后把药气喷到柳总的鼻孔里，他的病也一同治好了。不过想换办公室呢，是柳总先提出来的，我也赞同，算是两个人共同的愿望。反正乔副社长您也不常来上班，屋子空着也是空着。"

乔副社长被当面将了一军，有些进退两难。他脸上挂笑却分明流露被逼宫的无奈。但乔副社长究竟是文化人，一番迟疑后爽快地表态说："你们提的是合理要求，我本应当先替你俩考虑才对。好，办公室今天就换。我搬到25楼与沈总同办公室去。"柳总与宋奕平欢喜地感谢领导对下属的关怀，于是趁热打铁，说动就动。乔副社长清走了抽屉里的东西，柳总帮他提着一些零碎物品，宋奕平给他搬老板椅，两人把乔副社长送到了25楼。回来，柳总选择坐乔副社长的位子，宋奕平把办公桌移到了新房间。这样,副社长办公室就变成了总编办。

再亮的灯光也比不上宽敞办公室里自然光线让人感觉舒畅,打开两扇透气窗,吹进习习清风,令宋奕平有如受上帝馈礼一般惬意。能在这样的办公室工作,感觉太幸福了,觉得人生别无他求!宋奕平诡秘一笑冲柳总说:"看来,我俩得感谢胡总竞选江边市的百年百位文化名人啊,给我们带来了乔迁好运。"柳总乐呵呵地应道:"对对对,宋总说得极是,我们得感谢胡总!我们应当号召大家加紧给胡总投票。"

大好的空气阳光不可荒废,兴奋之余,宋奕平又邀柳总中午去附近的花店买花去。两人各掏腰包买回两盆翠绿的吊兰,摆放在明亮的窗台上。没事的时候,他们就赏赏花草、浇浇水,不亦乐乎。

第十七章 天下第一情刊

《时报文汇》上半月可乐版已进入排版程序，编务重心开始紧锣密鼓地转入下半月版的采编。胡总生怕做快乐情感话题的橙汁版首刊走拐，亲自主持召开专门的编务会。胡总会前照常有一段抽烟、嚼槟榔、喝可乐的小生活享乐。可今天胡总喝的不再是黑乎乎的可乐，而是黄澄澄的橙汁，摆在桌上十分显眼。宋奕平未免奇怪：上司今天怎么改喝橙汁了？

会议开始，胡总扬起橙汁瓶当道具晃了晃说："我们今天研究的是情感版的橙汁文化。"宋奕平才回过神，橙汁是下半月版的代言。胡总又发问："女同胞，你们说说，橙汁有怎样的口感啊？"女性们开始琢磨，然后陆续回答：甜，柔爽，清凉，有点酸味，小有黏稠，很适口。大家想不出新的形容词了，会场出现了短暂的静场。胡总伸着脖子问："还有没有？没了吧？你们都描述形容得对，说明你们都是橙汁的粉丝，说明橙汁的确是女性的钟情物。所以说，下半月版侧重女性读者，走极品文化橙汁的办刊路子是正确的、英明的。你们说是不是啊？"

女编辑们脸上浮起了笑容，都拖长腔调齐声答："是——"

大家随后笑出声来，宋奕平也感受到气氛的欢快。

胡总接着说："我们打造天下第一情刊的志向，就要依照橙汁的口感去选稿，要适合女性的口味。女性休闲阅读是一个巨大市场，当下有许多全职太太、中年妇女闲着无事，就愿意像喝橙汁一样阅读一些情感杂志来消遣！但期刊市场上情感类读物实在是很多了，《时报文汇》下半月橙汁版就要做有落差的情感，通过非常情感故事去激发读者的开心阅读。总体上还是娱乐主题，不需要去追求什么思想不思想的。"

宋奕平觉得自己再提异议也是徒劳，便姑妄听之。

胡总往烟灰缸里磕掉烟灰，带有嘲笑地转脸对宋奕平道："哎，今天讨论情感主题，应该喊柳总过来的。"

宋奕平一时没反应过来，回答说，他有事外出了。

胡总浅笑在脸，"哦"了一声说，那就算了。然后，胡总开始阐述天下第一情刊橙汁版关于情感内容的要求："我们应当做另类情感，比如，别开生面的、富有刺激性的、能撼动读者心灵的，读起来够劲够刺激的内容。最近我读过一篇《方丈把巨额资产转给情妇》，多有吸引力的稿子啊。"

宋奕平听得身边两个女编辑在低头嘀咕，胡总尽要求上这类稿子，能有多少看头呢？

胡总提高嗓门说："所以，《时报文汇》下半月版务必抓住非常情感的牛鼻子，不怕猎奇、猎艳，不怕与众不同。怎样去猎，就要紧盯明星大腕，要关注那些公众人物、热点人物的非常情感，这样的橙汁版才有鲜明特色，才能抓住读者的兴奋点和兴趣点。抓住了这个牛鼻子，内容就有冲击力！就不愁编不出极品情感杂志来，就有望达到我们提出的'天下第一情感文摘'的目标。"停顿片刻，胡总又声称他摘到了一篇好稿，散会后发给大家看一看："题目叫《痴情的×国总统，竟让儿媳做第一夫人》，标题有点麻辣烫的味道吧？！读者看到这个标题，就一定想去读全文吧？"

全场发出闷笑，调皮的薛悦则带点怪笑，女士皆羞红了脸。宋奕平心里五味俱全，看胡总自得地掏出一支烟，点上。

薛悦突然插嘴说："胡总您刚才说的要做文化橙汁版，怎么又变成麻辣烫了？"

大家斜视着薛悦嬉笑。胡总镇定地道："你到对面的风味小吃店看看，女士们吃麻辣烫的时候，是不是都喜欢喝橙汁？辣得合不拢嘴的时候，再喝一口凉爽橙汁，那是怎样的快感呢？冰与火的体验才叫激情，才过瘾，才是绝佳享受！"

会场再次发出愉快的笑声。

薛悦再蹦出一句："如果我们餐餐吃麻辣，那也受不了啊！"

会场的爆笑声又一次被逗起。胡总深吸一口烟，把手头的火机往桌上一拍："谁让你餐餐去吃了？《时报文汇》是半月刊，上半月可乐版，下半月橙汁版，一个月才二期。一个月去撮两顿口味虾或麻辣烫，你会嫌多吗？"然后胡总突然正了色，瞪了一眼薛悦说，"我迁就你，是从你身上看到我青年时代的影子！你要好自为之！"

大家的笑声戛然而止。

胡总对宋奕平说："你是编辑部的老大，你谈谈对橙汁版的理解吧。"宋奕平按胡总的既定方针，对各栏目的用稿要求简述了一遍。胡总不时插话补充。宋奕平说着说着，个人思想又上来了，忍不住建言说，橙汁版也要注意点情感品格，稿子质量不能不讲究，等等。

胡总皱着眉，耐着性子等宋奕平落腔，就说："宋总，你怎么还在顽固呢？多少回我问过你了，现在高雅刊物办得下去吗？文学刊物还有几个人订阅？而且现在一般情感的杂志也为数不少，我们橙汁版不走非常情感的路子，怎样做到木秀于林？市场选择没有情面，不以我们的意志为转移，唯有迎合读者口味，才有立足之地。总之，橙汁版要唱出冰与火之歌，才有市场前景。"

宋奕平脱口问："胡总，刊物真要编得那么俗，才能有卖点吗？"

胡总表情顿了一下，瞪起眼道："你啊，我看你只晓得抵制、唱反调，你是没有救药了！"胡总没好气地说完，强调橙汁版务必依照他的要求去选稿，然后愤愤地宣布散会了。

宋奕平整天埋头阅读编辑们送审的各色各样的文摘稿，甚觉乏味。然而他还要依照胡总的"优稿"标准，去尽力淘所谓的"好稿"。他感觉勉强自己做事真是一种受罪。有时，他看稿看烦了，就直起腰来望望窗外的风景。外面阳光很足，却是一副早已厌倦的、杂乱灰沉的城市背影，缺乏生气。宋奕平生出了一份感慨，心灵的视景开阔与否，并不在于身处楼高楼低，而城里人如何又乐意用高价钱买高楼层的住房呢？宋奕平责问自己如此忙下去的意义和盼头何在？然而，再跳槽去找一家称心如意的媒体，又谈何容易呢？起身去报架上取《江边时报》翻看，因为副刊正在响应市民呼吁恢复母亲河生态的呼声，开展"人文清江"的征文活动。他连续读了几期，多是些缅古怀旧的文章，有些矫情，却也触动他的心思。宋奕平本想也写一篇稿子抒发对清江的情怀，却又分不出心思来。

第十八章 周末放松的代价

周末，宋奕平软绵绵睡了一个大懒觉。吃完早点后，拿出上半月版改版首期的清样稿，刚校对了30余页，就接到《生活风尚》杂志现任主编陶利的电话，邀他一起到农家乐休闲去，称有作者请客。作为原创刊物的编辑，这种吃喝玩乐的机会是常有的，有些作者有个一官半职，请客也大方，反正是个人情谊公家报销。可眼下他编着这一本令人沮丧的文摘刊物，成天只有看不完的枯燥无聊的文摘稿，眼下正做清样校对，需一个字一个字地盯，他只能收心敛性，谢绝了陶利的相邀。可是陶利执意邀他同往，还煽动说周末本来就是属于自己的神圣时光，理应好好休息，享受自由，这倒是给了宋奕平一种触动，就像内心蓄满了一池腐水，有人搅动便泛起了气泡。

宋奕平多年的编辑工作，养成了按规矩和计划做事的习惯。比如，他依照已征得胡总认可的编辑流程与日程安排，盘算着工作进度，也不遗余力地给编辑做培训，希望引导这群新手尽快上路。可是胡总总是显得不满意、不信任，一味地对工作进度抽鞭子，念紧箍咒。其夫人林主任则扮演督导的角色，这些令他备感压力，心里很不是滋味。胡总称眼下是非常时期，要求大家周末自觉来加班，编辑们都意见很大，宋奕平也不堪承受。他理直气壮地对胡总谏言："周末不适当调剂一下，谁也受不了啊，再说谁会没有点私事。我认为周末加班无须大家一定坐在办公室，比如校样和采稿，都可以边休息边兼顾，不是一举两得么？"胡总顿时很冲地反问:"不来杂志社,那我晓得谁是在自觉加班啊?"宋奕平说:"所以主要看结果啊,工作效率才是最重要的。"胡总晓得自己不占理,也便认可了。可是胡总不轻易放心,周末追魂一般不时打电话给宋奕平,询问他在干啥。宋奕平念起这事便很反感,有些怨气。他一咬牙打算这个周末什么也不顾,将手机关机,自我解放,彻底放松玩农家乐去。掐指算算,照编辑流程表的安排,副总编的校稿完成日期连周日算起尚还有四天,即便推至周一校完样稿,也不算迟,误不了事。他起身信手推开窗户,习习凉风吹拂进来,也像是招呼他外出踏春去。他不禁畅想五月的郊外,草长莺飞、白云悠悠、田园风光无限……

宋奕平打定主意解一天闷,放松放松去。出门时,他怕胡畅社长的电话骚扰,索性关掉了手机。

他赶赴约定的地点,车经清江大桥,瞟眼窗外的清江依然只是瘦水浅流,河床丑陋;入眼的是两岸城市地平线,新楼耸立,气象一新。宋奕平不禁感慨清江流域的气候反常,汛潮紊乱,两岸的历史亭榭等人文古迹已不复存在,森林植被破坏严重,归根结底在于人的贪欲之心。眼下,市政府打算在清江流入省城的上游修一个水坝,蓄水确保下游河道的丰盈。咳,这倒是显示人类先破坏生态,再人为构造生态的伟大能力。想一想现在的文化建设,毁坏历史古迹再重造假古迹,不也是如此折腾么?

这回请客的是某事业单位的工会廖主席。廖主席喜欢舞文弄墨,宋奕平在《生活风尚》杂志时也给他发过稿子,因此见面还显亲热。陶利在最近一期给他上了一篇2000余字的故事稿,约有300元的稿酬,去农家乐逍遥绝对是远远不够的,但凭一纸发票,他可以拿回去报销。宋奕平又开始怀念编原创刊物的这点小好处,可现在跳槽到文摘刊物,编的是二手稿子,享有的只是胡总一个劲地催鞭子,还有一副不好看的脸色。前些日子,有编辑在胡总面前提出要搞一次集体踏春活动的建议,胡总装作没听见,吭都不吭一声。

郊外风和日丽、天高云淡,田园阡陌恬静美丽、景色宜人,又加做东人的慷慨豪爽,宋奕平很快就搁下包袱杂念,身心彻底放松了下来。他们几人一起快活地摘青、钓鱼、玩沙弧球、打牌……两天一晚的活动直到周日晚上才结束,还带了一大兜土产蔬菜、猪肉之类。宋奕平与陶利连连向廖主席道谢。廖主席反倒是回谢他们赏脸,还称如果玩得开心的话,过些日子再换个地方,一起去休闲娱乐。

宋奕平周末的愉快心情还贯穿了一个晚上的梦境,延伸到第二天上班,他忍不住向柳总炫耀这次农家乐的开心经历。不过他很快念起没有完成的校稿,就急忙着手做校对工作。一页稿子刚刚校完,胡总打电话下来了,口气不好地问他清样校得怎样了,怎么还不见送稿上来。宋奕平回答还没校完,正在校。胡总就很冲地要求他马上到25楼去。

宋奕平走进胡总房间,恰遇乔副社长也过来了,彼此打声招呼。宋奕平进门,胡总头也不抬问道:"看上去你倒很轻松,周末干什么去了?"

宋奕平有如被当头泼了一瓢冷水,但强作欢颜地回答说:"胡总您别急,时间还早,清样我已经校了大半,上午就能校完。"

胡总面部肌肉抽动了几下,忿忿地道:"都什么时候了?你不急,我急啊!"

胡总当着乔副社长面的斥责刺激了宋奕平的自尊心。他感觉这个国家级半月刊副总编做得没尊严,这回跳槽真是跳进火坑了,脾性霎时也被点着了。他瞪圆了眼不客气地申述道:"胡总,我拟订好的编辑日程是经您认可的。即便今天下班我把校稿交到您手头,还比预定时间提前了三天,您没理由发威啊!"

"什么提前了三天,早就该把清样交到我手上来啊!"胡总勃起的怒火也越燃越旺。

宋奕平豁出去了似的,不示弱地回敬说:"订好的制度,算不算数呢?"

胡总起身伸手,气轰轰地在杂乱的分档文件槽内一阵乱翻,大概想找出那张编辑流程表查看。一旁的乔副社长连忙息事宁人地说,有话都好好讲,都莫要生气,莫要生气。胡总翻到了编辑日程表,扫了一眼,不吱声了。稍停,他又抬头嚷道:"周日打你的手机就关机,清样稿到今天没有校好,工作效率又不高,还在不急不慢的!"

第十八章 周末放松的代价

宋奕平理直气壮地道:"周日是休息日,你凭什么要求我不关手机?我按计划提前三天交校样,还不算敬业、不讲效率吗?!"宋奕平心想丢什么也不能丢了自己的人格尊严,本没做错什么,凭什么由你随意斥责呢?难道也要我像沈总一样逆来顺受,成为你的出气筒吗?

胡畅社长被呛得难堪,表情剧烈地抽动起来,显然十分意外于有人敢当面顶撞。他就大吼:"首期刊物,我早就说要争取提早出刊,这话你听明白了吗?!你还好意思往自己脸上贴金,好像给杂志社创造了几百万利润似的!"

宋奕平不能接受,顶着他质询道:"到底是制订好的制度说了算,还是您说了算?"

胡总顿口哑然,半天才拧着脖子断然回答:"我说了算!"

发行部沈总也急忙赶来当和事佬,一边用眼色提醒宋奕平莫再顶撞,一边和声细语劝胡畅社长息怒,本来不是什么大事情。

胡总有些放不下面子,又嚷着说:"下半月橙汁版的编稿,到现在不见影子,你也是不急。"

宋奕平一听好气又好笑,橙汁版送审的稿子,早在上周五就交他审批发回了,他居然说没见到稿子的踪影!宋奕平冷笑了一声反问:"橙汁版的稿子,胡总您真没有看吗?"胡总仍道:"你几时送上来了?"宋奕平说:"这个无须跟你争,叫宁菲菲把你批阅的稿子全都送上来好了。"胡总还不服气地追加了一句:"假若我没看,你甘愿承担什么责任?"宋奕平爽快地回答:"很好说,我引咎辞职,走人就是。"说着,宋奕平当即拿起胡总的座机打到了编辑部,让宁菲菲把胡总审完后的橙汁版稿子全部拿上来。

很快,宁菲菲把一叠终审批阅过的稿子送了上来。胡总脸上挂不住,又支吾着说这个制度不行,得改,得把流程再往前推三天。说着,他从笔筒里抽出碳水笔,把时间直接做了涂改,交给宁菲菲要她重新打印出来,强调就按新时间交稿。乔副社长笑嘻嘻地问:"宋总,时间往前推三天,你能接受吗?"宋奕平倒是换成了苦笑,说:"可以,只要定了,以后就按约定的时间办事,在这个时间范围内,就不可以再随意抽鞭子了。"

乔副社长插言说:"改后你们都在上面签字,制度就是一个单位的法律,谁都不能随便更改。"说着,他打着哈哈把宋奕平往外推。

宋奕平憋着气跨出社长办公室,穿过公共办公区时,一眼瞟见林主任、顾副主任、胡雷等一束束冷飕飕的目光对着他,仿佛一群埋伏已久的狼,大有只等头狼一声令下,就会猛扑上来的架势。但宋奕平没有后怕,带着愠怒疾步离开。他憎恨胡总的心态与做派,也觉得自己无愧无怍,没有理由成为他的出气筒。他坚持认为在人格与自尊面前不能退让,忍了他一次,今后还会有第二、第三次。

宋奕平回到总编办,柳总一眼瞟见他写在脸上的怒气,问他怎么了。受了委屈的宋奕平无端对柳总亲近起来,他呼着浊气把方才同胡总吵翻的事吐了出来。柳总一听他胆敢与胡总对抗,眼睛闪亮地高兴起来。他很解气地竖起了大拇指,直称赞宋奕平有英雄气概。宋奕平喘着粗气把事情略略说了一遍,柳总表现得同仇敌忾,然后对宋奕平吐出了另一个隐情:去年年底在《新学生》股东利益分配上,他动员股东同胡总作对,结果,胡总唆怂胡雷等几个亲戚背后找他交涉,一个个横眉立目脖子粗的,表面是讲理,实则是耍蛮,威胁警告。宋奕平听了不免暗吃一惊,因为他方才走出社长办公室时相逢的那一幕,他是没有说出来的,却与柳总的遭遇不期而合。胡畅这个人,看来真是不简单!不过宋奕平倒也不畏怯,说:"我才不惧他们敢怎么的!"他回味这个开心版首刊编得不开心,唯有这场宣泄很是解气。

午饭后,乔副社长与沈总谈笑风生地来到21层喊宋奕平去散步。他们绕过时报大楼前面的喧哗街道,照样拐进了那一条林荫小道。乔副社长似乎从上午的那场对峙中认识了宋奕平的率真和血性,言谈流露出另眼相看的感觉。此时的宋奕平仍然余怒未消。乔副社长对宋奕平好言劝慰,称胡总不管三七二十一就斥责职工是一种不对的做法。他又摇摇头,语气凝重地吐出一句叫人惊愕的话:"胡总呢,的确是有些专横霸道,也许只怪我们股东对他过于迁就,惯坏了他。"

宋奕平意外地看乔副社长一眼,追问:"此话怎讲?"

乔副社长又叹一口气道:"刊物只能以他胡畅的名义承包,这个社长和总编也只能由他做，他是体制内的人啊。所以股东基本上都迁就着他。"

宋奕平轻微"哦"了一声，难怪他胡畅总一副稳如泰山、满不在乎的架势。

乔副社长劝宋奕平消消气，称现在杂志刚起步是非常时期，要谅解胡总的心情，再说今天呢，也许胡总看到我过来，是想在我面前表现他严厉的管理风格，可偏偏碰到你这个直性子、不愿迁就的人。宋奕平听得颇为吃惊，觉得乔副社长是掏出了心窝子话，分明偏袒自己说的，郁气也就减了大半。

憨厚软弱且逆来顺受的沈总笑语说："宋总，你刚来不了解胡总的风格，他在工作上是雷厉风行，也很要面子，但多少也带有表演的成分。"

乔副社长用嘿嘿的笑声附和。沈总再莞尔道："他代替我们股东行使管理权，总得要表现表现他管得严格啊！"乔副社长又接口说："胡总别看他平时笑哈哈的，那其实是装出来的，他是一个火爆性子，对老婆也动不动就出手打人。你说，现在文明都市里，还有几个男人动不动就打老婆的？胡总乐于拿公款喝酒，还要喝好酒，酒喝多了难免就撒酒疯，即便天天喝维他命饮料也解不了酒精毒啊。"

宋奕平听后不免扑哧笑出声来。他意外于柳总、乔副社长与沈总这几个高层，都对胡畅了如指掌，存有明显的反感情绪。他无形中站到了乔副社长等股东一边。一场争吵居然让他看清了许多内情，也团结了不少力量，不免轻快了许多。霸道强势的胡总，除了他那一帮亲戚，实际上就是个孤家寡人。宋奕平心生不屑，很解气地认为，他这是自讨的，属于自己孤立自己。

宋奕平心情缓和了，苦笑道："乔社长说得是，胡总可能的确是个酒精脑子！早两天送审的稿子，他亲笔审批过的，居然都忘记了。"

话头打开，乔副社长又爆料说："杂志社的宏观事务虽然在章程上明确由股东大会决定，但执行时大多由着他独断专行的。股东们呢，只要带得过，也没谁跟他去计较。比如说他弄那么多亲戚进来……"

宋奕平道："的确是你们股东惯坏了他，他变成不可冒犯的圣人了，杂志社制订的制度形如虚设，都由他说了算。"乔副社长停下步子，看着他说："所以你今天劈头盖脑质问他：是制度说了算，还是你说了算？质问得好！平时没有谁敢站出来公然挑战他的，今天你站出来挑战一次也好，只是今后莫再吵了。我也会慢慢督促他推行制度治企，不要再搞人治。"

沈总吸了吸鼻子，有点变声道："我呢，尽量把工作干好。他要骂就由他骂去，毕竟是同学一场……"

宋奕平体会到自己面对胡总淫威的难受，他才设身处地叹服沈总真个是肉脾气，不过他也能听出沈总此语隐含的心酸。三个人不知不觉沿报业大厦外围绿荫道绕行了一圈，快回到报社门口了。乔副社长嘻嘻一笑，道："宋总，今后你得向沈总学习！社长占着体制优势，总编一职只能由他当，没办法罢免他。你今天也是不留情面顶了他，怨气也可以化解了，今后还是和为贵。"

宋奕平敏锐地感觉到乔副社长等一伙股东也在拉山头，意在抗衡胡畅社长的霸道。但宋奕平突然认为这种联合只是弱者的联手，乔副社长、柳总、沈总及自己都是胡总的手下败将。他原本希望文人圈能够单纯点，少些市侩、多点坦诚，现在看来身不由己、莫名其妙地陷入是非旋涡之中了。他又惆怅于当初如此钦佩的胡总，怎么突然变成了自己憎恶的对头了呢？

第十九章　大喜临门

上午10时许，胡雷在杂志社QQ群里发布了江边文化网揭晓江边市百年百位文化名人的评选结果：胡畅社长成功跻身其列，排名第99位。这是了不起的事件！几乎所有在线的同事都发出祝贺或卡通表情以示庆祝。柳总发帖称《新学生》与《时报文汇》是共同的荣耀，将载入发展史册。随后他又提议单位应举办一场庆功酒会！群上一片赞同声。胡总在QQ群上煞有介事地感谢大家的祝贺。之后不久，顾副主任宣布：晚上6点，在时报酒店餐厅举行庆功宴，热烈祝贺胡总成功跻身江边市百年百位文化名人榜单。

宋奕平笑笑说："柳总，我们得感谢胡总如愿载入史册啊，晚餐大家可以沾光享口福了。当然也要谢柳总的庆功宴提议！"柳总嘿嘿笑道："我主要是为大家争取一次聚餐的机会。"

时报酒店餐厅白昼般的灯光好像是为胡总而点亮。胡总一副喜上眉梢的样子，忙着向来宾递烟，嘴头不停地说着："谢谢，谢谢！""惭愧，惭愧！"答谢着纷至沓来的祝贺，假戏真做、真戏假做，演得天衣无缝。两家杂志的股东也都光临了，平时他们偶尔有人来杂志社逛一下，今天都特意来给胡总贺喜。来宾还有江边时报集团的领导及胡总许多好友，其中不乏局长、处长、总编头衔的。这个凑兴场面，颇能见证胡畅社长在江湖上混得八面玲珑、如鱼得水。

大家就座，热气腾腾的美味摆上了餐桌，红酒倒入了杯中。柳总亲任主持人，起身举杯，高声说："来！为胡总成功入选江边市百年百位文化名人干杯！"大家欢呼起身，举杯，酒杯光影闪动，一阵咣当碰击声之后，大家一饮而尽。三桌来宾立起、坐下的场面像潮涨潮落。场面热闹、春色满堂，戏开始变得正儿八经。演戏的和看戏的，都煞有介事。

柳总再说："现在有请今天最幸福的人——胡总发表讲话。"

胡总起身，眼纹摆动得像活水里的鱼尾，仰起的脸浮着羞赧的荣光："在今天这个特别的日子，我胡某想说三句话。一是能够荣膺江边市百年百位文化名人，名字与毛主席、刘少奇等伟人并列在一起，实感惶恐不安！二是要感谢时报集团领导的栽培，感谢《新学生》与《时报文汇》全体同人的支持，感谢朋友们对我的关心与帮助！三是这个荣誉是对我人生事业的一种激励，今后会带着这份荣耀开拓进取，把发行量40多万份的《新学生》杂志更上一层楼，让改版全新上市的国家级半月刊《时报文汇》迎头赶上，为江边市的文化建设添砖加瓦，做出新的更大贡献！最后，再次谢谢各位领导和朋友的勉励！"

宋奕平原以为胡总只是一个生意人，听完这番感言后又觉得他还是一位气场十足的官场人物。掌声过后，柳总再立起身来说："下面请江边时报集团副总经理、《江边时报》副总编谢总讲话。"

谢总是《江边时报》的美女副总编，同胡总的私交关系不错，也是她出面以江边时报集团的名义，把《时报文汇》的承办权从北京争取过来的。谢总说："清江后浪推前浪，数风流人物还看今朝！胡畅同志是江边这一块文化沃土上成长起来的当代文化精英！他出版过专著，做过副刊编辑，短短六年时间把集团的期刊《新学生》经营成了发行量超过40万册的大刊、名刊，现在再次挑起改版《时报文汇》半月版的重任，他为江边市的文化建设和社会发展做出了积极贡献！胡畅同志这次经网络投票跻身江边市百年百位文化名人之列，可谓是实至名归！他的入选，也是江边时报集团的荣耀！希望胡总再接再厉，为文化中国建设，为江边市的文化事业发展尤其是文化产业的市场化运作再立新功！"

大家一起演戏，嘻嘻哈哈，倒是快乐地撮了一顿美食。宋奕平感慨世事假亦真来真亦假，许多时候是辨识不清的，也无须辨清。他想：给

第十九章 大喜临门

人戴个高帽子,制造一些欢乐,也不是坏事情。大家正好当一回吃货,大快朵颐。照常,杂志社的高层共一席。桌上,宋奕平也凑兴给胡总敬酒,以示敬佩,也想冰释前嫌。乔副社长始终挂着浅笑,强作欢颜的样子。宋奕平暗地揣度乔副社长是在怅惘这一场庆祝酒会,花的是公款,出的是胡畅他个人的风头。

庆祝宴会后,乔副社长、柳总和宋奕平一同离开,在华灯璀璨的大街上散步。乔副社长含笑道,我们杂志社终于出大人物了。柳总咯咯地应道,是的,出大人物了。如果这个人物再多一点真实才华和人格魅力就更好了。宋奕平听着内心五味翻腾。

翌日,胡总偕乔副社长来到总编办商量一件有关《时报文汇》杂志发行方面的事情。柳总笑脸相迎,似乎还沉浸在为胡总获奖的喜悦之中,汇报了几句发行上的事,就开始抬轿子了,提议说:"胡总,您这一次获得殊荣,是杂志社的骄傲,两家杂志应当该联手宣扬一下。"胡总笑哈哈地道:"这有什么好宣扬的,大家凑了一场热闹也就完事了。"柳总神色夸张地道:"怎么能凑场热闹完事呢?我建议近期《新学生》和《时报文汇》杂志各刊出一个祝贺专版。"胡总眉开眼笑地谦虚说:"这个就没必要了吧?"柳总表情夸张地说:"怎么没必要?这也是两家刊物的荣光,也是品牌建设的难得机会啊!尤其是《时报文汇》是新改版走市场的刊物,意义更加重大!"胡总半推半就地打哈哈。乔副社长听得眼睛闪亮起来,似乎意识到了收回昨晚庆功宴开支的门道,便欣然道:"是啊,是个很好的宣传机会,怎么能放弃呢?柳总、宋总,你们安排一下吧,两本杂志都腾出版面,给胡总刊发一个祝贺专版。"

宋奕平装出欢乐的样子连连应诺,感喟这一出好戏还没谢幕。当今之世,真是厚黑学通吃的时代啊。胡总客套着哈哈地乐,当即喊来唐主任,嘱咐他做祝贺专版的规划,并起草几句简短的祝贺词。这时候,办公室顾副主任拿来了当天的《江边时报》,让编辑部传阅,上头刊登了一则江边百年百位文化名人评选新鲜出炉、江边时报集团胡畅荣耀入选的短消息。大家又欢呼了一番。末了,胡总说:"我这一回强出头呢,也是出于对两家杂志品牌建设的考虑……"

第三天,《江边时报》的竞争对手《江边晨报》在言论版却发了一篇题为《文化名人榜,请不要游戏》的文章,犀利地批评江边文化网举办"江边百年百名文化名人"活动是意在提高网站知名度的炒作行为,批评不少当代入选者的文化成就、文化贡献难以服众,是拿江边市的历史在开玩笑,是对文化名人的戏谑。批评稿的结尾还呼吁文化管理部门出面查处此事,以儆效尤。柳总看了这一则言论稿,特意递给宋奕平。下午,柳总再浏览网络,又找到许多讥讽江边市百年百名文化名人评选活动的网民留言念给宋奕平听,宋奕平听得五味杂陈。网民或尖锐或诙谐地把此次活动嘲笑得淋漓尽致,其中有一则网友留言说:文化的闹剧只能制造荒诞与丑陋的文化人,最终会伤害到文化的本身。

　　柳总借机不遗余力地奚落讥讽胡总。宋奕平想说:你柳总平时为何还要那么曲意奉迎胡总呢?但顾及情面,话到嘴边又咽了回去。

第二十章 一字千金

胡总亲自策划了《时报文汇》改版全新上市的四大促销炒作方案，要宋奕平好好看一看。他说杂志是商品，做商品就得有商业炒作。宋奕平很乐意胡总直截了当地下指示，好歹也省了讨论、起草、修改的几番折腾，到头来还得照他的旨意办事。方案细看下来，的确有促销的创意和诱惑力，且不乏亮点。当中最叫人心动的是"一字千金"活动，即每期刊物，杂志社收到第一个指出错误并经确认的，就付赏金1000元。宋奕平看得心里发毛，也起了顾虑：首先，眼下新组建的团队，校对水平能够做到不留差错吗？其次，是设立读者节的登山活动，每年随刊物发行量的增长，安排杂志社成员和读者代表去攀登一座更高的山峰，直至发行量达到100万份，组织去登珠穆朗玛峰。

胡总亲自终校把关，有足够底气消灭所有差错？杂志每期有10余万的文字量，即便校对质量控制在国家勘校标准的万分之一的差错率范围，那么一个月出刊两期，就存在面临支付最高2万元悬赏金的风险。又说差错的认定，比如标点符号、部分修辞及语法的应用也存在争议，到时做是非认同时恐怕也会争死一个气死一个，又该如何公断？

胡总的促销方案还有好几条富有诱惑力：一是7、8月份订阅本刊的读者中，前1000名获赠十年刊物。二是所有订户有望（通过抽奖）参加周年庆的读者登山活动，并获得精美礼品。三是重奖荐稿者，每月奖优秀稿8篇，每篇奖200元；季度奖6篇，每篇奖500元；半年度奖

2篇，每篇奖1000元；年度奖上下半月版各评1篇，每篇奖10000元。胡总自信地说，系列炒作活动的推进，不愁改版上市的《时报文汇》不成为读者关注的焦点。他借机又批评文学杂志与高雅文化刊物说，端着架子不擅长自我炒作，也是市场日益衰落的重要原因。

宋奕平感佩做广告部主任出身的胡总，的确有一些市场炒作的思路，也有大方花钱的魄力。或许，这就是他能干成事的过人之处吧。而且胡总对力推《新学生》发行的各级教委领导与学校领导给出的回扣从来也是恪守承诺，从不拖欠或打折。总归一句话，胡总很有把钱花在刀刃上的气量。

宋奕平对"一字千金"活动很是放不下心，认为"秀"过了头，实施起来很难把控，奖金总归不是闹着玩的，怕发生弄巧成拙的事情，甚至不好收场。

宋奕平与柳总同室相处好像越来越融洽了。他把胡总策划的"一字千金"活动说了出来，想听柳总的看法。柳总当即现出错愕的表情，摇头连叫："宋总哩,此法行不通,行不通呢！"宋奕平忙问："为何行不通？"柳总讲出了一个故事：从前有一本叫什么词典的编者也过度自信，在出版后记中夸下海口，称若发现差错者，每处重奖1万元，结果呢，半年时间内就被读者找出差错40余处。面对巨额的奖金兑现，编者承担不起想赖账。宋奕平发怔地问，后来怎样？柳总道，最终落得个打官司的结局，出版社联同编者被判共同承担奖金兑现。该词典也成了业界笑柄，被管理部门勒令收回销毁，赔了夫人又折兵。宋奕平闻得收紧了心，惶惶不安起来。柳总再说："宋总，你得赶紧想办法阻止胡总这样做。"宋奕平听后便直奔电梯口，又顾不得等电梯，就噌噌地爬楼梯奔向25楼去了。

来得不巧，他又遇上胡总在对沈总监大发淫威，风雨雷电般，比上一次更猛烈，沈总耸肩歪脑，用比哭还难看的笑相兜头承受胡总的发泄，还不时赔罪认错，或怯怯地解释一些情况。办公室其他人也被慑得大气不敢出。宋奕平听胡总训话，大概是沈总联系邮政报刊发行公司的某件事没有做到位。宋奕平内心替沈总打抱不平：一点事情没做好，至于这样吗？他真叹服沈总是一个逆来顺受的肉性子。

胡总见宋奕平到来，稍稍收敛了情绪。可怜的沈总也强作欢颜与宋奕平打一声招呼，就退到隔壁办公室去了。

胡总怒气未消地转脸问宋奕平有什么事。宋奕平低低地道，有点事……但他心想，眼下不是说事的恰当时机。尴尬时刻，手机突然响了，宋奕平连忙接听，不等听来电的人是谁及说什么，便一迭声回答："好好，我就下来。"挂掉手机，他一脸抱歉地冲胡总说："我有点急事要回编辑部。胡总，我明天再来找您汇报吧。"说完便仓皇地离开了。

翌日上午，宋奕平再来社长办，见胡总的情态还算正常，便把"一字千金"方案操作过程可能存在的不可控因素，以及柳总讲述的故事一股脑儿说了出来。

胡总一听，当即很冲地回答："我早跟你打过预防针，不要什么事情都听柳总他鼓弄。就他那水平，不反对才怪。《新学生》杂志的不少差错，都是我在终校时改正的。《时报文汇》这个促销方案我是三思而行的，不用你操太多心，我胡某一言九鼎！再说一个刊物要改版走响市场，不做点秀哪行啊？"

宋奕平还想争辩点什么。胡总又接续说："刊物务必高标准、严要求，我说了，一本杂志连差错都不能消除，能树立品牌吗？所以要增强责任心，校对上就要层层把好关，今后，各级校对的差错追责要按制度不折不扣地执行。我申明：凡见刊后发现的差错，都记在我胡某名下，处罚标准加倍执行。"

这句话有硬功夫气！面对胡总掷地有声的表态，宋奕平觉得他是一个勘校的真把式，才敢做"一字千金"的承诺。不过念及差错认定可能出现的争议，便小心建议道，"一字千金"活动还是把"每处差错"改成"每个错别字"妥当，把标点符号之类的差错排除在悬赏范畴之外，因为标点和句法因文衍义，各说各有理，是非难以了断。错别字有明确的标准判断，即以《现代汉语词典》为准就是。

胡畅社长情绪缓和地说："考虑不必要的争议，就依你的意见，改为只针对错别字吧。"他又梗了梗脖子说："非常营销就得有非常手段，相信这个促销方案会在市场上产生冲击波!现在社会上的刊物越来越浮躁,越来越失严谨,谁有胆敢搞一个错字悬赏千金的活动呢?也只有我老胡主办的刊物敢公开承诺!活动一旦产生轰动效应,《时报文汇》也就有望一炮打响。我的做事风格是这样的:要来,就来点狠招,莫要畏手畏脚的。"

宋奕平表面点头,仍吐言:"我担心一字千金,会让杂志社付出代价。"

胡总满有底气地道:"这个你放心,不要怕事!有我把关,那些读者别想撮到多少钱!再说我们有那么多股东全力办大事,就算到时要付一点代价,也会毫不含糊地兑现承诺。"又说:"你在编务会上把方案宣读一遍,公布出来,好让编辑们心里都有个底。让大家在战略上蔑视,在战术上重视。这个重奖方案可以附在约稿函后,刊登在改版上市的《时报文汇》的封底,连续发布几期,力争产生广泛影响。"

五大重奖活动正式公布的时候,宋奕平发现胡总在方案末尾加了一条:活动最终解释权归本刊所有。

第二十一章 一场聊天

两个编辑部的同事都喜欢午休时间去时报集团设在5楼的文化娱乐室打乒乓球或玩玩牌，这些集团安排的职工福利，也对独立运作的子媒体职工免费开放。宋奕平倒是喜欢利用午休时间外出走一走。他陪胡总、乔副社长，还有沈总、柳总都一起散过步。比较而言，他感觉同胡总散步最无味，最乐意和沈总一起溜达，可以无话不谈，无须设防，也不怕话不投机，真正能体会散步的悠闲和乐趣。沈总呢，也感觉到了宋奕平的友好，经常到编辑室来邀他外出走走。今天的午休时间，他们又相约走出了大楼，宋奕平边走边听沈总讲他涉足博彩市场的历史和轶事。沈总说他以前抽烟很厉害，后来看了一则新闻：江边市有个人因一念的驱动，买了20元彩票，结果中了200万元大奖。于是，他狠下一条心，戒了烟，走上了用烟钱买彩票的路子。

宋奕平夸他说，沈总看上去很憨厚，其实挺精明又挺有野心啊！戒了烟买彩票，既保重了身体，又开辟了生财之道。

沈总呵呵地乐，然后说：胡总在去年年底的时候，死活磨缠他在《时报文汇》杂志参股，还去做他老婆的动员工作。结果，他老婆被胡总三寸不烂之舌说动了，拿出25万元全部家当入了股。现在弄得进退两难，还不如拿这笔钱做按揭多买一处小户型出租，赚升值的钱。停顿一会儿，他又说，如果胡总同意他退股的话，他宁愿不要一分钱的利息，这个营销总监也不当，拿回自己的钱就走人。

宋奕平听得有些心酸，同情起沈总来。不得不承认从最初崇拜胡总是办刊英雄，到现在十分反感胡总，在很大程度上受了柳总的影响，也是因为仆人眼里无英雄，不断看清了顶头上司的本来面目。眼下，他只能劝慰沈总说："你莫要那么灰心，《新学生》杂志都做起来了，你得有信心期待《时报文汇》的美好未来。"

　　宋奕平注意到他脸上依然挂着沮丧，便想起前天被胡总责骂的神形，起了怜悯之心。他们今天没走那边环绕江边时报大楼的林荫道，而是沿大马路走了好一段路，步到了一处社区公园里。边走边聊，宋奕平进一步了解到他入股《时报文汇》的情况。沈总监大约持有《时报文汇》杂志8%的股份，担任这个拿3000元底薪加业绩提成的发行总监。乔副社长是最大股东，投了90万元；其次是一个做食品贸易的黄总投了70万元，其他几个股东也就是10万至20元万的小股东。胡总作为杂志承包人，的确如柳总透底的，未投一分钱现金却占了20%干股……

　　艳阳在树下投下斑驳的光影。走了一阵，宋奕平感觉有点疲倦，示意在一条休闲凳上坐一坐。沈总只字不提那天被骂受气的事，但宋奕平分明感觉出他的憋气难受，想不如引导其一吐为快，于是问起他前天为何挨骂。强装风轻云淡的沈总霎时神色怆然，流露出尊严尽失的屈辱情态。

　　沈总刻意调整了一下心绪，还是带点鼻酸音说："胡总就那个坏脾气，动不动就喜欢发火，真是拿他无可奈何。看在老同学的情面上，我不想和他计较。昨天本来也不是什么大不了的事……当然的确有我失误的地方。"

　　宋奕平问："究竟是什么事呢？是不是你这家伙拿了公家的钱，借公差名义外出玩女人，惹怒了胡总啊？"

　　沈总被逗得哈哈地笑起来："玩女人是柳总的最爱，非我所爱也。"

　　宋奕平继续追问："那你是为何？"

　　沈总一低头一抬头，阳光在他光溜溜的额头上闪动，终于嗡声嗡气地道出了其中原委。早两天，他去邮政发行公司为《时报文汇》衔接邮政发行批号，准备下半月刊物的订阅，结果找错了一个关键人物，白白请人吃了一顿饭……他叹了口气说："哎，不想说了，饭钱由我掏腰包

第二十一章 一场聊天

也无所谓。"

宋奕平抱不平地说:"这才多大事啊!下次去找关键的人办妥,不就得了?"

沈总说:"是啊!本来就屁大的事啊,可他偏要冲我发火。"

宋奕平鼓他的气说:"沈总,你们是大学同学,也是股东,与胡总算是平起平坐,不像我是个打工仔。你何必那么低三下四、甘心受骂呢?"

沈总吐槽说:"老弟,我不像你啊!你可以不怕,大不了走人。可我有那么一大笔钱在他的手上,想退又退不出来,只好能忍就忍……"说着,他抬手从头顶摘下一小枝树叶,在手头把玩。

宋奕平感慨身边的堂堂股东,原来也如此憋屈。他又问:"入股自愿,退股自由,你怎么会退不出来?难道谁能强制你不成?"

沈总显得很轻松,把手头的叶子当纸片甩了出去,苦恼一笑道:"一定要退呢,也不是退不出来。但是,那样就伤同学感情!再说杂志要是能真正发展起来,这个投资也有一份希望。"话说至此,宋奕平当然不便多言,抬眼看一径林荫道往深处延伸,一派春光无限的样子。

聊天话题转到柳总身上。宋奕平说他遇到不平的事,很懂得去借乔副社长的势,前不久胡总要撤他的《新学生》执行总编位子,之后依靠乔副社长才化险为夷。看上去胡总在乔副社长面前还是礼让三分的。

沈总冷笑一声道:"这是十足的小滑头!其实,咱哥俩原本是同室上班的,那样我也就可以避开和胡总做邻居了,可是柳总耍了个花招,让我的希望落空了。"

宋奕平略略一怔。沈总在他面前装着对此事浑然不知,原来他一直在盼着这一件好事降临。

沈总伸手捏了一把宋奕平的胳膊,说:"柳总这个人,你和他同室,还没看出来吗?——我最看不惯的就是他!阴里阳气,当面一套背后一套,尽在心里做事,出阴招。其实,股东们都有些看不惯他的,尤其胡总恨透了他。"

宋奕平再次讶然沈总说出这一番话语,于是反问:"你这话从何说起?"

沈总讥讽地说:"要说这是柳总的坏处呢,也是他的好处。他敢背里捅胡畅社长的娄子,说胡总的坏话。举报杂志社账目不清,唆怂股东和胡社长搞对抗,这些事都是柳总挑起的。不过当面呢,他又一味讨好胡总。前不久召开股东会的时候,胡总提出来要把他的亲戚——也就是现在的顾副主任引进来,说办公室杂事多,他老婆一个人忙不过来。你看到的,办公室有多少屁事,一个人还能忙不过来?当时在座的股东没有一个开口同意,柳总却站出来表态支持胡总的提议,说办公室事情太多,的确需要补充人手。有人站出来支持,其他人就不好再反对,胡总也乐得嬉。结果,顾副主任就轻轻松松进了杂志社。柳总这人喜欢搞暗鬼,这一点,胡总、乔副社长和其他股东哪个不清楚?其实都有些反感他。"

宋奕平仍装糊涂问:"胡总怎么会晓得他暗里捣鬼呢?"

沈总回答:"怎能不晓得呢?天下没有不透风的墙。"他的脸上映出扬扬自得的神态,盯着宋奕平道:"宋总哩,我好歹比你早进杂志社几个月,又和胡总是同学,杂志社的一档子内情,我肯定比你清楚得多。告诉你吧,胡总是一个绝顶聪明又很有心机的人,他起码有一半的心思和工夫都花在对付股东上,柳总皮里阳秋的那点招数,能逃过他的眼睛?"

宋奕平哈哈笑起来,连说:"那是那是。我是愚钝得很,许多情况都不如你了解的多。"他心里暗叹这个刊物编得勉强,杂志社的趣事却多多。

沈总又说:"胡总私款公报一档子事,都是柳总在背后抖出来的。胡总恨死了他,恨不得马上撤掉他的执行总编位置。要不是他手头握有《新学生》的发行资源,胡总早让他走人了。"

宋奕平听着有些吃惊,才发现表面憨厚的沈总,原来心里灯笼照着一样明白;又不胜感慨这个小圈子的利益纷争错综复杂,确实是池小波澜大。他忽而觉得这些幕后私情也很逗人的,比编可乐版杂志更有意思。他不免又生出一份戏谑:杂志社今后还会有多少新鲜故事演绎出来呢?他也再次提醒自己:故事可以听,但万万不可牵扯到胡总与股东之间的烂事情。

第二十二章 试用期工资

杂志社在每月15日发放上个月的工资。

总编办搬到副社长室后,财务室就让会计与出纳分开了,把总编办改成了出纳室。童出纳发工资时坐在屋子里扯起喉咙朝外喊一个名字,外头"哎"的应声进去一位。宋奕平暗中观察领工资条出来的人,不是欢喜,而是闷闷不乐、神情黯淡。这些如愿走上媒体岗位、工作热情正浓的弟妹们,今天领到首月工资是怎么了?轮到宋奕平进财务室去签领了,他把本月的薪水拿到手,瞬间明白了其他编辑闷闷不乐的原因:大家首月工资可能都缺斤短两了。他问童出纳,为何少发了1000元?出纳简单地说,这是试用期工资啊。宋奕平反驳:"当初说好我没有试用期的。"童出纳有点不耐烦:"这个你得跟上面领导去说,我们只按指示办事。"宋奕平无奈地摇摇头,走出来,又发现编辑们表情懈怠地窃窃私语。他们见宋奕平走出来,便停止了嘀咕,各自开始忙起手头的活儿。进办公室后,宋奕平把苏清喊了过来,悄悄问了她的工资。苏清瞄他一眼,似乎感觉宋奕平是一条战壕的人,才吐槽说:"胡总当初承诺编辑工资不低于3000元,试用期发八成的,可大家都只发了2000元。"果然不出所料。

中午,宋奕平在外头吃完快餐回来,发现编辑们还把不满挂在脸上,仍在悄悄埋怨杂志社没有履行试用期工资的承诺。宋奕平听得感慨,心想,胡总豪气地要创百万大刊,却在大家这点工资上打小算盘,实在不像干大事的样子。但他口头还是安慰大家说,大家工作还是要负责,要有基本的职业操守，有意见，大家可以大胆提出来。

他也觉得杂志社这种做法非常不妥，也影响士气，决定和胡总再做一次沟通，便上25楼去了。正巧遇上乔副社长同胡总正在神神秘秘商谈一些事情。见宋奕平进来，他们的谈话戛然而止，乔副社长客气地给宋奕平让座，问他有什么事。

宋奕平暗暗做了一个深呼吸让自己平静后说："胡总、乔副社长，你们俩都在正好，我有个事想咨询一下。"

胡总与乔副社长顿时都望着他。

宋奕平说："胡总，您当初承诺的薪酬，首次发放都没有兑现吧？大家意见都很大。"

胡总回答："新员工都得三个月的试用期啊。"

宋奕平道："试用期工资好像也都没有发足啊，再说，当时不是谈妥了，我没有试用期的么？怎么又……"

乔副社长开腔道："宋总，你们这一批新进员工都得一视同仁，如果杂志社特殊对待某一个，就怕不好管理。所以，请你理解了。至于编辑工资只发2000元，还得除去效益工资的比重啊。"

胡总也说："是的是的，宋总，你是副总，就得带头理解一下，多向编辑们解释解释。"

宋奕平清楚，在如何省钱上，乔副社长与胡总是"精诚团结"，一个鼻孔出气的。眼下受了不公平待遇，他惆怅于两位社长的翻云覆雨，想据理力争，然而顾及争利有失风度。但给员争利益还是理直气壮的，便再说："胡总，按《劳动合同法》规定，职工试用期发放工资的80%，也应当按全额工资计算的，而且周末加班都没算薪，还有大家外出采稿的复印费、车旅费也是自行垫付……"

不等说完，胡总不耐烦地打断说："你莫跟我动不动就谈法律！我明确告诉你，这个社会不依法办事的情况多着呢。"

宋奕平略略一惊：胡总居然把不依法办事说得如此理直气壮。明知领导不快，他只好找了个意味深长的托词说："胡总，我是怕大家把情绪带到工作当中，影响刊物……"

胡总粗声道:"谁有情绪,谁就趁早走人!后面还有一大把人在排队。"

宋奕平听着这话,心里更不是滋味。这哪像一位社长兼总编说出来的话呀?而且此语,胡总已不止一次在他面前吐露了。宋奕平内心诧异:抛弃文学的胡总,难道连基本的人格道德也要抛弃了吗?仆人眼里无英雄,真是道出了世间人与人交往的一种悲哀。

乔副社长看到宋奕平表情异常,嘿嘿笑着用温和的语气道:"现在杂志社是前期大投入阶段,需要大家有奉献精神。今后杂志社做起来了,盈利了,大家的收入自然会水涨船高的。这叫同甘共苦、同舟共济。"

胡总接口:"是啊,如果谁连这点奉献精神都没有,就不适合在我们杂志社干下去。"

话说到这份上,宋奕平也顾不得那么多了,直截了当地说:"胡总,乔副社长,照你们这么说,如果杂志社今后没有做起来的话——当然,我这只是假设啊,那么我们这些打工仔不是没有工资了?作为投资来说,风险理应由投资方承担,不能转嫁到员工身上啊。"

胡总怔了一下,垂了一下头似又鼓足底气说:"这个,你放心好了,我们不会把杂志社的风险转嫁到你们身上的。股东都是大老板,这个风险担得起,你们的基本工资不会少的。"

乔副社长也附和说:"是的是的,你就回去给编辑们吃颗定心丸吧,我们不可能让大家白做事的。"

编辑的工作果然出现了懈怠。宋奕平把自己与胡总和乔副社长沟通的情况给大家说了,开导他们姑且理解杂志起步之难。编辑们发牢骚说,报上招聘保姆的信息,都是开价两三千一个月呢,国家级刊物的编辑,总归要比得上保姆吧。

工资的缺斤短两让宋奕平的心情再次低落。本来编这本低俗刊就编得很不起劲,眼下他自嘲地想:我的工作意义在哪里?为谁辛苦为谁忙?哎,上船容易下船难,眼下还能有什么办法呢!原单位是回不去的了,另外找家媒体也不是一时能如愿的。眼下还能怎样?只能委曲求全,暂且安之若素吧。

第二十三章 两个夫人的闹

　　宋奕平未料及柳总夫妻的中年危机会闹得如此激烈。柳总夫人胆敢闹到杂志社来，也说明她绝非等闲之辈。这一天，黄艳艳的初夏阳光洒在窗台上，柳总打开窗叶让清风吹进来，心情也还畅快。这时，一位陌生的中年妇女怒容满面地穿过编辑部集体办公区，直冲总编办，进门就横眉竖眼地对着柳总开炮："你这个老骚男人，几天不归家了，我还以为你不在人世了呢！原来还僵坐在办公室啊！"

　　宋奕平霎时慌了神，有点丈二和尚摸不着头脑。

　　柳总脸色变得乌紫，压起嗓子对着女人闷声吼道："你神经病啊，你！你敢到办公室来吵事？"

　　女人跺了一脚开始挥舞手势，破口大叫："吵，你还怕吵啊！我还以为你死脸皮了呢，你还怕吵啊！我是寻过来看一看你还在不在世。活不见人死不见尸，我是怕你的家人到时候反过来找我要人。"

　　宋奕平不知道是怎么回事，慌慌地站起身来劝导女人："嫂子，有话好说，有话好说。大家都在上班，这里吵不得，吵不得。"眼前的女人徐娘半老，一脸的憔悴与沧桑，像长期经风雨侵袭的白灰墙留下的面目。宁菲菲与杨菁云也连忙围上来，想劝女人出去，却被女人一两下甩手挣脱。她俩面面相觑，不知如何是好。

　　女人满脸愠怒，毫无顾忌地骂："现在郊外正是油菜花开、骚狗成群的时候，你成天追着母狗在外撒欢，就不想着也要回家看看？"

第二十三章 两个夫人的闹

柳总面部肌肉抽搐，嘴里骂着"娘希匹的"，蹦起来要打人。宋奕平连忙转身挡住柳总，劝他不要冲动。

这时候，廖会计与童出纳及其他同事都赶来劝架，编辑部乱成一锅粥。几个人总算把柳总夫人架出了总编办，随手关上了总编办的门。只听见门外女人仍在直着嗓子喊："他这个骚鸡公，在外面野女人一大群，一个星期连家都不归了，你们大家评评理，这像什么话？！"门外廖会计劝她说："嫂子你莫要乱怀疑，我们没有谁看到柳总同其他女人来往过。我们天天在一个办公区，还不晓得吗？"廖会计想把柳总夫人往编辑部大门外推。女人吵吵嚷嚷、涕泪横流地撒起泼来，像是黄鼠狼撞进鸡窝似的，编辑部顿时变得惊惶混乱，大家慌了神。柳总在总编办气得喘粗气，还在用变调的声音嚷着离婚，要把泼妇扫地出门。宋奕平顾忌她们把柳夫人推出杂志社，更会惊动四邻，急忙走出总编办对廖会计耳语了一句，要她把女人拉回室内，关上大门。

柳总夫人在集体办公区无所顾忌地发泄着。柳总几次还要冲出去打人，都被宋奕平和薛悦死死拖住。不知谁打电话把胡总唤下来了。女人像见了包青天似的，一把眼泪一把鼻涕地向胡总哭诉。柳总气得面如土色。

胡总夹带威胁地打断她说："无论什么私事，寻衅到办公区来，都是不允许的！有话，可以心平气和地去集团工会讲，工会可以给你们调解。"

女人站起身来说："好好，我正要找你们工会，我现在就找工会去。"

胡总就势道："那我们一起去工会。但有个条件，一路上不准再出声，楼道还有这么多别的单位，这样子哪行？"女人果然平息下来，一副坚定的姿态同胡总走出了门。

编辑部像经历了一场突如其来的暴风雨后又归于宁静。大家各归其位，默不作声地工作了，室内空气却变得了混浊和凝重，宋奕平也无法排遣复杂的心情。窗外的午阳烤得室内十分燠热。宋奕平放下一侧升降窗帘挡挡阳光，却又给房间投下了一片阴影。柳总脸色铁青，痛苦地两手压着太阳穴按揉，一声不吭。宋奕平第一次遇见这种吵闹，也不知怎么去安慰。但他清楚,这种事情对于一个有头有脸的男人来说是十分残酷的。

无巧不成书。这当口,柳总那位最要好的茹妹妹突然到来。宋奕平暗捏了一把汗:如果她早到半小时,就会和耍威的柳总夫人撞个正着,那就真有好戏看了,幸好她晚来了几步。茹妹妹进门便感觉气氛不对,再瞅到柳总灰头土脸郁愤未消地靠在椅子上,惊诧地问怎么了。柳总斜她一眼,不说话。宋奕平只好悄声奉告:柳总的老婆刚来闹事了。茹妹妹顿时一怵,面色惨白,迟疑着想退出去。此时胡总折回来,喊柳总跟他出去一下,一眼瞟见茹妹妹,便苦笑说:"今天一团糟,你快点躲开吧,工作的事过几天再过来说。"

柳总同胡总一同离去。茹妹妹觉察到氛围的不同寻常,怯眼再望一眼宋奕平,似乎想启齿问些什么,却欲言又止,掉头离开了。都走了,宋奕平才感觉到几分轻松,可是轻松得脑子发蒙。

下班时分,胡总突然打电话邀请宋奕平晚上一起吃饭。胡总以前总喜欢喊宋奕平一起外出吃饭,自从几次当面顶撞后,已很少邀请了。宋奕平倒也欣然,因为他明显感觉负责钱袋子的乔副社长,对胡总公款吃喝的行为很是恼火的,宋奕平想自己本来不是贪杯之人,免得落个公款吃喝的坏名声。不过,他奇怪今天胡总怎么又邀自己一起吃饭了。第一念便是,胡总过生日?但胡总断然否定,说他生日早过了。胡总一副轻松神态意味深长地说:"昨天打牌,难得手气好,赢了一点小钱。沈总缠我请客庆祝,我们就一起聚聚去吧。"

晚餐约在报社外围的一家火锅店,只有胡总夫妇,加上沈总与宋奕平一共四人。打牌赢了钱请客,当然是一件高兴的事,用麻辣火锅来庆祝尤其合适。汤料是正宗的四川风味,吃起来很是够劲。平时不太吃辣的宋奕平下筷不久便辣得嘴皮发麻、额头渗汗,沈总也有些难以适应,倒是胡总夫妇吃得尽兴。宋奕平暗叹他们都是重口味的人,又想起胡总提出《时报文汇》要有麻辣烫风味的编刊思想,原来也有生活来源。也许因为麻辣味的刺激,林主任显得很快活,话头故意转换到柳总夫人这一场闹剧,称她原来也是一个不怕事、拿得出手的人。林主任很正义地站在女人一边说:"在外头彩旗飘飘的男人,就应当来点狠招,给点颜色,看他今后懂不懂得收敛。"胡总就笑嘻嘻地唱反调道:"她即便拿得出手,也奈何不了柳总!"林主任就故意嗔丈夫:"你是在替你们男人长志气,显男人本事啰。"

胡总夫妇的奚落与快活,让宋奕平感觉杂志社人际关系的恶浊,也叹息柳总的不检点,偏偏还要演出闹剧来给大家看。他禁不住问:"胡总,柳总夫妻吵架的事情,后来怎么解决了?"

胡总眼角的鱼尾动了动:"还能怎么解决?不就是在集团工会把双方都劝导一阵,要他们莫再吵了,这样对谁都不好;另外强调了以后绝不允许在单位闹事。"

宋奕平嗯嗯地点头,觉得这事情也只能这样子处理。

胡总与沈总碰酒的时候,显得很有同窗情谊。沈总也因为酒量与胡总相当,也便自信起来。他笑笑地插嘴说:"宋总,你跟柳总同室,得多劝劝他啊,在外头三宫六院,长期不回家总不像一回事的。"

宋奕平苦笑道:"这事情,我怎么劝啊?"

林主任嗔了沈总一句:"是啊,这种事情,宋总怎么说得出口?你这人也真会给宋总出难题。"她含讥带贬地又透露有关柳总的故事说,柳总不知有多少女朋友,有些还通过《江边时报》的新闻热线来问他是不是离婚的,是不是杂志副总编。又说他们在往常约柳总出来吃饭的时候,他好几次都把来访的女朋友带着一起。又说柳总的老婆,这是第二次来单位闹事了,只是上回没闹这么凶。

胡总就打断夫人说:"说人家干什么?柳总这些女朋友,好些还是对杂志社有过贡献的。"

宋奕平听出话里有话,便问:"这话怎么讲?"

胡总说:"他的女朋友有些是学校的,有些是做教育相关产业的,给《新学生》的发行和广告都出过力、立过功啊。"

宋奕平同沈总恍然"哦"了一声。沈总说:"那杂志社还要鼓励男士们多找女朋友才行。"胡总就开始眼角鱼尾摇摆地笑。林主任拍了沈总一把,嗔怪道:"你们臭男人就只想着生意,怎么就不顾及人家女人做妻子的感受啊！要是我遇上这样的男人，早就同他'拜拜'了。"

胡总就说："那看来我也得向柳总学习，离婚就不愁离不掉了。"

林主任就对丈夫鼓眼假嗔道："你离啊，谁怕谁离？你没有柳总的帅气，恐怕也难找到像样的女朋友，所以你想离的话，我随时同意，条件是儿子和全部家当归我。"

宋奕平说："胡总，林主任，莫让这一次火锅吃得你俩分道扬镳啊，那样我与沈总都赔罪不起。"大家一阵笑语喧阗，酒喝得随心随意。

胡总忽而又说，几年了，不过柳总有一件事做得好！

宋奕平问，什么事做得好？

胡总俨然郑重地说：柳总喜欢找女朋友，但兔子不吃窝边草。

这一次火锅吃得几人不住地咂气，宋奕平又听了新鲜，但心里麻辣得五味杂陈、百感交集。他觉得胡总虽然有时嘴头荒唐、办刊思想痞俗，但生活作风倒是严肃。有一种说法：说男人在苦闷或不堪压力的时候会陷入情网，柳总是不是属于此类呢？他也伤叹柳总风流成性，遭人奚落也活该。

这顿饭之后的第三天，宋奕平让宁菲菲送下半月橙汁版拟发稿的目录给胡总审阅，她回来反馈说胡总不在。宋奕平说美编等着排版了，目录需要胡总尽快定夺才行，你打电话向他请示吧。宁菲菲一副为难的神色，扮鬼脸吐了吐舌头说，听发行部沈总说，胡总昨天又跟他老婆林主任打架了，还挂了彩，去医院了。

宋奕平诧异地想笑，这周是怎么了？柳总与胡总怎么就你方唱罢我登场的。便问，他们因何又打架呢？宁菲菲支吾着说，好像是因为昨天晚上打牌输了钱。

柳总这一回算是面子失大了，好几天没有从风波中恢复状态，成天黑着脸，闷不作声的，像一只经了霜打的蔫茄子。眼下对宁菲菲说胡总夫妇吵架的事，他好像也充耳不闻、漠不关心。胡总两口子常有的小吵小闹不过是和风细雨罢了，与柳总夫妻之间吵得你死我活形成了鲜明对比。宋奕平自然知趣，不宜再多谈胡总夫妇之间吵架的事，否则也会刺痛柳总的。

第二十三章 两个夫人的闹

宋奕平对宁菲菲说:"你还是给胡总打个电话吧,这是工作上的要事。"

一天,宋奕平走到 25 楼找沈总谈事,刚好逢上林主任对沈总说几日前她同胡总打架的经过,好像在说别人的故事一般,那么生动有趣,又让人听着还羡慕他们之间的这种吵闹,叫做夫妻亲密游戏。林主任似乎也是在暗示:她与胡总的吵,与柳总夫妻之间的吵有着本质的区别。林主任还表白说,胡总其实就是那么一个臭脾气,有时死要面子,说起话来很冲,不顾及别人的感受,其实心地并不坏。宋奕平闹不懂,她这话是平心而论呢,还是蓄意说给他们俩一起听的。

幸灾乐祸终归不是一件好事。宋奕平适时把话头引向沈总的博彩上,调侃地问:"沈总你快快坦白,这段时间是不是中过大奖,怕请客隐瞒了实情呀?"

沈总讳莫如深地咧嘴傻笑,然后坦白道,前不久中过一次,只是区区 100 元。

林主任趁机起哄道:"你果然是深潭里的鲤鱼哩,谁晓得你中的是 100,还是 1000,或者 1 万或是 10 万的。"

沈总憨憨地咧嘴笑,说真的只中了个百元小奖,连连后悔不该坦白的,却又慷慨承诺明天晚餐由他请客,还是他们几个人,吃饭地点由胡总定。

第二十四章 街头发行

中午快下班时，胡总陪同顾副主任把两本样刊送到了21楼，编辑部的人先睹为快。编辑们都目光闪闪地兴奋起来，抢着翻阅。一个多月编出来的《时报文汇》7月上半月版，好比十月怀胎的婴儿呱呱落地，憨憨的形态虽有些丑陋，但好歹是一番心思与辛苦的结晶。宋奕平独自拿着一本漫不经心地翻着，零零落落地看一些耸人听闻的标题，忍不住地露出几分苦笑，觉得有些意兴阑珊，就把杂志递给了其他人。胡畅社长喜眉笑眼地让大家看一看改版后的《时报文汇》，说说感觉怎么样？宋奕平首先接过话，说感觉还不错，只是还没有达到预期的效果。其他人则不置可否，倒都是十分快活的样子。

胡总说，毕竟是改版首期，做得不到位是很正常的。比较改版以前那灰头土脸的版式已经强多了，今后也一定会越做越好。编辑们连连称是。

胡总脸上放光地说，刊物昨天才印出来，正在批量装订中，上午印刷厂仅送过来10本杂志，他把8本分送给了时报集团的领导。集团领导翻阅后已有反馈，对首刊评价普遍较高，都称赞很有可读性，版式也不错。胡总显然十分满意首刊的问世，一股傲气陡然升起来，说："大家可能疑惑我第一本杂志印出来,为何首先送给集团领导？我胡畅把《新学生》做到40万份，集团没有扶持我，倒有不少人妒忌我胡某的。我把《时代文汇》再接手过来，同样也有奚落嘲弄的，有的还想看我亏损的笑话。有言论称我办一本学生刊还行,但要办好一本成人读物,恐怕只能等着瞧了。现在,首刊出来了,无论是支持我的,还是等着嘲笑我的,我都要把杂志送过去让他们看一看、评一评。同志们啊,人活一口气,我希望大家一定要争这口气,把这本刊物好好运作起来。"

胡总的一通牢骚与鼓励,让在场的人都听得有些动情,屏声静气之中凝聚着一种莫名的兴奋。

胡总再说:"不过呢,领导评好评坏无所谓,贵在我们自己找对感觉,关键在于走响市场,获得读者认可,有市场才是最高的奖赏。"他又换了口气朗声说:"市场经济时代是全员参与的时代,所以,本周六两刊人员要全体出动,包括《新学生》杂志的所有人员都要参与进来,每人提20本,到街头去搞一次试销,都卖杂志去,都会有一定的包销任务!百丈高楼起于累土,百万大刊,要靠我们一本一本去发行。"

突然宣布这个决定,大家的笑容就僵在了脸上。

胡总再和大家算细账说:"两家杂志加起来30几号人,如果每个人卖出去10本,就有300多本,这300位购买者中就可能有我们的订户。再说这10本杂志,也许会每本有10个人读到,那么我们的读者就有3000多人,这3000多人中又可能有我们的订户。关键还在于街头发行是杂志同市场沟通、同读者交流的最好机会,尤其是我们的编辑们。每购一本杂志,我们还可向顾客赠送一个手提袋。"

胡总把手头的手提袋样品扬了扬,袋上印着"欢迎订阅《时报文汇》""天下第一轻松文摘,天下第一情感文摘"的字样以及发行热线。他又说:"这个袋子送给人提着买菜或走亲访友,又会给我们带来持久广泛的宣传作用。"

宋奕平暗叹,胡总毕竟是从报纸广告、发行部锻炼出来的人,确实有做市场的灵感和手段,难怪他能把《新学生》发行到40万份。这时,活泼的薛悦突然提问:"胡总,你亲自带我们去搞街头发行呀?"

"我怎能不去呢?我当然去,做你们的队长!"胡总毫不含糊地表态。

宋奕平顿生钦敬,在场的其他人转而露出服膺神色,畏难情绪似乎化解开来。主帅出马,激励全军,胡总不愧是一个善抓发行、能开拓市场的人。

周六，大家在时报大厦前的广场集合，兵分四路出发。胡总、乔副社长、沈总、宋总各带一路人马分片区行动，另外还请来了20个勤工俭学的大学生分插到各分队中一起行动。大学生是每人给40元的固定工资，每卖出一本提成两元。出发前搞了一个简单的启动仪式，宣布午餐各人补贴20元，晚餐回单位一起聚餐。开放式的集体行动总会带给大家一种新鲜劲头，但在大街上能卖出几本杂志，是大家表现出来的担忧。

宋奕平领头的分队在省图书馆的街面分头卖杂志。他一个大男人在街头向过往行人兜售五块钱一本的杂志，起始实在有些难为情。他转念一想这是自己负责编出来的刊物，而且胡总也在城市的另一方做同样的事，心态便调整过来了，勇气也陡升起来。他大起胆子向过往行人推销，然而连连碰钉子、遭遇冷眼，甚至一些人提防与避之唯恐不及。他又转到省图书馆的大门口，瞄准那些进出大门的面带书生气的人，果然效果要好一些，十几分钟已销出了四本。太阳有点灼热，加之不停地费口舌，他感觉有些疲累，就选了一处树荫歇凉。心想，亲自出马的胡总成绩现在怎样呢？会不会远远超出了我？自己编出来的杂志不多销出去几本，面子上过不去。他又起身在街头寻找目标，赖着人推销。到中午吃饭时间，他卖出了八本，人已累得够呛。

正准备去找一家快餐店补充能量，突然接到了胡总的电话，问他销得怎样。电话交谈中，胡总坦言他上午只销出了六本，哈哈，这下宋奕平放心了，自己居然多销了两本。兴奋之余，他一连给几个人打电话询问，一般都只销出三四本，甚至还有只销出一本的。宋奕平来了劲头，决定下午再加把劲，也许能够出类拔萃夺得冠军。中午的餐桌上，他主动与身边的食客套近乎，然后推销，又销出了一本。下一个目标锁定了一位样子疲沓沓的、进门准备吃饭的马尾发式女孩，宋奕平劝她买一本杂志。谁料女孩也从包里掏出了一张彩印广告纸塞给了他。一看，是穿戴式眼部按摩器的宣传资料。女孩一看他是戴眼镜的，倦容顿消，呱呱呱不停地宣讲眼睛是一个多么重要的器官，然后推介起视力保健按摩器的功能，并当即让他取下眼镜试用。这种电动按摩器自动揉着眼眶周边，的确蛮舒服的。一问价格，女孩表情夸张地说今天他们的产品上市周年庆，半价酬宾，原价680元的，现价340元，还送一包湿纸巾。说着，女孩从手提袋里掏出了一包湿纸巾，在宋奕平面前晃了晃，妙语连珠极力唆怂他买一个，说：眼睛嘛，是心灵的窗口，是沟通美丽世界的门户，最需呵护好。她又说，若买她一副眼部按摩器，她也就买一本杂志。女孩的推销能力让宋奕平招架不住，晓得是遇上营销高手了，只得匆匆把一碗面填进肚里，起身落荒而逃。他心里感叹，时下的确是一个大营销时代啊。

宋奕平走出快餐店，一眼瞅见旁边有一处报刊亭，便想去看看首期《时报文汇》杂志是否摆上了展台。他探着头打量着报刊亭内琳琅满目的杂志，却找不见《时报文汇》上半月版的影子。售报的中年妇女连问了他两声："你要买什么杂志？"宋奕平问："有没有《时报文汇》杂志？"女主人用意外的眼神打量着他，变戏法儿似的从桌台下面拿出了一本《时报文汇》丢在他面前。

宋奕平说："我不买，我是这个杂志的编辑，你怎么没把我们的刊物摆出来呢？"

中年妇女再瞅了他一眼，面无表情地道："你看亭子就这一点空间，杂志又多，所以好卖的杂志才摆出来。你们这个新出的杂志，估计没有多少人买。"

宋奕平说："你连摆都不摆出来，怎么晓得没有人买呢？我们杂志很好看的，很有可读性的。"

中年妇女捡起杂志翻了翻，嘟哝道："这个杂志呢，以前没见过。我们亭子的买主，一般是一些固定报刊的老读者。"

宋奕平恳求道："大姐，麻烦您多关照一下，把我们的杂志摆到显眼的地方吧，顺便向顾客推销推销。真的，我们杂志很有可读性的。"

大姐淡然一笑说："我们呢很现实，好销的杂志才放显眼的位置。"说着，勉强把《时报文汇》插进了柜台摆放的几本杂志中，露出一个刊头来，算是给足了面子。宋奕平离开时，扫了一眼亭内花花绿绿的畅销期刊，封面设计争奇斗艳，内容导读的标题无不充满着噱头或煽情，想想自己编出的刊物也列入其中参与市场角逐，又莫名地担心起它的销量了。

下午，他琢磨着天气晴好，江边市的湖心公园一定游客很多，不如转战公园去。他这个分析没错，公园里游人如织，因此下午他又推销了11本，全天他以25本的销量回单位交差，但也累得腰酸腿软了。作为编务人员，首次出来搞街头发行，的确感慨良多。

晚上在时报酒店餐厅聚餐，庆祝《时报文汇》改版发行，犒劳大家的辛苦劳动。宋奕平看到，大伙一个个累得无精打采的。胡总在开餐前宣布今天《时报文汇》首发的销售业绩，算是初战告捷。总计销出558本，其中个人销得最多的是他自己，销出26本；宋奕平紧随其后销出25本；销得最少的只卖出了一本，有两个人。胡总顾其面子，没有公布两人的姓名。

宋奕平佩服胡总的确是出手不凡，他怎么就后来居上了呢？也许他上午说只销出6本，是故意追求先抑后扬的效果吧。有人站出来提议要冠军胡社长介绍推销经验。胡总当仁不让地说了一番话：做营销，首先要拉下面子、放下架子，能吃苦耐劳；其次要有的放矢、见人说话、见菩萨打卦。

宋奕平体味了街头发行的艰辛，又听得感慨，认为胡总说出如此经验之谈，不愧是个营销高手。又暗叹于试销成绩来之不易，担心《时报文汇》的发行是否真能逆风飞扬起来。

宋奕平想起《时报文汇》进入了报刊亭，却没有被老板摆出来的事，提议发行部把市内报刊亭都跟踪走访一次，与亭主融通好关系。

胡总与乔副社长一听露出高度重视的表情，异口同声夸宋奕平带回的信息很重要，建议很好。胡总当即要求发行部沈总明天就带队去访问各处报刊亭。沈总憨憨地笑着点头。

接下来，胡总用温和的语气下达了一个硬性决定：《时报文汇》发行初战告捷，也证明刊物是能够被市场接纳的，有读者的。所以他预计的硬性发行任务务必执行：《时报文汇》全体人员，每人硬性发行20本；《新学生》杂志的全体人员，每人协助发行10本，没完成任务的同志，要自觉利用业余时间去做推销,也可以动员身边的亲友购买。但不管能不能完成任务,发行费按每本5元从工资扣除。

一经宣布,让许多人——尤其是编辑们发起怵来,而后换成一副苦瓜脸,恍然明白世上没有免费的晚餐。翌日,《新学生》的唐主任来总编办同柳总商量一些编务上的事情时,还含酸带贬地说了一些不满的话,嫌恶《时报文汇》的发行连累了他们,带着埋怨的眼神,宋奕平有苦说不出来。

第二十五章 一箭双雕

《时报文汇》7月份上半月可乐版上市，内部评刊与部分读者意见都认为封面不尽如人意，设计创意很普通，颜色搭配不好，显得有些花眼。下半月橙汁版出厂后，封面设计有所改进，但制版调色不匀的问题依然存在。这家印刷企业本来就是《新学生》杂志的承印单位，老关系户了。柳总在讨论会上对《时报文汇》的印刷问题特别关心，批评得厉害。他说杂志每期封面就好比人的一张脸，带给读者的是第一印象，绝对轻视不得。这个意见博得胡总的赞赏，也表现出对印刷厂十分的不满意。宋奕平提出把印刷厂的相关负责人喊过来，做一次当面沟通，争取下一期改进视觉审美的缺憾。

柳总趁机说："我建议《新学生》与《时报文汇》不要在一家印刷厂制作；《时报文汇》换一家印刷厂为好，让他们去相互竞争，互相促进。"

胡总看着柳总说："这个主意好！有竞争才有好质量。"

柳总就顺水推舟说："我有一个朋友是搞印刷厂的，他们最近引进了一台进口调色机，听说这样的机器在整个江边市目前只有一台，是不是考虑把下一期杂志换到他们那里印。"

胡总当即表态："行啊！你马上去打探一下价格怎样？"

《时报文汇》封面铜版纸，四色彩印加80个版面，每一本印刷费仅1.2元，精明的胡总把价格控制得很低，显然，成本仍是第一考虑要素。

柳总当即说："这是我一个很要好的朋友，他一定不会贵我的。"

第二十五章 一箭双雕

胡总说："那好！哪天你约他过来，同我见面谈谈。"停了一下再指示，"今后两家刊物的印刷质量问题，都由柳总来做视觉总监，全权负责。"

柳总好像正中下怀，乐得嬉地点头答应。会后，宋奕平琢磨一直惆怅于没有当上编委、对《时报文汇》漠不关心的柳总，这回怎么会如此热心、主动挑起《时报文汇》的印刷责任来呢？

周二上午，一个50岁左右的男人走进总编办找柳总。宋奕平说柳总刚上洗手间了，让他先坐稍等，又喊值日员给客人端上一杯茶水。宋奕平再随意问他找柳总有何事，他答，是柳总电话约他过来洽谈杂志印刷的。说着，递给宋奕平一张名片。他姓许，是一家印刷厂的总经理。

柳总回到办公室，即与许总细谈起印刷《时报文汇》的事情。柳总反复对许总表明，给他争取这一笔生意不容易，待会上25楼与胡总见面，话一定要说得硬一点，一是不加价格，二是保证质量。许总喜不自胜连连点头道，这当然，这当然，又千恩万谢一番。他还一个劲地叨唠以前与柳总的交情。

宋奕平心里明白，现在江边市印刷单位多，业务竞争非常激烈，哪家印刷厂能搞到一单持久业务，都是非常欢喜的事。更不用说，柳总牵针引线是一个大人情，好处也是不言而喻的。他瞬间明白了柳总为何不怕自找麻烦，欣然受命《时报文汇》视觉总监的职位。

柳总领着许老板上25楼与胡总面谈，大概半个小时才回来。两人显得十分兴奋，话语中透露出生意基本尘埃落定的信心。柳总嘱咐许总尽快起草合同，要对质量保证条款写得硬气一点，价格可以维持《时报文汇》原印刷价格不变。许总连连点头。快到午餐时间，许总约柳总一起外出吃饭。柳总说已经约了朋友，下次再聚。许总凑近柳总的耳边嘀咕了几句什么，柳总即哈哈笑着同意了和他一起去。临走，他俩客套性地喊宋奕平一同前往，宋奕平自然是婉言谢绝了。他当然清楚，如今生意场的饭局只是个名义，他们私下要谈的，只有他们俩晓得了。

周五下午，承印《新学生》杂志的印刷厂女老板神色焦灼地登门拜访柳总来了，一见面就巴起脸，絮絮叨叨向柳总求情说好话，央求他给点情面，莫要抽走《时报文汇》的印刷，她保证今后把杂志印出一流效果,哪怕是赔本,也要让杂志社满意。

柳总安之若素,笑意写在脸上,道:"凭我跟你的关系,怎么忍心把这单生意让别人抢走呢?只是《时报文汇》两期的印刷确实存在缺陷,大家都意见很大,胡总也不满意……"他突然对宋奕平使个眼色说:"这是《时报文汇》的副总编宋总,也对杂志的印刷很有意见的。"

女人当即冷脸瞅了下宋奕平,显然忌恨有人背后说她的坏话,断了她的财路。宋奕平觉得无端成了冤大头,又被柳总临时当靶子用了。然而,眼下他能够申明自己对杂志没有意见吗?女老板不理睬宋奕平,转而用女性特有的温柔、卖乖的口吻,叨唠着向柳总解释封面印刷欠佳的缘由,说是调色师傅前阵子请了病假,由他人替代,所以才出现了一点小问题……

柳总说,《时报文汇》调换印刷厂已成定局,他也无能为力,因为胡畅社长已经表了态。他能做的,是努力替她保住《新学生》杂志的印刷业务,莫要再有什么变故。女老板大为失意,一脸焦急又转为忧忡夹杂感激。她央求柳总无论如何也要替她保住《新学生》这单业务,好歹是五六年的交情了。柳总笑呵呵地打断道,只要刊物印刷质量不出大问题,都老朋友了,能关照的,肯定会关照。女老板转动着眼珠似乎相信了柳总的真诚,像吞了一颗定心丸一般,惴惴不安的表情有所缓和,言语流露出了一些宽慰。她磨缠到快下班的时间,便邀柳总一起到外面吃饭去。柳总再三推托,她执意请他赏这个脸,最后柳总呵呵笑着勉强答应,动身离去了。

这一回也算让宋奕平开了眼界:柳总略施小计,唆怂两份杂志分别印刷,居然一箭双雕送两份人情出去,两头得好处!他不免喟叹:聪明透顶的胡畅社长,怎么就这么轻易被柳总耍弄了呢?

第二十六章 语不惊人死不休

周五的例会因为胡总莅临而显得正经八本。大家喝茶，胡总依然喝他的可乐。胡总扫视着全场，郑重地吐出"语不惊人死不休"这一句名言来，考问大家：这是哪位文学家的名句？谁能回答？宋奕平困惑胡总怎么突然变得风雅起来，接口回答，这是唐代诗人杜甫的佳句，"为人性僻耽佳句，语不惊人死不休"。

胡总表扬说："回答正确！但是，我说这句名言的目的不是做考证，而是要求编辑们在修改文章标题时，一定要念念这句话。标题至关重要，读者首先是读标题，然后再决定读不读正文。所以文章标题要有噱头，要做到语不惊人死不休！"他拿起摆在面前的改版后首期刊物扬了扬，又拍了拍新送审的8月上半月版的稿子说："你们对标题的提炼，还大有文章可做。"

大家静默无语，空气有点压抑。

胡总继续训话："你们早几天在街上搞发行，有没有注意到一个细节：大多数读者拿杂志在手头，喜欢先翻看目录。注意到这个细节的请举手。"

宋奕平略一回想，好像的确有这个细节，便举了手。陆续有其他四个编辑也跟着举了手。

胡总瞄了一眼举手的人，又道："发现了这个细节的人，说明是有心人，也说明我的观察不是偶然的。读者喜欢看目录是看什么？说明什么？——他是先从标题寻找自己的阅读兴趣，然后再决定买还是不买。

所以说，文章标题抓眼球，就是促销！失去这个卖点，也就失去了读者。"

宋奕平觉得言之有理，也认为自己在改稿的当儿，还是注重了标题修改的。

胡总吞云吐雾，振着气道："我们必须把标题的提炼，提到一个决定刊物生死存亡的高度！做编辑的功夫，很大成分要用在'语不惊人死不休'的标题提炼上去。"他略停，取出一块槟榔扔进嘴里咀嚼，缓缓地拿起了一篇贴有稿签的稿子说："我现在给大家演示一篇稿子标题的修改。这是一篇名为《学动物做健身运动》的稿子，大家看这个标题多平淡啊，就像一杯白开水那么寡淡。现在我把这个标题改成了《不做人，做畜生》怎样？这个标题是不是不同凡响了，有新鲜感，有视觉冲击力了，而且惊人的效果就显示出来了。"

全场涌起一阵压抑的笑。胡总嚼着槟榔说："你们笑什么？难道标题不该这么改吗？学动物做健身操，原本就是向畜生学习的意思，改成《不做人，做畜生》，就有噱头了，就容易抢眼球了。"

薛悦拐拐头抛出一句："不做人，做畜生，那人类不是白白进化到现代了？"

一语再次掀起会场的笑浪，笑声像窗外艳阳在室内泛起波光。宋奕平随即感慨轻松定位的杂志编得并不快乐，倒是杂志社许许多多的生活细节和幕后故事，让人蛮开心的。

胡总没笑，瞅着薛悦正儿八经地高声辩解说："人是进化了，可改变了作为动物的本性吗？再说改标题不是要你研究人类学，而是研究语言学。所谓'狗咬人不是新闻，人咬狗才是新闻'，追求的也是新奇的表达。薛悦，你懂吗？"

大家收住了笑。

宋奕平忍不住说："标题要有吸引力，要抓眼球是没错，但也要注意一点表述上的雅，不能太卑俗，莫引起人的反感才好吧。"

胡总横了他一眼道："雅什么雅？诗歌的标题那么雅，文学标题都那么雅，有市场卖点吗？这样的刊物还不是发行量越来越小，面临被市场淘汰的下场？我们这个市场化刊物，总绕不过一个雅，是没法找好卖点的！宋总，你的脑子怎么就老绕不过弯呢？"

现在的总编办明亮宽敞，《时报文汇》的周例会就在总编办召开，因此柳总照常坐在他的位置上列席。现在，他总算从上个月老婆大闹办公室的阴影中走了出来，情绪回归了平静。他又以惯常的奉迎做派发言："胡总说得对，胡总说得极是！走市场的通俗刊物，标题贵在有卖点，得少提高雅；雅与俗是两个方向。"

见有声音赞同，胡总尤其来劲，又反过来表扬："柳总说得很对！我们这个走市场的刊物，就只能唯卖点是取！卖点才是市场化刊物的关键，是最重要的第一关。"

宋奕平想反驳：难道只有俗才有卖点，雅就没有市场卖点了吗？况且这样的卖点带给读者的感觉是什么？转念一想，提这个命题，便又回到杂志改版之初争论的原点，再争无益。他只得憋着一口气。

其实，每次大大小小的编务讨论会，胡总都是搞一言堂，所谓的讨论也就是他的思想或主张的贯彻，大家学习领会，然后按他的意图去做。谁有不同意见提出来，终归会被他那张能言善辩的嘴给否定的。于是编辑们都学乖了，都不再怎么出声。可胡总每次散会前不忘讲民主，都要郑重其事地提问一声：还有不同意见吗？有就痛快说出来，没有就散会！

宋奕平按照胡总的最新指示，号召编辑们群策群力推敲文章的标题。然而在接下来的编务中，大家苦着脸对他抱怨：这些标题再怎么改，也难改出胡总示范的"不做人，做畜生"那种效果来。宋奕平也深有同感，并为此伤透脑筋。书到用时方嫌少，他恨自己编刊几年来斟酌文章标题的功夫不到家，导致力不从心，不能随心所欲啊。

于是，大家承认胡总修改出的《不做人，做畜生》这个示范标题是绝唱。有意思的是，这一句经典语，成了薛悦等在平常嬉闹时，耍弄人的口头禅。

《时报文汇》改版后的首刊在市场发行了，也便意味编务基本厘清头绪，可以按部就班地运行了。编辑们也基本能上手了。若不是遇上校清样稿等特殊情况，大家可以安安心心休周末了。趁周末，宋奕平喜欢去省图书馆泡泡，翻翻经典文学书籍和其他有品位的文化杂志，他忽而觉得被人鄙夷不屑的文学及高雅文化读物还是有强大阵容的，不乏坚守者。相形之下，他倒是感觉自己编出的《时报文汇》有些难登大雅之堂，像神出鬼没偷猎市场的狐狸。细细回味，觉得文摘读物就像回收垃圾，做第二次贩卖，实在有些无聊。他又心思浮动地想回归到纯文学创作去，仿佛精神需要文学的慰藉似的。他原以为文学已经被驱逐出心灵家园了，未料再回眸，它又像一只家猫，仍然蜷缩在内心的一处角落，情意绵绵、眼巴巴地盯着主人。他又抵制不住对它的旧情复燃。然而，他觉得自己的心思被这种俗刊编乱了，莫说去写长篇小说，连写点小散文的才思也都好像枯竭了，甚至连写轻车熟路的社会纪实文学也攒不起劲头来了，而且现在也没有了什么稿费收入，领着这份干巴巴的工资。他再度思考此次跳槽的得失，兀自苦笑摇头，搞不清自己得到了什么，盼头何在！

　　宋奕平在报上看到一则消息，这个周末的群众艺术馆有一位文学名家讲座，他忽而来了兴致，打算去听一听。开车赶到大剧堂时，意外发现剧堂早已人满为患，若不是亲眼看见，他很难相信遭遇商业化与网络化冲击下的文学，居然还有那么多粉丝。近年来，他还保留着一份文学情结，偶尔写点小散文，的确很少去关注文学了，听到的只是文学日益边缘化的议论。尤其是进了《时报文汇》杂志社，听胡总贬斥调侃文学，他更感觉到文学凉飕飕的境遇。可是眼前的场景，跟自己曾经做着狂热文学梦的那个年代别无二致！他的心又热了起来，觉得文学并没有被社会冷落，仍不失狂热的追随者。这一场讲座，讲的激扬，听的专注。中场休息的时候，大家在室外的小广场游弋，或三三两两地聊天。旁边一位年近中年的女士说，她正在写一部长篇，写了两年多了，还未写完。她不图别的，就想这一部小说成功出版。另一位男士称他经营有一家小公司，但自己真正的志趣还在文学上……宋奕平听得心潮起伏，觉得自己的文学情结远不如他们执著。

第二十七章　差错认定

"一字千金"的活动果然引起了不少读者的关注。《时报文汇》7月上下半月版推向市场后，不几天便陆陆续续有读者电话打进编辑部，参与纠错活动。来电由编务统筹宁菲菲负责接听和登记，她成天被搅得不得安宁。也许专线太忙，有些人又按杂志上的电话打进了总编办。座机一直摆放在柳总的桌面，他往常接听多是女朋友的电话，现在纠错热线打进来，也是不堪其扰。后来，他就气恼地把电话机移到了宋奕平的桌面。可是来电又经常是柳总的女朋友，对方甚至不问姓名，直接就把宋奕平当成了柳总说亲昵话，弄得彼此好不尴尬。于是，他只好把电话搬了回去。

宁菲菲每天下午快下班的时候，就会把当天来电纠错的登记表交给宋奕平过目，核实确认对与错。宋奕平看着这些被读者指正之处，自觉汗颜，也闹不懂胡总的那份自信从何而来。随着时间的推移，许多参与纠错的信函也纷至沓来，一些外省读者为了争夺到纠错第一人，都选择用快递寄信。更多的读者指错只是瞎猫撞死耗子，想挣到那一字千金的奖励。20余天过去，经核实上下半月版加起来已有十几处错误了，新增数还不得而知。这已让宋奕平和编辑们悬起了心。大家闪烁其词地谈论这个活动应及早结束，莫要再硬撑下去了。国家出台的编校质量规范，允许刊物有万分之一的差错率，也是正视现实而出台的政策。胡总执意标榜《时报文汇》的勘校质量，看来心有余力不足的。

当然，编辑部也收到了不少热心读者来信，点评杂志内容的是非好坏。有封读者来信写着："读了贵刊上半月可乐版，我在酒桌上有了笑料谈资；读了贵刊下半月橙汁版，我才知道平凡的世界有那么多怪情异事。"让人摸不透是褒奖还是贬斥。杂志不少老读者的来信，对刊物的改版内容基本持否定意见，有的还激烈批评刊物走下流路线，声称不改过，明年就不再订阅。

胡总了解首期被读者指正差错的情况后，表情有一刹那的异常，因为终校遗留下来的错字，当属他的责任，账得记在他头上。不过，他很快表现得镇定从容说："我同你们一样，首刊也许还没有很好地进入状态，不慎留下了一些遗憾。以后校对呢，大家都要细心起来，层层把关，下死决心消灭差错，编出高质量的刊物来，让那些想赚我们一字千金的读者睁大眼睛去找，也无功而返。"关于各层校对差错的内部登记与处罚，胡总很宽容地说："首期上下半月版当是练兵吧，就不处罚了。但从下一期开始，务必执行到位。"

宋奕平心想，你要处罚也无妨，大家一起来挨罚，反正你胡总的差错是加倍处罚的。

宋奕平认真看了读者指正的错误处，发现有的原来对的地方却被胡总终校改错了，比如"凑合"，被胡总改成了"凑和"；"一如既往"，被他改成"一如继往"；把"账目"改成"帐目"等，结果都被读者发现了。宋奕平因此窃想：胡总自诩文字功力深厚，是勘校高手，实在名不副其实啊。

半月刊的工作节奏很紧凑，下期挨着上期编，不觉就要编9月份的稿子了。宋奕平每次翻看着胡总的终校稿，察觉胡总的勘校存在很多歧义，而且他的句读水平基本停留在编中小学生类刊物的简单句式上。比如胡总老在以自己的语言方式改别人发表的文章，尤其标点的运用方面，两人分歧更大。宋奕平庆幸胡总同意没把标点纳入"一字千金"活动中，否则差错认定更不好收场。从下期起，层层要校对并做差错统计，标点出错规定每处罚款5元，那怎么认定呢？眼下8月份可乐版和橙汁版两期杂志相继校对完毕，胡总的行文个性依然我行我素地保持着，比如，承前省的主语没有加上去一概算错；"但是……却……"之类的双重转折，分明是病句，他却说正确；"然而"等转折词前面没用逗号的一概算错，有些同义词变换一下按他的理解也算错；还有一些，他把对的改成错的，比如，把"做父母的"改成"作父母的"，也当差错统计罚钱。"唯一"务必改成"惟一"；"支棱着头"中的"棱"字被认为多余，算错；"甘心情愿"一定改成"心甘情愿"，否则也算错，等等。再肤浅的成人读物，语言句式终归还是不同于中小学生刊物的，起码用词遣句要复杂得多，于是胡畅社长拙劣的校对水平也暴露出来了。可是，胡总偏偏要做不倒翁。就校对上的事，宋奕平常与胡总发生争论，比如就"唯一"与"惟一"的对错之争，他翻开《现代汉语词典》给胡总看，词典型上"唯一"同"惟一"，而且"唯一"是首选；再有，"支棱"，词典上分明有这个词，不是生造；"甘心情愿"同"心甘情愿"……胡总就很不耐烦地说："你莫给我看什么《现代汉语词典》的，今后就以我的要求为准。"他还苦口婆心地教导宋奕平说，勘校马虎不得，务必严谨。胡总在标点符号的运用方面也有自己独到的一套，他特别反感用分号，不少语义表达尚未完整、本该用分号的地方，没有改成句号也都算错。宋奕平不怕驳他的面子，经常和他争辩，并从中体验泄恨解气的痛快。双方争得面红耳赤，还时常闹得要把争议寄到国家文字委员会去评判。

　　宋奕平苦涩地想，胡总强权"算错"能无视国家语法规范，是不是想独创一套"胡氏语文法则"，作为《时报文汇》勘校标准呢？当时制订的奖罚制度，也分明写明了字词的勘校以新版《现代汉语词典》为准，现在他也不认账，转而强调是他说了算。宋奕平面对胡总霸道的"算错"不能随便迁就，罚钱事小，怕会导致文字表达的失范。胡总就振着气道："《新学生》杂志在中小学校发行到40多万份，勘校上从没人非议过我，难道你还胜过那么多语文老师？"两人争执不下时，胡总就喊来《新学生》杂志的柳总和唐主任过来当评判。唐主任做评判则是和稀泥：这个地方改也可以，不改也可以，不过还是胡总改得更好一些。柳总扫一眼发生争议的地方，也跟着说，胡总一定要改的话，改一下是会显得更好点。都断不了公案时，胡总就用发火来维护尊严与权威，却又掩饰不住被挫败的气馁。

宋奕平只好无可奈何地撤退说："好好，不争了，不争了。反正算对算错由你说了算。"柳总遇上这种场面，就在一旁快活。事后劝宋奕平说："你就跟他玩吧，何苦三两天就争执不下呢？宋总你啊，还是地道的书生意气！我和你不同，就是喜欢跟他逗。"

让宋奕平吃不消的，还有胡总喜欢按自己的语言习惯改稿子，一叠干干净净的终校稿，总被他改得一塌糊涂，有些地方还改得文义不通。他还要用自己改出的清样当示范给编辑们看，要大家学会改稿，叫人哭笑不得。宋奕平委婉地提出，要最大限度地尊重原作风格。胡总接口说，这个说法很对！编辑真正高水平的修改应当顺从作者的原意去做修改润色。宋奕平经常被噎得眼睛发白。

宋奕平感叹：同一个找不着北却自信十足的假把式去论道，是扯不清的。他猜想胡总大概是陷在《新学生》杂志采用非常手段发行到40多万份的自豪里，已经失去了平常心，自以为是不能自拔了。他实在不想继续争得你死我活了，事后却又迂气不平：你胡总要颠覆国家语法规范，要我重新依你的来做事，那我从小学到大学接受的教育，不是都要推倒重来？这个副总还干得下去吗？既定的国家语言规范，又岂能是你胡总说错就是错、说对就是对呢？

从《时报文汇》7月份杂志开展的"一字千金"活动，被读者来信、来电找出的差错又有新增。宋奕平耐着性子建议刊物还是从时报集团内部请一位专职校对把一次关好。改版的刊物已经被读者指出20余处错误了，意味着要兑现两万多元奖金了。再说了，专职校对更有专业水平，许多地方也免得两人争死一个气死一个。对此，柳总与唐主任、编务统筹宁菲菲都表示支持。这样，胡总终于答应从时报集团内部请一个退休校对做兼职，安排在终校之前校一次。但他又说需开销的事，还得跟乔副社长商量后才能定。

事后乔副社长不满地说，这么多编辑校不好一个稿子，还要另外花钱，说不过去吧？《新学生》的唐主任站出来说了一句公道话：做校对

第二十七章 差错认定

不是人多人少的事，而是需要专业水平；再说，与其把一字千金兑现给读者，不如花点小钱请专职把关，既省钱又挣了面子，保证了刊物质量。乔副社长无语了。胡总说，专职校对有时也不见得权威，所以终校还得以他的为准。他又当众自吹自擂以前做《江边时报》副刊编辑时，他编的稿子校对水平在全报社是最高的；现在，《新学生》杂志经他手后也很少有差错被读者指出来。

宋奕平在心里说，一个学生类刊物，都是一些简单的字词与句式，远没有成人读物语言那么复杂，能证明你的水平有多高呢？

柳总却在背后奚落胡总道："胡总就是这么一个自以为是、不知天高地厚的人！只是当他的面，我不好说他。《新学生》杂志为何差错少？还不是我同唐主任把关的功劳，倒成了他厚颜无耻吹牛皮的资本了。他反过来劝宋奕平不要那么认真，依他的胡氏语法去做就是了，反正社长总编都是署他的名，也是出他的丑。你跟他敷衍下去就是了。"

正聊着，胡总打电话来，指示差错处罚要动真格，叮嘱宋奕平刊物从8月开始，一定要把各级校对发现的差错做统计，交给办公室备案。宋奕平在周例会上传达了胡总的指示精神，要求上下半月版主编登记责任编辑的校对差错、编辑统筹核对登记两位主编的差错，副总编登记编务统筹的差错。副总编的差错由胡总登记。然后，宁菲菲统一列表送交综合办公室，依制度执行，在发工资时一并扣除。大家阴着脸，默不作声，因为每一个人都背负了不少差错责任。

第二天，宁菲菲找到宋奕平嗫嚅道："宋总，怎么办呀？8月、9月的清样校对稿，他们都没保存，都被销毁或当废纸用了。"宋奕平一听，略略地吃惊，问："谁叫他们这样做呢？这怎么行，胡总要求都得保存好的，怎么可以自行毁坏呢？"话是这样说，心里却很乐意地想：这些人平时表现得与世无争，到关键时刻看来也都会装糊涂，有自己的一手。

林主任偕同顾副主任谈谈笑笑地来到21楼编辑部，催要最近两期的校对差错登记表。宋奕平称大家的清样没有保存好，有些被当草稿纸用了，差错统计没法做了。

林主任十分生气地道，这怎么行呢，这……怎么可以呢？顾副主任也帮腔说，制度怎么能随便违反呢？

　　宋奕平摊摊手说，没办法啊，是大家违反，不是我在违反。只能从下期起再做统计了。两位主任无奈地离开。他在心里说，罚错反正也是乱象，大家逃过一劫算一劫吧。

第二十八章 婚姻危机

　　柳总这些天又是郁郁不乐的样子。宋奕平揪住一个与柳总说话的时机，询问他是不是又遇上什么不开心的事情。柳总"唉"了一声道："还不是那个臭婆娘成天寻我吵闹不休？"停了少许他又狠气地说："我决心和她离婚！反正呢，现在我也害怕回家，不想回家了。"

　　宋奕平说："柳总，百年修得同船渡啊，还是尽量和她做些解释工作，不要再吵下去了，离婚可是一件悲伤事。"他心头似乎清楚他们之间的裂隙难弥，因为他夫人这一次闹，好像也是抱着烂筏子烂划的姿态了。他感慨柳总夫妻的闹与胡总夫妻有着本质的不同：柳总闹得要分道扬镳，而胡总夫妻的闹好像是不吵不闹就不显亲热。宋奕平佩服胡总夫妇的每一场闹，宛然夏天的太阳雨，雨过地皮湿，育得禾苗长，是夫妻情感的催化剂。

　　柳总憋着一股气说："不是我要同她吵，我从不和她吵，是她神经病一般的，寻我来吵事。"

　　宋奕平问："她怎么了解到你的一些女朋友呢？"

　　柳总回答："她偷我的手机去抄号码，用自己的手机打过去，听到对方是男的，就挂了；听到是个女的，就盘问，弄得我都不好见人了。宋总你评评，我负责杂志那么多的发行，也会有女主顾啊，也得请一些女朋友帮忙啊。她这种恶劣做法，你说恼不恼火啊。"柳总诉说着这些事，一番苦闷状。

宋奕平说:"那是那是。"又说,"尽量和她解释清楚吧,她这样做影响你的工作也不好。"

柳总一脸愠怒地说:"懒得跟她解释什么了,离婚,离了各过各的自在日子,图个轻松不烦恼。前天,我已经把离婚协议书交到她手头了。"

难怪这两天柳总那么烦忧,心不在焉的。宋奕平为他们闹到这分上而叹息,夫妻本是同林鸟,一旦闹僵各自飞。宋奕平忍不住再问:"那你老婆同意离吗?"

"她当时说同意,只不过孩子、房子和家当全部归她,要我净身出户。房子现在也值个百把万,当初主要是我出资买的,好歹我也得分一半吧。"柳总说。

宋奕平追问:"那她同意了?"

"不,这两天我也没有回家去。"柳总答,"她不同意,今后就交由法院去判。"

听着这话,柳总离婚的打算好像是吃了秤砣铁了心。于是宋奕平禁不住揣摩问,柳总是不是与哪一位女朋友达成了组合新家庭的意向呢?宋奕平观察到,平时同他来往比较频繁的有四位女士,来得最勤的是那位做学生用品的茹妹妹,可是柳总说过她有丈夫啊,而且是个公务员。他再想起另一位来得频率较高,对柳总眼神暧昧的靓妹是不是……

柳总回答:"没有,绝对没有的事。都到这个年纪了,孩子都上大学了,不是非要有什么新欢才离的。我想过开开心心、自由自在的日子,这就是离婚的理由。宋总你说是不是?我们文人,都是有点自由性格的人。"

宋奕平扑哧一笑,说,那是那是。不过呢,自由有自由的好,家也有家的好啊。夫妻间吵吵闹闹或许在所难免,真走到各奔西东的地步,无论如何也是一件伤感的事情。他想劝柳总,在处理夫妻关系上应当向胡畅社长学习,但念及他们之间的隔阂,又把这句话咽了下去。

柳总收回目光不说话了,只顾啪啪地敲着键盘,不知是在聊QQ呢,还是在写博客。宋奕平本想夸一夸他儿子上大学,顺便打探一下他儿子对父母关系的态度,又怕触动他的不悦,便知趣地不再多言。

第二十九章 劳动合同

　　早已过了三个月的试用期,可是杂志社对新员工签劳动合同一事迟迟不见提及,另外购买社保的事情也没任何动静。《时报文汇》的新进人员开始噘起嘴窃窃私语了。宁菲菲也悄悄地把编辑们的意见和情绪反馈给了宋奕平。其实宋奕平心里也很郁结。一路走来,胡总只强调要大家如何做好工作,如何让杂志快速发展;要求宋奕平如何严厉管理,如何多采好稿、多发展荐稿队伍,紧逼得让人透不过气来。责权利应当对等,杂志社怎么可以对员工的合法权益搁置一边,不做安排呢?这些事情,即便编辑们不提出来,宋奕平觉得对自身的合理权益也不能含糊。早两天,因为对两处差错认定的意见分歧,他与胡总又争了一场。宋奕平搬出《现代汉语词典》来做依据,胡总连看都不看一眼,还道:"你莫要动不动就拿什么词典来压我。"唉,若是他心态放平和一点,不那么自恋自负,不处处把自己当权威、神圣不可侵犯,能做到闻过则改,该多好啊。再加上同室的柳总依旧是一有机会就讥讽、奚落胡总,爆料他相关的丑事,也给宋奕平很大的心理影响。如今,宋奕平对胡总的敬畏之心日渐削弱,而鄙夷之心滋生、暗长起来。

　　夏日的炎热持续加剧,一场太阳雨后的放晴,令气温快速回升,显得炽热难耐。中午,有编辑找宋奕平问签劳动合同一事。他们说:"宋总你是我们新进员工的领头人,也是胡总面前最敢说话的人,你应当替大家多担待点啊,我们这些小卒子人微言轻的。"又有人跟着提关于编辑们外出采稿的车马费、资料复印费应由单位统一解决或每月给予一定补贴，等等。

宋奕平很想对他们说，自己眼下也是泥菩萨过河——自身难保。

柳总乘机煽动说："劳动合同和参保的事情，你们都不主动去提，也许要拖到猴年马月了。当年《新学生》杂志的劳动合同也是拖了半年多才签的，社保拖了近两年才办理。"

宋奕平苦乐着说："当初冲着《江边时报》这块大牌子来的，心想这样的大时报集团，一切都会依法办事、照章管理，现在看来是一厢情愿了。"

柳总说："集团是不会管这样的承包单位的。这些事你们只能找胡畅去交涉，杂志社就是他的一亩三分地，都是他搞一言堂。他胡畅图私不遗余力，苛刻员工就表现得一心为公，嘻嘻。"

宋奕平认可柳总对胡社长的评价。针对员工利益的事情，宋奕平在工作接触中已多次提过，可胡总每次都含糊回答："这些事情，杂志社会处理好的，你只管带领大家把工作干好。至于外出采稿的车马费、复印费之类的小事，报账也嫌麻烦，大家就当发扬奉献精神了，不要太斤斤计较。"宋奕平被噎得不好多言，对下属又不好交代。他觉得务必把这些当一回事，正儿八经地对胡总提出才行。

虽说文摘刊物的稿子来源宽泛，但每期要找到满足胡总要求且勉强能符合宋奕平意见的所谓"好稿"，也很费周章。宋奕平刚看完了9月下半月橙汁版送审的稿子，觉得缺少重头稿，除了观点栏摘了几篇有点嚼味的文章，其他大多数稿子流于浅薄搞笑或滥情，读起来也实在乏味。于是，他要求大家全力去采重头稿，加快组建荐稿队伍，扩大荐稿来源。

大家经过三天的忙碌，补充上来的新稿使得本期质量有所提升。时间到了月中，得发最后一个月试用期的工资了，编辑们开始说一些牢骚怪话，又对宋奕平提劳动合同和社保等事情，称杂志社要创建百万大刊，该不会吃我们的豆腐吧。于是宋奕平决定亲自去送本期的终审稿，借机郑重地把大家的意见说出来。他捧着一大沓稿子刚走出总编办，宁菲菲一眼看到就站起身说："宋总，我去送吧。"

第二十九章 劳动合同

宋奕平说:"我送上去吧,我还有一档子事情要找胡总沟通啊。"

宁菲菲心领神会地嫣然一笑,复坐下了。

为了胡总有个好心情,宋奕平把稿子搁在胡总办公桌上,先报喜说:"胡总,这一期稿子有可读性,有重头稿,我感觉整体蛮有卖点的。"

胡总嘉许地点头应着好,说:"稿子质量有保障,刊物才有大希望。"

宋奕平顺便一屁股坐在胡总面前,心里想,按你胡总要求的选稿标准,难道就是好稿吗?正说着,童出纳进来,把工资条放在胡总的桌面上,要胡总签字。宋奕平想着自己那一点儿工资,不禁失落。

童出纳离开时对宋奕平也说了一声,请他回编辑部后,也去领工资条。宋奕平道了一声谢谢,却没有跟随她出门。

胡总用疑惑的眼神看了他一眼,问:"还有事?"

宋奕平说:"胡总,三个月的试用期过了,大家都在催问签劳动合同的事了。"

胡总边随手翻动稿子,不耐烦地回答:"我们正在起草聘用合同,这事不用你急。"

宋奕平说:"不是我急,是编辑们都在提这些事情,还有社会保险、车马费、复印费等补贴的事,大家也在提……"

胡总板起脸硬邦邦地说:"他们要逼宫吗?谁不乐意,谁就走人好了!"

又是谁不想干就走人的话,令人听着实在不是滋味。宋奕平想想自己虽是副总编,其实就是个地地道道的打工仔,感觉在胡总面前甚至没有人格尊严可言。这一闪念,又让他变得不畏怯了。他顶回说:"胡总,话不能这样说,现有的人走了,杂志社总还得再招新人啊;新招的人一时进不了角色,又要重新培训、重新起步,对编务有好处吗?再说大家提的也是合理要求呀。"

胡总自知出言欠妥,稍稍埋下了头,嘴里却在嘟哝:"多延了几天不签合同,就闹起情绪来,哪有这个道理啊!"停了片刻答复:"你去告诉他们,合同近期会签,其他事情,今后也会依照承诺办理的。"

宋奕平有碰一鼻子灰的感觉,起身要离开。胡总又对他说:"试用期到了，你需对每位编辑做一个能力和工作态度的整体评价给我，如有不适应岗位的，还得走人。"

宋奕平怅怅地走楼梯下21楼，一路回想胡总的家长做派，心里直叹这位堂堂两家杂志、合五本刊物的社长兼总编，哪还像个文化人哩，活脱脱一个奸商。他心里执拗地认为，文化人失了本真，突破了本色和正义这些底线，就愧称文化人了。

周五，宋奕平把对每位编辑试用期的评价报告交给了胡总。关于人员的去留，宋奕平觉得自己不能越俎代庖，由胡总去决定就好了。未料，这一回胡总很尊重他，说："编辑试用人员的去留以你的意见为主，你是具体带队做事的领导，只要坦诚公正，秉着对我负责、对杂志社负责的态度就行。"宋奕平不保留地说出了两个水平相对拙劣的人，又补充说，"但这两人的学习和工作态度还是蛮上进的，进步也明显，所以我的意见是全都留下来算了。"宋奕平做出这个表态，确实有一番考虑，大家来的不是一个理想场所，但能进来也是不容易。既然一起共事，就是缘分，几个月的朝夕相处也多了一份感情，只要大家不离不弃，就应该相扶着走下去。

胡总若有所思，然后点了点头。他突然表扬宁菲菲说，从发稿签上的点评和她平时讨论的一些问题来看，这个女孩很不错，他当初提拔她没有看错人。

宋奕平也欣然认同说，这个妹子是不错，人挺聪明的，又好学。他琢磨着宁菲菲相比于其他人，更懂得察言观色、机灵变通，也善于卖点小乖。比如，宋奕平在例会上或单独指导她的一些东西，她很快就能够在发稿签的编辑意见栏上活学活用，有时又拿到胡总面前同他说说事、争一争，一副行家里手的样子。宋奕平也高兴她能早点脱颖而出，以后能真正给自己分担工作。

周二上午,办公室通知《时报文汇》新进人员上25楼去签劳动合同。大家准时赶到，顾副主任把合同书分发下来，要大家先看一看。社长室的门紧闭着，能隐约听见胡总与乔副社长在里头叽叽咕咕的说话声，透出一袭神秘感。大家都到齐了，他们俩还在里面密谋了一会儿，然后一

第二十九章 劳动合同

同走出来，脸上分明挂着不太自在的笑，却都显得少有的平易近人。乔副社长先开口强调说，合同书根据国家推行的劳动合同范本拟的，大家都没意见吧？渡过了试用期，签订正式劳动合同，就确定了正式的劳动关系，大家以后都名正言顺的是杂志社的人了。

胡总接着说了两点意见：一是《时报文汇》还处于创业阶段，条件有限，各类开销又大，所以大家的底薪加岗位津贴暂定 2500 元；二是合同经编委会研究决定，一年一签。

大家期盼这一天的到来，宋奕平却注意到大家的脸上浮现出不满的冷色，场面氤氲着浓雾般的吊诡气氛。但谁也没站出来发表异议。他再快速扫视合同，基本是统一的合同范本，内容写得很清楚：入职日期是 3 月 20 日，说是试用期三个月，但到今天正式签订恰好延期了一个月。宋奕平轻笑这种不厚道的做法，又在心里想：若是谁找省市劳动保障部门投诉维权的话，持有这一份合同书就足够了。法律明确规定，一年期的劳动合同试用期最多一个月，务必在一个月内签订劳动合同，延期则必须支付双倍工资；单位必须从入职第一个月起给员工买社保，否则也要受罚。宋奕平闹不明白这白纸黑字的诚实载明，是胡总与乔副社长不懂法规呢，还是胡总不以为然的强势作风使然。当然他更没有想到，这份合同，他在以后还真派上了用场。

乔副社长再次催促说，大家要是没有什么大意见呢，一式两份就请签字吧，签完后交到办公室林主任那儿盖章。他又吩咐林主任，每人收回一份签了字的合同存档。大家迟缓着闷声不吭，面面相觑，谁也不率先签字。宋奕平暗自对宁菲菲等使了个眼色，示意他们坚守利益，莫要签，却不知他们是否理会了。胡总突然大声喊宁菲菲带头签字。宁菲菲露出勉强的笑，只好拿笔在合同上签字，然后递了一份给林主任。其他人也就跟着签完上交了。

乔副社长表情一松，喊宋奕平去胡总社长办公室，进屋后随手关上了门。当着胡总的面，乔副社长对宋奕平说："宋总，当初承诺你的待遇水平，鉴于杂志社会目前没盈利的实际情况，你的工资我们也想一视同仁，在现有基础上减 500 元，你看行吗？"

宋奕平很反感这种失信之举,认为自己不能被人糊弄当木头劈,就表态说:"这个不行。当初本来谈妥我是例外,没有试用期的。现在我已经拿了三个月试用期工资了,转正的工资就不能再打折扣了。再说我跳槽前在《生活风尚》杂志编的是月刊,现在是编半月刊,工作量加了一倍,基本月薪还是一样,还拿了三个月的试用期工资。"说这个话时,宋奕平有说不出来的灰溜溜的感觉。

胡总同乔副社长交流了一下眼神,相视一笑。胡总表态说:"好吧,你的就不少了,做特例处理,不过以后你一定要努力把这个团队带好。"说话的口气像开了好大的恩。

大家签完劳动合同回到编辑部,就工资打了折扣,车马费、复印费都没有补偿而耿耿于怀,你一言我一语地发起了牢骚。宋奕平说:"你们怎么就不敢当着胡总和乔副社长提意见呢?"大伙又哑了声,一个个蔫头蔫脑回到了座位。

宋奕平站在窗前看尘烟笼罩的城市风景,心里想着大家编着这个开心娱乐大主题的杂志,怎么就干得一点儿也不轻松、不愉快呢?也不知胡总和乔副社长他们筹办这个娱乐杂志开不开心。

第三十章 新员工住院

早晨还在上班的路上，宋奕平接到薛悦的请假电话，他说低烧几天了，吃药也不太见效，得去医院做个全面检查才行。这几天气温陡升，宋奕平埋怨是不是现在的反常气候把人给弄病了。他准了薛悦一天的假。第二天，薛悦一脸愁云地带回了一纸化验单和门诊病历——他居然患了严重的乙型肝炎伴发胆囊炎，需要住院治疗。宋奕平这才注意到薛悦显得过分清瘦，面色发黑，精神萎靡的。

薛悦询问宋奕平，员工的社保现在都买了没有？

宋奕平心一沉，说刚向胡总打听了这事情，据说还正在同社保局衔接相关手续。

平时天真活泼的薛悦，眼下因病而显得憔悴、沉默了许多。又加之没有医保，他面带郁闷地说："我得住院，已经预交一万元了，这住院费用今后怎么报销呢？"

宋奕平面带同情回答："这事儿，你只能当面问问胡畅社长去。"他心里清楚，单位拖了快半年不为员工买社保，是出于省钱的考虑。可是这一拖，居然就有员工生起大病来了，要住院了。

薛悦沉重地叹了一口浊气。

宋奕平点化他说："你写个病假报告来吧，我签字，你再连同病历本一起拿到胡总那里去，顺便跟他提住院报销的事。你不用害怕，这是你的正当权益。"

薛悦上 25 楼后，不多久就回来了，回复宋奕平，胡总给他批了一个月的病假。

宋奕平关切地问："医保的事情你问了没有？住院费用今后报销怎么办？"

薛悦沮丧地说："我提了一下，他装着没听到，我也就没好再提了。没有买医保，有什么办法呢？这钱就只能自己出了。"正说着，胡总打电话下来，要宋奕平上去。宋奕平放下话筒，劝薛悦说，先别想那么多，赶快把病治好才是大事。说完，他上 25 楼去了。

宋奕平一进社长办，胡总就很不悦地对他说："薛悦这个家伙，好好的怎么闹病要住院了呢？他负责的版面怎么办？"

宋奕平说："人要闹病是没办法的事情，只好先把他负责的版面工作分解到其他编辑的头上，我也担待点，尽力帮助去找一些相关的稿子。"

胡总点点头，又说："我想同你商量：他患的是肝炎，这种病不是一下可以治好的，还有一定的传染性，他今后还适不适合在单位干下去啊？"

宋奕平能听出胡总的弦外之音，感觉很是意外。新员工住院，因单位拖延社保办理导致医药费没法报销且不说，他居然薄情寡义、乘人之危打起了算盘……文化人应有的真善美，都哪儿去了啊？眼前的社长兼总编，居然丧失了这点本真，还配做一个文化人吗？他放下了文学，难道也放下了人格吗？他有些呆呆地看着眼前的上司，又想起他堂而皇之被评为江边市百年百位文化名人……

胡总被宋奕平失态的眼神看得惶然起来，挤出一个笑脸说："宋总，我也是在替大家考虑啊，万一传染的话……"

这时候，宋奕平对薛悦一片惺惺相惜之情，坦陈观点说："胡总，没这么严重的！肝炎和胆囊炎，说重呢也应当不是什么大病。他患的是乙型肝炎，眼下急性发作有一定传染性，但他住院也就与同事们隔开了。今后转为慢性，传染的可能性也就小了，再说这病主要通过唾液传染，同事都是各自吃盒饭，基本不存在交叉传染的途径。另外，胆囊炎不属于传染病的范畴。现在大家的社保都没有买,他的住院费还得全部自掏。"

胡总拿起桌上的打火机,正要点烟,又下意识地放了下来,神色不悦地说:"这病只能由他自己负责的,不能怪单位没及时买保险!乙型肝炎是慢性病,说明他当初应聘就携带的。如果当初单位让他体检的话,他还能进得来吗?现在他负责的版面任务,又要分解给其他人,而每个人都有自己的任务,还要兼着帮他采稿,也很难保障稿子的质量啊。"

宋奕平涌动起一股正气道:"这也没办法啊,从《劳动法》来说,他一闹病就把他解聘,也是不合法的。"

胡总粗声重气道:"什么法不法的,他得了传染病,我替大家着想要辞退他也是有道理的。不过出于同情,我给了他一个月的病假,已经很宽待他,很够意思了。"

宋奕平不吱声,玩味胡总为大家着想、出于同情的话,阴暗的算计俨然就变得冠冕堂皇了,这就是文化商人的聪明狡黠与仗义良知么?

胡总忽又缓和了情绪,岔开话头叨唠起来,要宋奕平努力抓好刊物质量,严厉管理,按他的编辑思想执行,多做员工培训,审稿把关要到位,好稿要以市场化为标准。早几期,杂志社采取订一年刊物、零售摊点包销 10 本,就赠送一小瓶植物油的办法,销售拉动得还可以,现在促销活动一停,邮政报刊亭的销量又回落了。

一听胡总念紧箍咒,宋奕平就感觉脑壳被针扎一般难受。他苦巴巴地回答:"胡总,我一直都按您的要求在做事;每期刊物的用稿,也是按您的签发意见排的目录。给编辑们的培训呢,也一直没有放松,他们能尽快上手,你我都可以省点心啊。您若是担心编务走拐,领会您的思想有差距的话,就找个机会对编辑们一一做个考评吧,包括对我。"宋奕平心里却在嘀咕:一个浅薄痞俗的定位,能有多深的学问,真叫人理解不透啊。

胡总不含糊地接口道:"这个提法提得好!改日我会对每位编辑做一次全面的考评。从明天起,时报集团要组织我们一批先进工作者外出搞次旅游活动,等我回来再说吧。你先跟大家透透风,要他们都做好心理准备。"

薛悦住院的日子，编辑部少了这个开心果，冷清了许多。

一个月以后，薛悦出院了，回来时气色好了许多。不过医生嘱咐他最好再回家休养一个月，主要做营养调理。因此，他又来杂志社要求多请一个月的假。胡总满不高兴地询问宋奕平的意见。宋奕平心想自己在这个位子上，能罩就尽量罩一罩下属吧，便说，不如就再准他一个月的假吧，让他身体恢复得更好一些，今后也好集中精力工作。反正呢，若换个新人来，一下子也难以上手。

胡总眨眨眼斟酌了一小会儿，也便点头答应了。

托这一次薛悦闹病住院的福，杂志社很快把大家的社保办理好了。但大家联想到薛悦的境遇和杂志社一系列的做法，都有些心灰意冷，背后牢骚像发酸的潲水一般咕咕冒气泡。不过也有安之若素、无怨无忧的人。宋奕平观察到时尚栏目编辑杨菁云，尤其自豪于自己做上了国家级刊物的编辑，自此面对男友和婆家很有了地位和面子。她人长得漂亮，准公爹是一个处级干部，而杨菁云出生在一个普通家庭。现在她做上国家级刊物的编辑，身份不一样了，准公爹公婆待她的态度就发生了180度的转变。尤其是前不久，江边时报集团统一登记了有车一族的车牌、发动机号，集团公车一年内的交通违章，由跑交通线的记者拿去交警队从电子系统中对违章扣分统一勾销，这充分体现了新闻人作为无冕之王享有的特别优待。杨菁云男友的车，违章次数又多，结果也以集团职工的私家车身份给处理了。这样，男友家对她更是刮目相看。杨菁云现在最怕失去这份工作，因此，每次身边同事谈论杂志社是非的时候，她就三缄其口或借机上厕所回避。她根本不在乎工资待遇，只要保住了职位就心满意足了，其他什么好像也不在乎。

有人自嘲大牌编辑在外人看来有头有脸，领的却是保姆的工资。然而谁都不愿意闷死在酸腐气里，又开始寻找职位带来的另类欣慰。有人说，拿着江边时报集团签发的出入证，也有点用处，有次去某收费景区还免了门票；有回上高铁没来得及买票，出示该证件也过了检票关。宋奕平也觉得自己赚得个社会虚名。他相遇以前的朋友或在社交场合，递上一张名片，也每每能赢得别人的尊重。所以，这份工作终归像根鸡肋，食之无味，弃之可惜。

　　宋奕平不开心之时，又发生了一件事情。他向宁菲菲领取圆珠笔笔芯时，觉得一次领一支颇费周章，便要求一次性领三支。宁菲菲面露难色地说，她每次向林主任领取编辑部的笔芯，林主任都会没好气地说笔芯怎么用得那么快，嘱咐她每人每次只能领取一支。宋奕平因此摇头苦笑了一声，便说："那就领一支吧。下次你同林主任说，编辑们没有谁会贪污一支笔芯的，领一支签一次字，也太麻烦。"

　　宁菲菲吐吐舌头，一副为难的样子。宋奕平对她补充了一句："你就说，是宋总要你提出来的。"

第三十一章 军事娱乐

　　胡畅社长旅游回来后，翌日就把《时报文汇》的编辑一一喊去办公室，对其负责的栏目定位的把握情况做了考评，回头跟宋奕平说了一句话：大家对栏目定位好像领会得还基本可以，可是采摘的稿子怎么就老是不尽如人意呢？宋奕平说，真正找到合乎要求的好稿子，也不是那么容易。胡总忽而眉毛一扬问：眼下钓鱼岛事件闹得轰轰烈烈，有什么想法？宋奕平回答说，钓鱼岛自古就属于中国的。胡总咧嘴一笑说："这个没错，我问的是这个事件对于我们《时报文汇》的编稿，你有什么启发？"

　　宋奕平略略怔忪，自愧没有想到这方面去。2012 年 8 月底以来，日本政府的"购岛"闹剧在东海搅起了大浪，钓鱼岛也就成了网络、电视与纸质媒体密切关注的焦点。到 9 月份，全国各大大小小的城市竞相举行反日大游行，同时，日本反华保钓游行的消息也在网络上大肆传播。中国增派海监船到钓鱼岛周边海域巡逻，日本也增加这一区域的军事力量，军事冲突一触即发，东海局势顿时变得剑拔弩张，硝烟味俨然借助海洋季风飘到了江边市。9 月 10 日，江边市步行街"反日保钓"大游行出现抢砸日资商店、掀翻日产车的闹剧。媒体报道江边市公安机关已干预调查，声称要严惩非法肇事者……

　　他顿时领会到胡总的提问，《时报文汇》应当关注这个社会热点动态，却又顾及刊物的栏目设置，便道："钓鱼岛事件是值得好好关注一下，可是相关稿子没地方放啊。"

胡总意气风发地说:"新开设一个军事栏目,稿子不就有地方放了?你们哩,编刊还是缺少抓热点、抓卖点的敏感性!也没有做文化产业的商业思维,这种非常事态,对我们杂志是一次多好的机遇啊!再说当下国际形势多变,军事动荡与军事竞争动作不断,这都是人们喜欢看的兴奋点,怎么就不见你提出来新增一个军事关注的栏目?"

胡总扫视了一眼宋奕平,神情严峻地再次训话,刊物内容一定要在咬住卖点不放松的前提下不断追求创新。他当即指示宋奕平把编辑们召集过来开会,要求马上着手采摘相关稿子,可乐版从下一期开始增设军事娱乐栏目。

临时编务会上,胡总慷慨激昂地阐述他的新思路:"编辑务必有搜罗新鲜、刺激的眼光,要变通思路!你们莫只想象战争的残酷,就没有想到军事的话题一样可以娱人!眼下闹得不可开交的钓鱼岛事件,这么大的热点怎么不关注?中国南海争端由来已久,一些周边国家趁火打劫、浑水摸鱼。美国经常发出搅局多国对抗的言论,中国第一艘航空母舰正式服役等大举动也频现⋯⋯多么吸引眼球的东西啊!再延伸说,国际上'阿拉伯之春'的颜色革命,朝鲜半岛的军事抗衡也具有许多新闻亮点⋯⋯你想想,现代军事栏目有多少内容可做啊!"

可乐版主编文史硕士何向阳发言道,可是,军事是沉重严肃的话题,同刊物定位不符啊。

胡总看她一眼,批评说:"你们看问题、思考问题太肤浅,不懂变通,换一个角度去看呢?难怪我的办刊思想执行下来就走样了。我一直主张要做极品刊物,现在一点极品味道也没有!人们对军事、对钓鱼岛事件的兴趣,还有反日大游行,实际上都可理解为一种娱乐表达。关心残酷的事件也是人们休闲时的一种生活方式。军事关注,道白了也等同于对娱乐事态的关注。"

宋奕平倒也感触胡总研究卖点的确煞费苦心,很有市场机智。他想起前几天一个QQ群发布的一张搞笑图片:某对新人结婚,异想天开地借钓鱼岛事件鼓捣出了一场别开生面的婚礼——图片上,新郎用板车拉着新娘,新娘的后背挂着一块纸板,上面写有一行字"钓鱼岛是中国的,老婆是我的"，板车后面跟着一行迎亲乐队吹吹打打，好不热闹。国人激愤的钓鱼岛大事态，活脱脱被这一场婚礼搞得有些调侃式、娱乐化，让他感觉有些庸俗化了。何况我们办的是一份影响广泛的刊物呢？他正想说点什么，这时，列席会议的柳总不失时机地帮腔道，胡总说得极是！当下进入了娱乐时代，没有什么话题不可以娱乐化的。

女硕士点了下头再道，尽搞这些内容，其实没什么意思。再说栏目页数和责任人都是划分好的，怎么调呢？

宋奕平对一切都可以娱乐化的观点不敢苟同，但见这阵势，也不好直白反对，于是接口说，杂志不一定要跟网络去抢时事热点，杂志的节奏本来就会慢三拍……

胡总反驳说，什么慢三拍快三拍的，跟着娱乐主流走，总比逆水行舟，要方向对头！然后表态说：不做大调整，就把"当代康乐"栏目改为"当代军事"。从这一期开始，撤换稿子。

宋奕平有些发怔：可乐版仅有的一点实用性的内容，就这样被革掉了命吗？便小声地提出异议说："这个栏目也蛮不错啊，我成天看稿校稿经常头晕眼花的，学着这个栏目里摘录的一篇《电脑一族的头部操》做一做，就很有效啊。"女硕士附和说："是的，这个栏目从读者的反馈意见看，还是很受欢迎的，尤其是中老年读者说这个栏目办得好。我们要做轻松、开心主题，不关注健康哪有真正的轻松和开心？"

胡总瞪着眼睛反问："你们说，现在是钓鱼岛吸引眼球呢，还是保健内容吸引眼球？哪个更有卖点？"他抽出一支烟叼在嘴上，然后又取下，憋着一股气自问自答："保健只有身体有病的人才关注，可是现在东海、南海事态无论健康与否，无论男女老少，都在密切关注。"

大家默然无声，不置可否。宋奕平则暗叹胡总不像是做杂志，而是像摆地摊做买卖的，哪样好销卖哪样。

集体沉默，谁也不再提异议。

胡总提高了声调，将此事上升到理论层面说："编刊物就要有观察社会动态的敏感度，脑子得开窍，开拓思维、改进内容，这样的刊物才会有内生动力和市场活力！现在反腐、暴力以及许多严肃的社会问题等，其实都是以娱乐化的,使之成为杂志的卖点。"说着他斜了一眼宋奕平问,"宋总,你说是不是啊?"

宋奕平红了脸,只好点头称是。心里却说,你这不是在麻醉读者的正义和思想吗?可事后他忍不住又嘟哝,这残暴的军事,怎么变成娱乐了呢?杨菁云解释说,宋总,这叫混搭,现在很流行。

胡总发了话,大家就只得屁颠屁颠去执行。下午,编辑部安排全体员工外出采稿。出发时,一位编辑拿起一本《时报文汇》拍了拍道:"兄弟呀,你也像我们一样活得不轻松哩。"大伙苦笑着摇头。

寻摘有关钓鱼岛事件以及其他军事动态的热点、敏感话题的文章,倒不是什么难事。一天多的时间,就送来了60余篇可用稿件,足以把"当代康乐"栏目的稿子全部替换掉了。宋奕平看着这些稿子,的确能体会到一点猎奇的新鲜快感,但放下稿子后便索然无味,体验到的编校之累,就像喝可乐一样,短暂冰爽过后留下的是寡淡的回味。宋奕平背地里也学胡畅社长去买了一瓶可乐细心品尝,好好品出其中滋味,可实在体会不透胡总提倡的文化可乐味。宋奕平觉得做这样的编辑工作,枉为文化人。不解的是,《时报文汇》居然不负胡总及其他股东所望,发行量还上升了。这样的读物怎么就偏偏有市场呢?可转念一想,时下许多人不都在无聊的生活中寻找无聊的抚慰么?胡总无聊时就搓麻将,柳总无聊便广交女朋友,沈总无聊就买彩票图谋一夜暴富;回家一打开电视,扑面而来的娱乐或噱头……不都是在无聊之下寻求解脱、制造轻松快乐么?这个世道,不但普遍存在身体的亚健康,更有普遍的文化亚健康,也便有了低俗阅读的广阔市场。

晚上,前同事陶利约他去参加一个沙龙,宋奕平去解放路一家KTV赴会。这是江边市著名的娱乐消费一条街,汇集着近50家酒吧、歌厅、咖啡厅、夜总会或KTV,此外就是精品时尚门店和大卖场。满街的灯红酒绿,衣香丽影熙来攘往,热歌劲曲或情意缠绵的音乐从幽暗的门口飘荡出来,融入夜景后在空中飞扬,更添了迷离的情调。来这里,你会情不自禁地生出一种恍惚,切身感受夜市的挑逗与诱惑。

宋奕平在自己小区感受到的是锅碗瓢盆的俗世生活,觉得身边的城市很平凡，可一到娱乐一条街，这里涌起的消费浪头和时尚风潮，就显得有些疯狂了。人走在街道好像被繁华抬升着，会不由自主地产生许多欲望冲动。他走进一间包厢，把门一关，也便遁入了一处独立的欢闹小天地。与先行赶到的沙龙朋友见面过后，便参与 K 歌，停下来吃小吃，又陆续有后来者进入。绝大多数人的歌喉让人不敢恭维，但即便把 A 腔唱成 B 调，大家都很开心，都是一种宣泄或者放纵。宋奕平觉得生活如此调剂一下也蛮好。醉心的时间过得很快，不觉过了午夜时分，夜总会的人数开始减少，宋奕平与陶利又结伴先一步离开。

　　街面已有陆续走出娱乐场所的人，带着蒙眬醉意，步子有些打飘，浮丽的灯影下一群群勾肩搭背的亲狎情侣或是洒脱的单身兄弟不时从身边一晃而过，散发一身酒气。街面依然繁华不落、风情流戈，像倒映着一溜彩灯的清江。宋奕平却感觉到痛快之后又兴味索然，远不如读一本好书来得有厚劲和回味。突然想起一句话：街道是城市文化的载体、表征和窗口。如果说光怪陆离的解放路代言了江边市的潮流文化，那么这座具有两千年历史的文化名城，又将走向何处？再想自己按胡畅社长的理念，也在放手炮制浅俗的娱乐消费读物，心头有一种说不出的滋味。

　　陶利提出，我们平时都青灯黄卷的，少有机会来逛夜市，也消费不起这里的时尚生活，今天既然来了，就好好逛一逛夜市吧，也许今后写作用得上。宋奕平欣然同意，徒步在霓虹灯下的风情街，却感觉自己有些像个夜游魂魄，找不到归宿。

　　宋奕平问陶利最近在忙什么。陶利答："还不是上班，而后自己写点东西换点稿费。"他又喟叹现在通俗纪实稿费也越来越不好挣了，所以打算写一部《洪秀全秘史》的历史长篇小说，坚持每天最少写三千字。宋奕平略感吃惊，说："你又不研究这段历史，怎么去写历史长篇？"陶利轻轻一笑道："秘史野史嘛，哪要那么多的历史知识啊，找出一个相关的历史线索，天马行空编故事就行，这样反而有人乐意看，有市场卖点就大功告成了。"宋奕平说："这种搞法能行吗？是不是也得去读点史料，找一些历史依据才算是负责任的态度？"

　　陶利闷声叹一口气再道："现在哪有多少心思去读什么历史经典啊，

写出来能多换点稿费，就是目的。现在流行的官场、历史、穿越、言情类的长篇小说，不都是这类天马行空的搞法？"

宋奕平无言以对，却又忍不住劝他："不能老是不停地写，总得留出一些时间去读读书，补充营养和能量，这样才能写出有高度、有深度的作品来。问渠那得清如许，为有源头活水来嘛。"

陶利冷笑一声直率地答："搞经典类作品是作协、文联那些专业作家的事情，他们是体制内的人，需要纯文学作品做业绩。我们呢，一个业余作者得靠稿费养家，目标就是向钱看，能用文字图生存，养家糊口就是本事。"宋奕平也很理解陶利扎根于俗文化写作的苦衷：老婆工资低，两个孩子上高中，每月还得付按揭……靠的全是他一支笔。两人都感叹当今时代，文人靠一支笔维持生活该有几多辛酸。不过从写作情结上说，宋奕平觉得自己很失败，现在跳进这家低俗的刊物，感觉被胡总持鞭子监工似的一个月编两期，写作的时间和心思都没有了，挣点俗文化稿费的机会也被剥夺了。相聊中，陶利坚持说当今网络快速发展的时代，纸质媒体和书籍将逐步从衰败走向没落。宋奕平则没那么悲观，坚持认为纸质阅读是电子阅读不可取代的，因为只有读纸质书，才更有读书的那种感觉。

陶利突然提出，请宋奕平再去体验一下通宵不打烊的咖啡屋。宋奕平念惜他稿费来得不容易，坚决不接受邀请，说就这样逛逛夜市，随便溜达溜达感受一下就很好了，进到里头去可能反而没意思。他们就继续逛街，谈论这一夜靠消费支撑的不落幕的繁华。宋奕平恍然觉得霓虹灯原本就是钞票燃烧幻化出的光焰，几十处娱乐场所的笙歌与酒香，也是人欲与钞票的幽魂魅影。陶利则感慨这里是有权有钱人的天堂，他们玩文字的人，只能这样借散步看一看热闹。他又问宋奕平，最近在写点什么？宋奕平说，现在是完全陷在《时报文汇》这个每月两期的刊物的编务工作中，既没时间也没心思去写东西了。说时，不免生出说不出的惆怅和失落，有走丢了的感觉。

第三十二章 女友资源

柳夫人在杂志社撒了一回野以后，柳总开始稍有收敛，减少了与各色女友的密切来往。但随着时间流逝，他的女友来访又逐渐频繁了起来，柳总成天与女朋友们你来我往通电话，或有情有义地互赠一些小礼品，相处得人情欢洽。柳总成天泡在异性友情的温柔乡里，表现得忘忧忘烦，心情很是舒畅，倒是闹得宋奕平少有安宁。宋奕平的确感觉他少有男性朋友，与男同事的交往基本只有平常的工作接触。

这天，柳总悠然自得的、变戏法儿似的掏出一枚古铜币给宋奕平看，说是一位小妹送给他的，来自清江沙滩的明代古钱。宋奕平心头略略一惊，急忙接过这件来自历史名城的古物观赏：它带着绿锈，清晰刻有"洪武通宝"的字样，边缘较宽，手感不够圆润，有点粗糙。凑巧他早些天从《江边时报》上看到过一则消息，揭秘市面交易火热的古钱币，多是赝品。一些不法分子仿造出不同年代的假钱币后，再放入水沙之中泡上两三年，然后冒充是从清江里淘出来的古钱，在古玩市场行骗。当宋奕平把这件事说出来时，柳总脸色乍变，然后伸手要回了古物，不无怒意道："这枚古币不可能是假！我小妹是从淘沙人手头买的。"宋奕平哦了一声，意识到话不投机，马上转口说："那会是真的！柳总，好好把它收藏起来，说不准今后能发点财。"

柳总这才复出笑声来，把钱币揣进了上衣内袋里。也是有感于女朋友赠予他如此贵重的礼物，柳总跟宋奕平聊起了交女朋友的心得。他说:"现在商业社会,虽然都向钱看,但有品位的女人还是崇尚文化男人,乐意跟新闻文化圈的男士交谊。宋总你年轻有才,莫要放弃了这一份享乐啊。"

宋奕平开心起来,含糊地"嗯"了一声,感觉柳总开始把自己当贴心同室了。柳总又一脸诡笑地说:"交女朋友也不见得要花多少钱,有时遇上富婆,她反过来还能赞助你,帮你很多忙。比如我搞发行,女朋友帮忙不少。"这话倒是不假。以前《新学生》杂志发行的事,宋奕平不了解;早两个月的《时报文汇》封二、封三正愁没有广告来源,就是靠柳总的两个女朋友送来及时雨,分别给刊物拉来了两个广告。当然,她们也拿走了30%的提成。柳总的捎客做得可谓两全其美。

两人聊得融洽,柳总意味深长地劝宋奕平,也学着在网上寻找异性朋友,保证生活会有全新的感受。宋奕平也曾尝试利用博客、微信推广《时报文汇》杂志,通过QQ结识女网友,可一段时间折腾下来总是顾此失彼,很难把对方忽悠到办公室来,希望她们帮助发行杂志更是奢谈。对此,他不得不承认自己这方面的能力远不及柳总。

9月,新学期开学了。教师节一过,又到了《新学生》大抓发行的忙季,也是柳总最忙碌的时候了。他成天跑东跑西,回到办公也是不停地电话联络。尽管他对胡总牢骚满腹,但这种不计个人恩怨的敬业精神,让宋奕平在心里暗生称赞。当然,从这些忙碌的电话中,宋奕平也能听出亦有一些是女朋友打来的,这大概也是柳总忙碌之余享受的一份放松与快活。不时还有女朋友发出约会邀请,但柳总像农民很能分清农忙农闲似的,多以最近全力搞发行、忙得不可开交为由而委婉推拒。柳总搞发行的表现,的确比他做执行总编更能进入角色,电话联络各方业务,谈笑风生、妙语如珠、不卑不亢,灵活机变性很强,可说是如鱼得水。

他今年除抓《新学生》杂志的发行,又得按胡总提出的"一刊带一刊"的发行思路,附带做《时报文汇》杂志的征订。发行工作会议上,胡总提出《时报文汇》的发行要利用好《新学生》杂志现有的渠道,要求柳总整合好现有教育界的资源,顺带推销《时报文汇》杂志。柳总表面乐呵呵同意,但事后又称自己既不是《时报文汇》的股东,也不是编委，去发行杂志名不正言不顺，表情掩饰不住那份抵触的情绪。宋奕平再联想柳总平时的一些言辞，觉得他很在意这个编委的虚衔，《时报文汇》好歹是一家国家级刊物啊！

宋奕平觉得他言之在理，私下向胡畅社长反应情况，建言把柳总的名字加到《时报文汇》的编委名单里去。谁料，胡总劈面无情地回答："他柳总没有上《时报文汇》的编委名单，怎么就可以借故耍小性子，不支持《时报文汇》的发行呢？！我早就说过，《新学生》与《时报文汇》是兄弟刊，是一家子，不能分彼此！"胡总蹙着眉，又坚定地表态：柳总的名字暂时不能加到编委名单中去，得先看他对《时报文汇》的发行搞得怎样再议。

宋奕平摸不透胡总为何要较这个真，不就是一个虚名吗？但他也不好再多言。事后，他没料到柳总不满归不满、牢骚归牢骚，后来执行胡总的发行指令时，同样对《时报文汇》的订阅工作做得很卖劲，一周时间居然向学校图书室、个人或者教育局机关图书室推销了80余份，成绩仅次于胡总订销的87份。胡总高兴之下，突然对柳总热络起来，常常来到总编办，同柳总有说有笑的，交流一些订刊的经历和心得。

不几天，柳总回到总编办，兴冲冲地对宋奕平说，他的好朋友茹妹妹帮他发行了《时报文汇》30份；还有一个姓周的女朋友——上次来过一回的扎马尾辫的那个，在江边艳阳天酒店担任营销总监，这回她帮了大忙，订了《时报文汇》报刊亭退回的过期刊物300本，铺进了他们酒店的客房。

哇，真是出手不凡。宋奕平由衷赞叹、佩服柳总真是个人才，连连向他道谢。

柳总拨通25楼电话，把喜讯告诉了胡总。不多久胡总就欢声笑语地来到了21楼总编办，直夸柳总立了功劳，是全社的发行之星。柳总趁机提出给这位营销总监50%的折扣，胡总迟疑起来，然后笑嘻嘻地道："一半呀，是不是太多了点？"柳总打着哈哈道："这些本来是只能当废纸卖的退刊啊，我还寄望她今后还能继续替我们消化一些。"胡总想想就欣然同意了。

柳总又借机闪烁其词地表示,由于他不是《时报文汇》编委,有点名不正言不顺,否则在发行上可能会更方便许多。

胡总听话听音,当即对宋奕平说:"从下期刊物起,《时报文汇》的编委名单,把柳总的名字署上去,刊物应当全力配合柳总在外搞发行。"宋奕平爽快地答应。柳总营销业绩一经做起来,也便在胡总面前摆出有功之臣的架势,毫不谦逊地领受了这个挂名,一副悠然自得的样子。

胡总又要柳总现在就打电话给艳阳天酒店的周总,约她晚上一起吃饭。柳总便乐得嬉,当即给周总打起了电话。胡总当着柳总的面对宋奕平说:"宋总,你是《时报文汇》的副总编,也应当加紧改造书生气,好好向柳总学习。"宋奕平顿时舌头短了半截,诚恳地点头称是,惭愧自己能力单薄,只能码码文字。

两天后的下午,宋奕平有一位李姓的老乡来串门,正遇上胡总在编辑部察看,宋奕平就把老乡介绍给了胡总。胡总一听李先生是江边市最大规模的民办职业学校——江边市五湖职业技术学校的教务主任,就表现得平易近人,两人很快聊到一起了。胡总的话头有意往李主任的社会关系圈扯,不多久就谈出他们彼此相熟的朋友,萍水相逢的交情更进了一步。双方都慨叹城市很大,朋友圈却很小,山水总相逢,一聊就聊到了各自相熟的人。胡总很快就同李主任称兄道弟了,很像性情中人的江湖会。然后胡总适时提出,要李主任关照《时报文汇》杂志,帮助争取进入五湖职业技术学校发行,杂志社将给予高比例的劳务费提成。李主任爽快答应鼎力相助。

到了快下班时间,胡总嘱咐宋奕平一同作陪,晚餐请李主任喝杯酒去。李主任受宠若惊,半推半就地同意了,表示欢迎胡总也去他学校指导工作,再请胡总喝酒。胡总开心地说:"你同宋总是老乡,我与宋总同编一本杂志,不分彼此,我们之间无须客套啊。"宋奕平现场观摩胡总用一个小时混熟一个陌生朋友的过程,深为叹服,也乐得嬉,毕竟这也是他引荐的朋友。

有酒助兴,当然相谈甚欢,何况李主任也是个好酒之人。两人频频碰杯,相互夸赞。李主任盛赞胡总做媒体是崇高伟大的事业,是人类灵魂的工程师。胡总反过来赞美李主任教书育人、功在千秋。两人嘻嘻哈哈相互吹捧，感情越聊越亲近。席间，胡总多次强调，文教本来就是一家人。

宋奕平现学现用，对李主任透露说，胡总今年还被评为江边市百年百位文化名人呢。李主任更是啧啧赞叹，恭敬地向胡总敬酒。李主任文绉绉地说，当今时代有一种偏重物质财富的倾向，认为只有创造经济的人才是英雄，其实社会更需要精神文化财富，更需要像胡总这样乐于文化事业、创造精神财富的人。如果物质财富没有精神财富的引导和提升，那就会变质，反而会产生负面效果。胡总边谦虚边领受着点头称是，直夸李主任是一个有思想、有格局的人。胡总挺了腰板，亮着嗓子说："当初有人邀我去开办煤矿，有人邀我开饭店、办娱乐场所，我都不动心！也有朋友建议过我走官场路线，我也没多大兴趣！唯独做点文化事业我心安理得。现在这些朋友有的发财了，有的升官了，但我不羡慕他们，因为我做着自己乐意的事业。"

宋奕平在一边几乎插不上话，暗自佩服胡总的吹嘘水平和随机应变能力。

宋奕平觉得这位上门来的老乡已被胡总征服，肯定会成为杂志社的发行员。

事情不出所料，李主任很快在江边市五湖职业技术学校发行了全年《新学生》杂志100余份，全年《时报文汇》杂志55份。宋奕平庆幸自己也算是穿针引线的功臣。当然，他打心眼里叹服胡畅社长与柳总在发行上的各显神通、各领风骚。

第三十三章 女硕士辞职

这一天，林主任突然提了一大盒切成块的蛋糕来编辑部，张罗大家品尝。大家有些诧异，好几个人几乎异口同声问，今天是不是胡总过生日啊？林主任以圣母般的神态笑笑说，不是胡总过生日，而是儿子昨日满十周岁。柳总急忙用讨好的语气埋怨道，儿子满十岁，那是一生中真正意义的满十啊，怎么不告诉大家去祝贺一下呢？包括宋奕平在内的其他人也跟着附和。林主任向大家致谢，然后说小孩子生日，过家家的，就不好意思惊动大家了。昨晚，就是他们一家亲戚，在清江大酒店吃了顿便饭。宋奕平一听清江大酒店，那是五星的！他斜眼看《新学生》几位胡总的亲戚，脸上分明浮现自豪的神色。林主任拆开纸桶，把堆得像座小山的蛋糕放在桌面，分发着小盘和叉子，热情招呼大家过来分享。还用唠叨似的语气炫耀说，清江大酒店贵得吓人，昨晚一个便饭就吃了一万多元。几个人随后发出惊呼声来，不可思议会花费那么多。林主任说，光这个十层蛋糕，就是3000块，菜点了8000多块，加起来就过万了。

大家再度唏嘘，又恭维助兴。恭敬不如从命，编辑们陆续聚拢来吃起了蛋糕，边说感谢和祝福的话。

林主任一个劲儿地招呼大家放心吃，说："这些蛋糕都是干干净净替大家保存下来的。像宝塔山一般的蛋糕，我们十几个人昨晚怎么吃得完啊！蛋糕切开后，我就让服务员把大半给你们打包留了下来。"胡总的几个亲戚也齐声证实。

大家品尝了蛋糕，感谢着开始散去。林主任也欢喜离去了。宋奕平独自坐在总编办翻看近期的杂志。橙汁版的主编何向阳走了进来，悄声唤了一声宋总。宋奕平转身看她，她把一纸辞呈递了过来，低声说："宋总，不好意思，我打算辞职了。"

宋奕平一怔，脱口问："干得好好的，怎么要辞职呢？"

女硕士凄然一笑："我考虑了许久，觉得《时报文汇》杂志不是我想要待的地方。"

这个回答说得很有深义啊。宋奕平坐回位置上，也示意她坐在靠墙的椅子上，很诚恳地问："说说看，怎么就不干了？"又即兴调侃说，"刚吃了社长公子的生日蛋糕，就要走人了？"

女硕士勉强一笑地坐下，然后快言快语说："宋总，恕我直言，我觉得这个刊物太缺少文化含量，编起来很没劲的，再说工资待遇也太低……"

几句话也兜翻了宋奕平的内心。是啊，高雅的文化、高雅的文学在俗文化商人的眼里是一种可笑的迂腐，可有志趣的人若缺少了这点追求，又会感觉无聊，很没劲。他感慨眼前的女硕士也像自己一样，是一个没有放弃文学梦想的人。宋奕平抿了抿嘴，用平淡的语气说："胡总一心让刊物走市场，低俗办刊也许是无奈的选择。不过，你们编文摘刊物工作相对轻松啊，你完全可利用业余时间去读自己想读的书，写点自己想写的文章嘛。"

她抱怨说："我们采稿差不多都是百里挑一，还要挨骂，总说卖点不够，工作也并不轻松。再说走市场的刊物就要编得那么俗吗？就要拒绝文化内涵吗？现代年轻人大多是大学毕业，他们的阅读欣赏就只会停留在低俗趣味上？拒绝读有品位、有思想的东西吗？我在这里做得实在不起劲，冷静想想后，还是尽早退出的好。"

有下属辞职，宋奕平心里有一种被抛弃感，也不希望好不容易培养出来的熟手离开，却不知怎么挽留她。

女硕士又坦言说："其实我喜欢做原创类的刊物，虽然累点，但可以逼自己去写，才能真正提高写作能力。多点压力我都甘愿。"

第三十三章 女硕士辞职

宋奕平说:"其实你应当调整一下心态,去重新认识自己的工作和刊物。"

女硕士沉默了一下说:"我拿着 2500 元的月薪,一个月吃饭租房购物,所剩就无几了,工作搞不好还会扣工资。宋总你说,父母费尽千辛万苦把我送到研究生毕业,领着这点钱,我还能剩多少去尽孝呢?这份工作既不开心又没什么指望,我何苦还要留在这里?"

宋奕平觉得她说得有理,像亏欠了她什么似的,内疚地说:"现在是杂志的起步期,今后等杂志做起来了,发行量上去了,胡总说不会亏待大家的,工资待遇肯定会有所提高的。"

她浅笑一声道:"说得好听,我感觉胡总只想自己发财,只想哄大家给他拼命做事,这些承诺根本就难以兑现!"又郑重地道:"现在《新学生》算是发展起来了吧,可编辑现在拿什么待遇呢?"

"他们拿什么待遇?"宋奕平反问,一直以来他无暇过问这个兄弟刊物的同事是什么待遇水平。

女硕士眨了眨清亮的眼睛道:"《新学生》发行到 40 多万份了,老编辑们拿的工资还是 3000 块,后进的还只有 2500 块。你说说,他们现在的状况,会不会是《时报文汇》发展起来后我们未来的写照呢?"

她这一说也戳到了宋奕平的隐痛处。胡总虽然对他承诺,等刊物今后做大了,绝不会亏待他——到时,他真能分到一杯羹吗?这大概也只是一个画饼充饥的期许吧。

宋奕平转而说:"你要走了,可乐版怎么办?谁来负责?我建议你还是冷静思考一下,再做决定吧。"

女硕士低低地回答:"谢谢宋总。其实您人很好,我也舍不得宋总、舍不得大家啊。只是,只是天下没有不散的筵席。"

宋奕平感觉她的去意已决,又怅然问:"你找好新的出路了?"

女硕士点了点头,说:"我去一家上市公司,做董事办秘书。"

宋奕平不再说什么,在辞呈上签了字。他觉得彼此坦诚相见,就不能给一个有想法的年轻人设障。他说:"你要辞职呢,还是得照规矩把辞呈送到胡总那签字,和他商量下,你这个月十余天的工资,能否让他提前结清给你。另外手头一些稿子什么的，要和宁菲菲做好移交。"

女硕士点头说："这些您放心吧，我会移交好的。至于这十余天的工资，胡总愿给就给，不发也无所谓了。"何向阳离开，上楼找胡总去了。宋奕平拨通了社长办公室电话，告诉胡总说："橙汁版的女主编何向阳要辞职了，我留不住，她上来找您了，您看要不要再挽留一下。"

胡总略略迟疑了一下，却高着调子用无所谓的口气表态说："她要走，就让她走好了。杂志社多的是人等着进来。"

第三十四章 作家关系户

女硕士何向阳走了，宋奕平惆怅了好几天。橙汁版主编暂时由编务统筹宁菲菲兼任，她所负责的栏目分摊给每一个编辑采稿，再交宁菲菲统编。

一个星期以后，胡总招了一个关系户过来做橙汁版的主编。他打电话到总编办，要宋奕平上25楼去见新来的主编。宋奕平赶上去，一眼瞅见一个高高大大的半老男人同胡总正谈得火热。胡总先给他介绍，新来的主编姓李，是位大作家。又让李大作家认识了宋奕平。宋奕平热情地对李作家说了声："你好，欢迎加盟。"李作家带着几许自傲轻蔑地瞟了宋奕平一眼，嘿嘿一笑，仍然只顾和胡总说话。这叫宋奕平产生了几分不悦。

胡总边随手翻看李作家发表的作品集，一边同他聊着一些入职的事情。宋奕平在一边干巴巴地坐着。他俩谈得挺和谐，没多久就谈妥了。然后，胡总才把李作家的简历和几本刊物递到宋奕平的手上，说："看看李作家的作品，写得很不错，你们是文学同行啊。"

宋奕平接过浏览，李作家一脸的清高，似乎不太把他这个大众通俗刊物的主编放在眼里。如今文坛就是这番景象：纯文学没市场没实惠，却有心理优势；俗文化有市场有实惠，却低人一等。

胡总又嘱咐说："宋总，你要多带一带李作家，帮助他尽快转换观念，把文才转换到办市场化刊物上来。"

宋奕平点着头，不禁迷惑：潜心于办通俗刊物赚大钱、对文学抱有偏见的胡总，怎么又突然招来一个纯文学作家，安排他做下半月橙汁版的主编呢？

胡总似乎猜到了宋奕平的心思，坦诚说："李作家是省作协的蔡副主席介绍过来的朋友。蔡副主席曾经是《江边时报》的编辑，也是我文学梦想的引路人。那时候，他给我发表过不少作品。"

原来是蔡副主席引荐来的人，不怪乎胡总另眼相看了。宋奕平听胡总说过，他与蔡副主席的私交甚密。胡总坦言这一层关系，是不是在暗示他今后要多多善待李作家呢？

胡总要宋奕平带李作家到21楼走一趟，同大家见个面，明天正式上班。

宋奕平领李作家回编辑部的路上，李作家仍然端着纯文学作家的孤傲，不肯向宋奕平表示出下属应有的谦逊。不知他是借关系狐假虎威呢，还是作为文学作家骨子里的清高。宋奕平也欣赏时下的文学依然没有低下高贵的头颅。他的另几个纯文学朋友，这些年稿费不如他赚的多，但也像眼下的李作家保持着一份心气，见面时难免要讥笑一下他的通俗写作，显示一下自己的高贵文风。因此，宋奕平也很想写出几部纯文学作品，也体验一下高雅文学的心理优越。不过从李大作家的简历来看，宋奕平并不服气他的趾高气扬，因为自己发表纯文学作品的成绩，不见得在他之下。他实在有点自命不凡了。

宋奕平心里冷笑：你清高个什么呀，我十年前就是省作协会员呢！再说你可以去藐视通俗文学作者和编者，但真正让你去写符合通俗刊物用稿要求的文章，也不一定能拿得出手。更何况你一个没有编辑经历、惯于文学自由创作的人，编校功夫还有得要学，到时会有你碰壁的时候。俗归俗，但俗文化写作一样包含大学问。想当初，宋奕平从纯文学写作转入纪实稿等通俗写作时，一样也经历了艰难的换笔过程。他在《生活风尚》杂志当主编时，有一些文学作者也羡慕通俗刊物的高稿费，想写点文章投给宋奕平，请求关照一下。可是，宋奕平一看这些文章的写法与内容，与生活刊物的用稿要求相差甚远，想关照也是爱莫能助。你李大作家要短时间内转过弯来当通俗刊物的主编，还有许多功课要做呢！这个坎能不能迈过去还是个未知数，现在就不知深浅、不懂谦卑、妄自尊大，到时是驴是马，遛遛你就晓得了。

到了编辑部，宋奕平把大家招呼过来隆重介绍《时报文汇》下半月橙汁版的新主编。他向大家说了一番意味深长的话："李大作家是省作协蔡副主席特别推荐过来做主编的，是文学成就斐然的大作家。今后大家若对文学有兴趣，可以好好向他请教。"夸奖后，他又若有所指地说："恕我直言，从高雅文学创作转到编辑通俗刊物，也面临着角色和思维方式的转换，希望李作家虚怀若谷、不耻下问，尽快上手。"然后，宋奕平特别交代编务统筹宁菲菲，要她从李大作家正式上班起，把一些编辑制度、规范，还有刊物及栏目定位等先做一些介绍，说不清楚的地方，再请副总编或总编进一步解读。

李大作家大概才意识到自己初来乍到，有失谦逊了，脸上浮起了隐约的红晕。他这才腼腆地说："宋总过奖我了，我其实欠缺挺多的，希望大家在以后的工作中多多帮助、不吝指教。"

经过了宁菲菲的培训和前期的熟悉，李作家三天后正式担纲橙汁版主编工作，负责新一期刊物的编校，结果不出宋奕平所料，他把稿子校得一团糟。宁菲菲一副哭笑不得的神情拿过来给宋奕平看，说李主编"一统江湖"。宋奕平翻看稿子发现满纸画得很乱，新闻性稿子被他用文学语言大加修改；一些正常的句子，却被他改成了病句；标点符号该改的不改，不该改的改了；个别错别字却没有校出来。

宋奕平问宁菲菲："这些改错符号，你没有给他做培训吗？"

她耷着脸苦笑着回答："跟他讲了一遍呀，还特意把改错符号表复印了一份给他的。可他仍我行我素，根本不照校对符号的规范化要求，连美编也看不懂他的修改符号，无法做修正。"

宋奕平要宁菲菲按照原稿重新打印一份清样，再做校对。

宁菲菲苦笑含讥地说："照差错处罚条例执行的话，李主编这一期的差错，恐怕工资全部罚掉都不够了，嘻嘻。"

宋奕平也忍不住笑着说："这一期就不要登记他的差错了，就当首次见习工作。"

宋奕平把李主编喊进了总编办，拿这十几页稿子当蓝本，耐着性子给他做了一次培训，末了说："李主编，这一期就不登记你的差错了，如果登记的话，你的工资被全部罚掉以外，估计还得自掏腰包。所以，下一期你得特别当心哩。"李主编红着脸离开时，却壮着气说："搞清了你们的要求就好了，不怕的！你就看我下一期的校对吧。"

接下来对栏目的采稿，宋奕平怕到交稿时误事，要李主编事先把采过来的稿子交过来。一看，他对刊物与栏目的定位及风格把握也不准。宋奕平又得苦口婆心和他沟通。考虑李主编进入角色还需一个过程，他就把情况如实反馈给了胡总。胡总表现出少有的耐性说："你们耐心引导吧，他是一个有文学功底的人，容易进入角色的。"

有胡总的特别关照，李主编依然保持着自由文人的风格，不是编稿和清样校对的时候，经常不见人影。宋奕平问他去了哪儿，他就回答说有事去了，向胡总请了假的。

接下来，新一期橙汁版清样的校对，李主编在乱做语句修润和符号勘校方面好了许多，可是编务统筹校出他的差错数量依然惊人。没办法，胡总强调差错责任处罚，这一期的差错必须要做登记了。算一算，他将面临近千元的处罚。宋奕平只好又把李主编喊过来，通报了差错处罚的情况，要他做好心理准备，制度执行不是闹着玩的，劝他以后的校对要多用心。

第二天，宋奕平上班来晚了一点。一进编辑部，宁菲菲就告诉他，李主编清早来编辑部清理了东西，在桌上留了一张给胡总的条子，擅自离职了。

宋奕平怵然，急问："那告诉胡总了吗？"

宁菲菲回答："我已经把他留的条子送上去了。"

李主编趾高气扬而来，灰溜溜地悄然离去，留给宋奕平的是一个心情复杂的感叹。事后胡总连连感喟：唉，百无一用是作家。

第三十五章 炒作的困局

《时报文汇》改版以来，订阅量与零售发行量差不多翻了一番，不知是促销得力的功劳，还是低俗阅读真如胡总所言大有市场潜力。为此，胡总铜色的脸上流光溢彩，高兴地总结说：杂志迎来好的开端，证明改版思路是对的，行得通的，是有远大前途和希望的！主张高雅路线的宋奕平，则愧疚得脸色讪讪的，只好三缄其口。害怕投资打水漂的乔副社长，也是喜上眉梢、信心倍增，大夸胡总办杂志确实有几把刷子。可是胡总接下来的言辞突然对刊物的市场表现显得很不满意，他称远没有创造奇迹，与当初预期的目标还相差很远。主要原因是编辑部门对他的思想没有理解和执行到位；倘若执行到位的话，远远不止目前的发行量！他说话时，还眯着眼斜了几次宋奕平。宋奕平当然能听懂胡总指责的落脚点，心里很是气恼。

《时报文汇》改版连续四期在尾页刊载了一份问卷调查，收集读者对改版的意见建议。统计收回的问卷结果显示：评价刊物有可读性，读起来轻松、快活有情感味的读者与指责刊物走低俗路线、搞低级趣味的人数几乎平分秋色，而刊物老读者基本持否定态度，并申明明年不再订刊。宋奕平心想，看来胡总主张的单纯快乐也并非放之四海而皆准的信条，许多人十分抵触这种低级快乐，渴望获得更高层次的阅读享受。针对两种立场鲜明的意见，胡总清清喉咙说，杂志改版后能够争取到那么多新读者，已经证明改版大方向是成功的，大有开拓的空间。至于淘汰一批观念陈旧的老读者，也不必大惊小怪。但宋奕平认为，老订户的流失是一件很痛心的事情；还有"一字千金"活动，越来越不好收场。

为争取更大的市场零售量，每期杂志要提前一个月出刊，10月就开始编12月份的刊物，让人感觉提前接近了年关。高稿费的约稿函与"一字千金"活动的确不乏诱惑力，几个月来不断收到荐稿函和纠错的来信、来电，累计已登记好几页了。参与纠错的人不断要求兑现"一字千金"承诺，众多荐稿人也向杂志社索要荐稿费。胡总决定对三季度的荐稿费进行一次清理，但想把当初定下来的千字50~100元标准，减为一律按千字20元发放，但对"一字千金"的兑现却闪烁其词，迟迟不给明确答复。由于催问奖金兑现的电话、信函与纠错数仍在不断增多，宁菲菲不能给予明确回复，有些人开始说难听的话了，说要追讨上门，说要打官司。宁菲菲越来越难以应付，转而对宋奕平倾诉。宋奕平找胡畅社长建议及时处理读者诉求，或刊登取消"一字千金"活动的通知。可是胡总只是应一声，晓得了，到时会有一个处理结果公布的。现在"一字千金"活动炒作还没达到火热程度，暂时不能取消。宋奕平分明感觉胡总对奖励兑现的态度仍很暧昧，有想赖账的倾向。如果那样的话，他认为非常不妥，而且过份炒作到头来反而会影响刊物的信誉和形象。

随着催问奖金的来电不断增多以及言辞日益激烈，有序的编务工作受到了严重干扰，编辑们不胜其烦，柳总对来电更是反感至极。宁菲菲又拿着中原一位退休干部用特快专递寄过来的纠错函给宋奕平看，傅老先生声称他是拿放大镜对杂志一个字一个字地盯，已指正差错30余处，得兑现他3万多块钱了，要求《时报文汇》及时兑付。如果杂志社试图赖账，他就要打官司，用法律维权。宁菲菲又焦急地道，可是经核定，他作为第一个指正的错误，确定只有两处。

宁菲菲苦着脸无奈地说，宋总，到底怎么办呀？这位傅老先生算一算快递费用，也是一笔不小的数字了。他就像做一笔投资，到时没取得预期收益，是决不会罢休的。另外还有几个读者也特别热心于纠错，隔三岔五打电话催问奖金何时兑现，口气很强硬，看来都是领不到奖金不会放手。

第三十五章 炒作的困局

对此，柳总嗤之以鼻，称胡总的德行就是乐于搞这些有头无尾的名堂。宋奕平诧异柳总虽然如愿以偿得了《时报文汇》编委的头衔，却依然对胡总怨恨不消，依旧采取阴阳两面的方式对付胡总。正说着，电话铃响了。宋奕平接电话，一听又是催问"一字千金"何时兑付的人。宋奕平耐着性子敷衍了一通，放下话筒苦闷地自言自语："胡总一意孤行还要延续活动，又不肯履行承诺，这样下去该怎么办啊？"

宁菲菲站在一旁再加一句："宋总，这个活动真的该停下来了，越快越好。"

柳总阴笑着说："应把来电都转移到社长办公室去，让胡总去应付。"

宋奕平与宁菲菲都嘻嘻苦乐着。宋奕平皱起眉问她："那些来信和来电登记的情况，都送给胡总过目了吗？"

她答："每周都送给他过目的，只是胡总好像还在打马虎眼儿。"

他再问："他最近看后怎么一个反应？"

她说："他每次只是略略扫一眼，就退还了我，要我把东西收好。可是'一字千金'活动必须付出的奖金已经有58000块了。"

宋奕平睁大了眼睛："这么多了啊？"

宁菲菲吐了吐舌头回答："是啊，上下半月版总计已发行九期了，另外还有荐费稿、原文作者稿费也只支付了两期呢，欠账也有近3万块钱了。"

柳总幸灾乐祸地说道，不要紧，这笔钱到时让他胡畅个人去承担好了。

宋奕平屈指一算，按胡总亲拟的差错处罚制度，杂志终审留下的错误都记在他的头上，并双倍处罚，那么胡总的罚金也应是一笔大数字了。

柳总听得快活地打哈哈。

正好乔副社长来编辑部，站在总编办门口问："柳总什么事这样高兴啊？"

宋奕平就抢白道："乔社长，柳总与我们在苦中作乐呢。好久不见您了，今天怎么想着来编辑部走一走啊？"

乔副社长说："搬到25楼，每次过来也就直接上25楼去了。这阵子我也在协助跑发行，刚回来，就想起来编辑部看看兄弟们。对了，你说你们在苦中作乐，有什么苦处啊？"

借着这个难得的机会，宋奕平把"一字千金"活动的最新动态向乔副社长做了汇报。乔副社长听到杂志社得兑现那么多奖金了，顿时脸色有些发白，嘟哝校对是怎么搞的，又怨胡总一意孤行偏要搞这"一字千金"活动……

宋奕平再激将说："乔社长，我们现在都在编12月份下半月的稿子了，年末'一字千金'的奖金、优稿评奖、荐稿费和原文作者的稿费都是公开承诺，铁定要兑现的，已有参与纠错的读者说出要找杂志打官司的话，真带出官司来麻烦就惹大了。"

乔副社长脸上抽搐着，更加烦躁起来，说："那么多轮的校稿，还请了专门校对，为何还存在那么多差错呢？！"

宋奕平淡然一笑说："说多呢，差错率还是控制在国家允许的范围之内，胡总的终校把关……哎，有一句话真的不好说出口。"

乔副社长紧追问："什么话？直说吧。"

宋奕平让宁菲菲把这几期刊物差错登记的勘误表拿来。上面载明多处正确的地方，却被胡总在终校时改错，最后被读者指正了出来。乔副社长呼出了一口长长的浊气说："起初我还以为他真是一个勘校高手，原来只是一桶糨糊，还很硬气要搞这个屁活动。"说完，他当即掏出手机给出差在外的胡总打电话。

这当口，那个傅老先生又打来电话，询问他快件寄过的最新一期刊物的勘校信，是不是收到了。宁菲菲回答收到了。他就说这两个月来，他什么事也不做，就天天在家拿放大镜给《时报文汇》杂志纠错，如果杂志社还不兑现他的奖励，他真要起诉了。她当即把情况给乔副社长汇报，又说一个西部的读者打电话来称7月的橙汁版也指出了错字，索要奖金。还有江边时报集团有位领导参与了这个活动，也打来电话要奖金……

乔副社长顿时嘴唇哆嗦起来，下意识地喊："马上停掉这个鬼活动，马上停掉！胡总说他明天回来，等回杂志社就起草一个结束活动的通知。否则，真就不好收场了。"

第三十六章 急商对策

第二天下午，胡总打电话到总编办，要宋奕平、柳总、宁菲菲一起上去开会，又嘱咐把"一字千金"登记的情况一并带上去。

宋奕平同柳总与宁菲菲一起走进社长办，发现乔副社长、发行部沈总坐在里头，神色有些忧急。顾副主任给大家倒了茶水，胡总照常喝他的可乐。宁菲菲恭恭敬敬地把一叠读者指正的差错登记表递给胡总。胡总随手翻翻便讪讪自语道，差错字真是像树下捡不尽的桐子。当时修改了那么多，想不到还有那么多残留。

乔副社长表现出一份割肉之痛，断然表态说："不论错多错少，先把这个活动马上停掉再说！再不悬崖勒马就收不住缰了。"

胡总强装镇定说："这个炒作呢，眼下也基本达到目的了。既然大家觉得可以停下了，就停掉吧。本来呢，这也是我当初想出来的一个噱头，奖金哪能当真呢？我们商量商量一下吧，怎么把事情了结了，做得更圆满一点吧。"

宋奕平听着，对眼前的上司很是不屑，忍不住说："胡总，这一回恐怕要出一点血才能了结了。"

柳总却不失时机地讨好胡总说："这几期刊物被读者指出的错别字在万分之一以内，说明胡总终校水平还是很不错的，差错率低于国家标准，再说，活动起到了吸引读者关注我们杂志的目的！现在停下来也是见好就收。"

胡总点燃一支烟，立马露出欢颜道："柳总说得对，《时报文汇》的勘校质量还是不错的！绝不能说炒作活动搞错了。现在见好就收也是一种策略。"然后他对宁菲菲说，"你待会儿起草一个告示，宣布'一字千金'活动停止，就在12月份上半月可乐版刊出来。"然后扫视了一遍大家，说，"我们讨论一下吧，活动留下的事情怎么解决好？"

宋奕平暗叹这哪是创百万大刊的做派啊，简直就像小孩子玩过家家！便说，这些都是杂志社之前就公开承诺的啊。他又在心里暗暗鄙视柳总的阿谀，没有一点文化人应有的风骨。

胡总板起脸不以为然地道："一个炒作，哪能太当真呢？而且我们注明了拥有活动的最终解释权的。"

乔副社长会心一笑说："对，我们是有最终解释权这个声明的，那就好！我们就可以找到变通的理由了。杂志现在尚未盈利，肯定付不起那么多冤枉钱。"

乔副社长手捧茶杯吹着热气，啜一口茶水后表示："我看是不是把'一字千金'的奖金标准降到200块钱一个字。这样就可以控制在万把块钱。"

柳总说这种做法不妥，肯定会引起更大争议的。要省钱，只能从悬赏"最先找出错字的人"这方面做文章。

胡总摁灭烟头立马说："对！我当初申明'最终解释权归本刊所有'字样，就是出于万一难收尾的考虑，便于幕后操作。"

柳总脱口夸胡总虑事周全。乔副社长面露喜色地说，有这一条就好，就好找借口了。

胡总表情轻松起来，又说："活动声明了最先找出差错的人才能得奖，我们可以从这上面做文章：列出一批假名单来，对每处差错对号入座，这样就可以名正言顺地对付那些追讨奖金的家伙了。"

宋奕平控制不住心头对此的龌龊感。一场大张旗鼓的活动，到头变成了一场游戏耍弄，这个世界还有多少东西可信呢？他真想趁机糗一糗这种做法，却终归不便说出口来。

乔副社长再补充："造假务必做到乱真，留真实姓名、工作单位和真实身份证号码，这样即便遇上较真的人找上门来要核实情况，甚至闹到法院打官司，我们也不怕，也有人站出来认账。所以，我们得把事情做得牢靠点。"

宁菲菲低着嗓子反馈情况说，参加本次纠错活动的人，有五六个人吵得厉害，他们没有得到奖金的话，可能不会罢休的，比如那个中原退休干部……

胡总就说："这样吧，那几个吵着要钱的人，就把他们列入这次活动的获奖名单里，给他们一千、最多两千块，其他错处都用造假名单对号入座。乔社长，你认为呢？"

乔副社长点头说："眼下只能这样了。"

胡总要求每一个人动员自己的亲戚朋友，跟他们说明情况，要他们帮忙做一次"一字千金"活动的获奖顶替人；每人动员七八个人，最迟第二天上午把名字等资料报上来，让宁菲菲列出一个"首次纠错人员统计表"以备查询。然后，胡总又带头称，他应该能找到十余个人帮忙。又承诺：江边时报集团内部有几个领导参与了纠错活动，由他出面去请客摆平。

总算找到了一个不需割多少肉便能解决问题的招数，乔副社长神色为之释然。柳总笑嘻嘻的，再夸赞胡总英明，处理问题老到睿智，这样也差不多是万全之策了。胡总又得意起来。宋奕平迷惘于柳总在许多场合给胡总灌迷魂汤的做法，其实很小儿科，可在胡总面前怎么就屡收奇效呢？

乔副社长称他能弄来七八个身份证做登记。柳总与沈总也跟着说，能找到四五个人帮忙。宋奕平与宁菲菲没有开口，胡总就指令他俩最少也要找三五个可靠的人，宋奕平只得点头答应。

对于荐稿稿酬的支付，胡总与乔副社长商量后提出只按千字10元至20元不等标准来象征性支付；百字以内的笑话稿酬，还有摘用的图片稿费，统一按10元一则支付。如果万一遇上个别纠缠不清的，出于息事宁人的考虑就多给他一点，加上5～20元不等。原创稿酬也不一次性汇给版权中心，遇上作者发现作品被转载，来信来电追讨稿费的就给；没有索要的，就省了。《新学生》杂志的原创稿子目前都只按每千字50元支付，建议荐稿费与原创稿费按一般稿每千字10元、优稿每千字20元支付，表达酬劳心意就行了。沈总也连连说："是的是的，我们现在不能跟国内那些发行量大的文摘大刊相比，我们只能象征性给一点就行。"

胡总跟着说："等刊物今后做起来了，我们付给他们50元的荐稿费也无所谓。我当初提出千字50元，实际上也是为了吊一吊荐稿人的胃口，怎么可以当真呢？"

宋奕平忍不住就荐稿费说了一句公道话："20元一千字的稿费标准，差不多是付给了荐稿人复印费、车马费和邮寄费，当然，如果荐稿是通过网络发过来的，他们就算多赚了这点复印、邮寄费。"

宁菲菲皱眉头苦乐。胡总、乔副社长与沈总则拿异样的眼光瞟一眼宋奕平，分明嫌他话不投机半句多。场面沉闷良久，胡总才说："如果有人打电话过来提出异议，你们就耐心多做点解释工作吧……"

胡总又说，现在的学术刊物，作者都要自掏版面费发稿子呢。沈总附和说，他们推荐一下稿子，能够得到20、30元的，也算不错了。柳总不时用"是的""对的"之类应和着。乔副社长帮腔说，办刊之初只能开源节流，这是没办法的事。

宋奕平无奈地表态说："我们就按领导们的意见办，尽量和荐稿人做好解释工作。"

宁菲菲突然嗫嚅着提出，还有约稿函上公开承诺的评月度优稿、季度优稿、半年度优稿的事情，怎么办，还评不评呢？

乔副社长嫌她事多，很不快地问："有人在催问评优稿的事情吗？"

宁菲菲嗫嚅着答："暂时没有很认真地催问，但也曾有人提出过。关键是我们公开承诺过的，是有法律效力的。"

胡总吞一口饮料，用很冲的口气回答："遇上这种人，你就直接回答他荐的稿子没有获奖好了。法律法律，哪有那么多法律可讲啊！中国法律那么多，有多少事情在依法办事了？党纪国法严禁贪污腐败，可官场清白吗？贪污现象怎么样？现在，好多刊物连稿费都不付，不也照样办刊？你们放心好了，没有谁会因为这点小钱找我们打官司的。"

宁菲菲吐吐舌头扮个鬼脸，不敢作声了。

办法真是商量出来的，宋奕平觉得很棘手的事，就这样产生了"万全之策"。胡总最后指示宋奕平：在12月橙汁版刊载一则"一字千金"活动终止以及获奖情况揭晓的通报。又特别嘱托宋奕平与宁菲菲起草的通告，刊发前要交给他看一下。

散会的时候，宁菲菲向胡总请教"一字千金"活动终止的通告，该如何措辞。胡总思考片刻，和蔼地口述道："一字千金"活动开展数月来，得到广大读者的积极响应与热情支持，有力地促进了本刊勘校质量的提高，收到了预期效果。在此，杂志社全体同人对每位参与读者表示衷心感谢！鉴于活动参与踊跃，来信来电频繁，而杂志社人手有限，故不能一一解答。经研究，该活动从11月份发行的刊物开始停止举办。敬请广大读者谅解，真诚感谢大家的支持，希望继续关注支持本刊。

过了两天，中原的退休干部再次打电话来催问"一字千金"活动的奖金兑付情况，宁菲菲试探地告诉他："经统计确认，您有两处差错指正抢到了第一，可以得到2000元奖金。"可退休干部仍在电话里吵着嫌少，坚持认为自己最少有十处能抢到第一的，最少应付他1万元，否则他会诉诸法律并向媒体投诉。宁菲菲惴惴不安地把事情复述给宋奕平，问这件事该如何办才好。

宋奕平心想可能真遇到难缠的人了。不过，他得设法给胡总擦干净屁股，否则编辑部也不得安宁。他琢磨嘱咐她以杂志社的名义写一封回函给中原老先生。她迟疑着不离去，又讨教公函怎么写。宋奕平略略酝酿道，先略述"一字千金"活动的开展情况，声明活动已经结束，杂志社秉着公开、公正、透明的原则，核实了获奖人员名单，并将逐一兑现奖励。十分感谢大家的热心参与和密切关注，以后杂志社将不定期举办相关活动，希望读者继续参与。

"一字千金"活动终于息事宁人，编辑部回归了宁静，大家也松了一口气。

第三十七章 古玩

　　周日，宋奕平因外出办事顺路，去逛江边市的古玩市场。这是一条仿效明清建筑风格的文化老街。街两边的门店林立，店内柜中摆满了大大小小、形形色色被称为古玩的工艺品，墙上挂满了各类字画，但顾客寥寥、生意清冷，只见店主们都无事悠然地喝着清茶。宋奕平来到这里，有一种穿越历史时光的情调。他一路闲庭信步，虽是消费不起，前来饱饱眼福，猜度琳琅满目古物的真真假假，倒也觉得自己风雅了起来。如今收藏古董成为储存财富、彰显品位的时髦之举，可基本只是有钱人的游戏。他想起清江的古钱币传说，走进了一家古钱店铺，一眼看见玻璃柜里摆满了各种铜钱。老板起身对他兜售起生意，问是不是想收藏一些古钱，最近新进了少量从清江河滩里淘出来的钱币，升值很快，可以考虑投资。宋奕平暧昧地点点头，再问清江古币的价钱怎样。老板指着一溜放在黄缎布上的古币介绍说，这些都是从清江出来的货，售价在1800元/枚至6000元/枚不等。宋奕平细看灯光照射下的古币，有的圆润光亮，有的锈迹斑斑，便知道鱼龙混杂。他含笑浏览了一番，走出了店门。

　　刚转进另一家店，他冷不防碰到了胡总夫妇也在观摩古币，林主任手头还拎了一个精致的古式花瓶。他们相逢彼此都很意外，免不了寒暄一番。林主任说："宋总也来淘宝啊？"宋奕平说："我哪有钱淘宝啊，只是喜欢来饱饱眼福。"林主任便道："你们这些文化人哩，逛街也喜欢来这些文化地方！"她说本想领胡总去逛商场买衣服，他犟着不去，偏要来古玩街。宋奕平趁机问林主任，手头的花瓶是不是刚买的古董？她点头称是，说胡总一眼看中的，花了5000块。宋奕平要过花瓶一番把玩，便赞道，花瓶的浅黄釉色与兰花的蓝色，色素都很沉着，品相不错，看上去是真正的古物。林主任睁大了眼睛说："宋总，看来你是行家啊，店主说这是清代官瓷。"宋奕平笑说自己瞎掺和，哪里懂鉴赏古董呀，仅仅是在报刊上读了点常识，对于文物鉴定真的是外行，在林主任面前班门弄斧了。胡总正在用心同老板看古币、谈价钱，也扭过头来跟宋奕平招呼了一声。店主正绘声绘色向胡总介绍一枚锈迹斑斑的"洪武通宝"铜币，说这也是从清江淘出来的，非常有收藏价值，可以优惠到4800元／枚。胡总显然不懂识别，将信将疑，扭脸问宋奕平，这东西是不是真的。宋奕平看铜钱全无品相、锈迹分明，显然是仿造品，但当着店主的面他不敢直说。当场败人家生意是一大忌，最容易招主人光火的。于是，他对旁边的林主任使了个眼色，又摇了摇头。林主任略略一惊，心领神会，就找了个借口拉丈夫离开。

他们仨一起走出来，林主任急忙问宋奕平，刚才是不是要胡总莫买古钱。宋奕平说，是的。她追问，为什么？宋奕平问胡总说："胡总您没有看上个月的《清江时报》的报道吗？清江古币很多是伪造的，市面上的古币真假难辨。"

胡总哦了一声，停了片刻说："我还以为清江的古钱是有文化灵气的，才想买一枚做收藏，这古玩街，怎么能随便制假贩假呢？造假的东西，就缺少文化内涵了。"

林主任连连感谢宋奕平的提醒，胡总成天为杂志社的事忙得天昏地暗，也没时间翻报纸，若不是巧遇他，今天可要上当了。然后她又很愤慨地说："古董这文化的东西，我们是想买几件收藏起来留给后代的——你说存钱吧，在贬值，听说只有古董最能保值升值。古董造假就太不应该了，文化部门怎么不好好管管呢？"

宋奕平笑笑说："不过这清江古钱呢，也不见得都是假的；再说当今时代文化市场确实乱象丛生。"胡总笑得鱼尾纹摆动着道，那是那是。

继续陪领导夫妇逛古玩街，究竟是一件不妥的事。宋奕平说今天他是路过，随便溜达一下来的，还有事要去做，就与胡总夫妇告辞了。宋奕平走在回家的路上，很意外于崇尚市场经济的胡总，居然有小心情收藏文物，又忽然产生了一个坏心思：今天劝阻胡总夫妇收藏假钱币是自作多情，他靠编伪文化刊物发了财，再花钱收藏一点假文物，不是恰如其分么？

第三十八章 制度与午餐

　　《时报文汇》的差错勘校统计了几期，交到办公室林主任手头后便没有了下文，严厉的胡总也不再提处罚一事。大家乐得嬉，都心知肚明该项制度已经革命到老大头上了。"一字千金"活动中，胡总将面临最重处罚，大家因此也不太畏惧罚款了，希望托他的福免于追责。可是本来事不关己的柳总，还当着宋奕平的面在乔副社长面前使阴火，称杂志社应当有令必行，胡总应当带头受罚。杂志社兑现"一字千金"付出了代价，应当追究到相关责任人身上去。很显然，柳总是冲着胡总来的，想看胡总挨罚。但宋奕平听得也不快活，城门失火，殃及池鱼啊。乔副社长称柳总言之有理，表示赞同。季度社务会上，乔副社长站出来发言，杂志社应当坚定地走制度化治理的道路，已经制订的制度要不折不扣地执行，包括各级勘校处罚规定。可胡总装起了糊涂，一笑置之。家长不表态，家规就是一纸空文。

　　李大作家离去，胡畅社长又新招聘了一位下半月橙汁版的新任主编——行将毕业的佟硕士。胡总称这是他多方考察后引进的人才，虽说是新闻学硕士，但毕竟是业务生手，岗位工作还得从头学起。因主编更换频繁，橙汁版的编务一直没有稳定下来，稿源常常不足。胡总似乎也注意到了这一点，抽空帮忙搜起稿子来。有一天，胡总摘录了一篇《特权猴王》的动物趣闻稿子，通过QQ发给宋奕平。该文描述一个猴群社会的趣味故事：猴王是怎样拥有"三宫六院"、食物优先、服务特权的趣事。

他心思猛然撩动地想：胡总提供这篇稿子，有没有某方面的暗示？是不是隐含了他作为社长兼总编辑，理当享受一点豁免特权？宋奕平念及于此，心怦怦直跳了起来。他捉摸不透胡总是不是有隐藏的心思。知胡畅为人者，莫过于柳总，于是他把稿子给柳总看。柳总嘻嘻怪笑道，这是明摆的嘛，司马昭之心，路人皆知啊！

宋奕平仍是迷茫，问："还请柳总明示。"

柳总嬉笑地说："猴王享受特权，他胡畅也是杂志社的王，是不是也应享受一点特权呢？"

事情果然在几天后显现端倪。乔副社长好像坚持主张要把"一字千金"的损失通过罚款补回来，仍不依不饶地敦促制度执行，搞得胡总好几次脸红，被逼得没有退路。

这一天，顾副主任来到《时报文汇》编辑部来散发言论，重提勘校的差错登记还是要执行处罚，胡总是"一把手"又抓全盘工作，处罚理当免除。

周五例会时，编辑们起了怨言，说有罚就要有奖，奖励制度也得同时执行，比如，每月、每季、每年度评优稿，也得兑现奖金。柳总趁机煽风点火，说道，制度面前人人平等，要罚就不能区分社长与普通员工，要罚都得罚。宋奕平把大家的意见形成纪要，交给了顾副主任。顾副主任一时骑虎难下、乱了方寸，然后称会把大家的意见反映给领导，到时再做决定。

自此以后，校对的差错处罚一事画上了句号。

现任橙汁版的主编佟硕士好像又继承了李主编的遗风。不过，他有特殊情况，硕士还差一个学期毕业，还需回学校准备毕业论文，因此隔三岔五请假，却从来没有按照请假制度先写请假条，经编务统筹签字、副总编签字。他时常一连几天不见人影，编务会议也偶尔缺席，相关事情只好由编务统筹单独向他通报。宋奕平遇上他在编辑部的时候，就问这几天哪儿去了，也不见请假。他就理直气壮地回答，向胡总请了假的。胡总特批，宋奕平还有什么可说？不过听杨菁云等员工羡慕佟主编自由自在超越考勤制度之上，宋奕平为此有点揪心，摇摇头自嘲地想：原以为大时报集团一切都会依规依章、有条不紊，而《新学生》与《时报文汇》是胡总的特区，则由他一人说了算。

柳总与宋奕平协商制订值日私规，反而显得比杂志社的制度更有威严和约束力，一直在不折不扣地执行。值班人员每天把编辑室打扫得干干净净，柳总与宋总来到总编办，一杯热腾腾的茶水就摆在了桌上。除宋奕平自觉放弃由值日员送餐上桌的特权，柳总仍心安理得地享受着这一礼遇。到了时间不见有饭送来，他就会嘟哝，然后伸长脖子，像长颈鹿一样冲着门外喊："饭呢？饭怎么还没来呢？！"惹得宋奕平直想笑。

宋奕平为拒绝别人送饭上桌的所谓特权，只能放弃林主任特别推荐的放心午餐，开始在外面打游击。可最近几天的报纸报道令他很是不安。江边市一次餐饮业突击检查，一次查获地沟油十几吨。十几吨的数字，能做多少盒饭啊？对此，杂志社议论纷纷，弄得宋奕平面对盒饭就想作呕。他率先提议，应请求单位购置一台微波炉，让员加热午餐。

大伙听他一说，开始欢呼雀跃。有人就说："宋总代表大家去杂志社提建议啊，我们都会感激你！"

宋奕平遇上顾副主任来编辑部时，就真把大伙的诉求提了出来。顾副主任当即表态说："这个应当要考虑，我把意见反馈上去，胡总会支持的，缓一两天再回复你。"于是，宋奕平和编辑们开始满怀希望地等待，可一等就是一个星期，连顾副主任的影子都看不到了。倒是碰上了林主任因事来总编办，宋奕平又把买微波炉的事提了出来。林主任很不悦，当即说："午餐都在办公室热饭，不太好吧？"宋奕平道："许多公司都兴买微波炉，让员工自带午餐啊。"林主任嗯嗯地含糊道："我给你们说说去吧，不过文化单位与其他单位是不同的，恐怕领导也不会答应你们。"然后，她满脸不悦地走了。

当宋奕平去25楼办事时，再询问林主任关于微波炉的事。林主任当即沉着脸色回复：这个事情，单位不会考虑，一是微波炉耗电厉害且存在用电的安全隐患；二是在办公区热饭热菜，有气味，也不雅观；三是时报集团的物业管理制度上没有明确能够使用微波炉。在场的柳总笑嘻嘻的，附和着说有道理。可过后他又对宋奕平说：这个娘们纯属找借口。什么用电不安全,微波炉和电脑的用电有何区别?饭菜有气味,那盒饭送到办公室就没气味了?微波炉耗电,一千瓦用一个小时才一度电,热个饭也就几分钟,能用多少电?

宋奕平很是佩服柳总两面三刀、切换自如,也觉得他的诘问说在了点上。他萌发了号召编辑们自掏腰包买微波炉的想法。

柳总突然神秘兮兮地说:"宋总,你想过林主任坚决反对微波炉的真正原因吗?"

宋奕平意外问:"什么原因?"他心里琢磨,难道这等小事,也隐藏着什么的新鲜内幕?是不是柳总又在装神弄鬼?

柳总俯身过来悄声道:"那个送盒饭的人是谁,你晓得吗?她与林主任沾亲带故。大家订了她的盒饭,胡总和林主任的丰盛午餐是免费的。"

宋奕平略略一怔,几乎不敢相信:有头有脸又发了财的胡总夫妇,会占一个盒饭的便宜,而置民声于不顾?会吝啬区区几百块钱的微波炉,而冒天下之大不韪?他转而回想林主任力荐这个放心盒饭的巧言令色,看来柳总的话大概也不是空穴来风。有一回,他中午因事去社长办,正遇上胡总夫妇用餐,桌上几样精致的小炒,分明是不同于一般的待遇……

宋奕平为此对上司又产生新的鄙夷。柳总又补了一句说:"他们才不管大利小利呢,只要有好处就不会放过。"

宋奕平有了搞恶作剧的决定:既然这样,我就偏要败他们的谋算,让他们的如意算盘落空。

宋奕平借大家聚在一起聊天的时候,建议说:"公家不同意买微波炉,我们是不是凑份子去买一个啊?"

未料一呼百应,员工们当场就争先恐后地把份子钱送到了他的手上。但柳总没有参加,他托言自己经常出差搞发行,平时也懒得带饭,所以不参与。但宋奕平心里清楚,他是害怕惹胡总夫妇怫郁。

大家自带午餐,不订盒饭了,这事很快就被林主任察觉。她下21楼来暗暗调查,得知宋奕平是买微波炉的始作俑者,就愤然询问宋奕平是不是属实。宋奕平迎着她的目光回答,有这回事,是群众提要求,他来牵个头。林主任一副很恼怒的样子，一语不发地离开了。她背后又找乔副社长反映情况，说宋奕平唯恐天下不乱，怂恿编辑部私下购置微波炉，用的是公家的电。未料，作为股东守财神的乔副社长在这件事情上突然慷慨起来，他笑一笑淡然道："这个小事，就算给员工的福利吧，别去管他们了。"这件事经柳总的口说出来，宋奕平对乔副社长心存感激，但也有些将信将疑。

有一天下班，宋奕平在电梯里遇上乔副社长，就主动谈及买微波炉的事。乔副社长很大度地说："这个事我晓得了，林主任说买微波炉是你发起的，用的也是公家的电。我说这也是大家的要求，现在地沟油太多，单位应当支持大家自带午餐，就当是照顾大家的生活。"说这话时，乔副社长显露出前所未有的风度。

宋奕平说："就算一天用两度吧，也不到两块钱，到时由大家分摊电费吧。"

乔副社长连连摆手说："不用不用，这是公家对员工的福利。我自己平时也不吃外送的，宁可开车回家吃饭。"

他们站在报社院内的一角聊着。乔副社长带着嘲讽说，胡总平时在家从来不吃隔夜饭菜，要喝高档名酒，还说喝可乐橙汁能补充维生素，可吃盒饭就不讲究了，也不怕地沟油了。

有了乔副社长的支持，宋奕平对买微波炉一事更加心安理得了。

第三十九章 柳总出差

最近,柳总又聊到了一个武汉的女网友。对方给他发来了两张靓照,把他高兴得合不拢嘴,喊着对座的宋奕平来分享。宋奕平确实欣赏他这个女友的姿容:瓜子脸、大眼睛、细叶眉,体态雍容优雅。一问,她是武汉一个区教育局的办公室主任。宋奕平暗叹柳总撩妹的水平越来越高,也越来越有眼光了。

柳总不时呆坐出神。没两天,他突然对宋奕平说要出差到武汉去搞发行。宋奕平明显察觉出他的真实动机。

翌日,柳总出差武汉了。宋奕平邀发行部沈总午休时分一起外出散步,聊天时顺便说起柳总出差武汉了。沈总嘴角挂笑地说:"他去武汉搞发行,估计是另有目的吧。"宋奕平带笑地反问:"此言何意?"

沈总拐了拐脑壳说:"他昨天对胡总说去武汉开拓市场,我就在场。他称那边有朋友在教育局做办公室主任,同意帮他推广《新学生》和《时报文汇》的发行。胡总一听他有拓展省外市场的关系,鱼尾纹欢快摆动,当即要他去尽力发展,还预支给他 2000 元出差费。"

宋奕平听得很快活。沈总问快活什么。他回答:"开拓外省市场,当然是大好事啊,难道你做股东的不高兴?"

沈总突然蹦出一句话:"宋总你是知情不报!罪加一等。我问你,柳总是不是约到了武汉的妹子,借公差之名会网友去了?"

宋奕平顿时惊愕,瞠目道:"你,你怎么可以乱猜呢?这事儿我可不知情啊。"

沈总嘿嘿笑，紧紧盯着他道："宋总你就别在我面前装蒜了，这些事我早就察觉，他也不是一两回了。"

宋奕平再次诧异于憨厚的沈总也是心明如镜，认真地冲他说："你这事千万别乱对胡总说啊，我也真的什么都不知情。"

沈总作笑道："宋总你若再替他打掩护，我就要把事情透给胡总去。"

宋奕平擂了他一下，发急地说："你敢乱说，我对你不客气。这一回出差，柳总也许真的会带一大笔业绩回来……"

沈总咧着嘴发笑说："放心吧，我不会乱说的，他柳总还是《新学生》杂志的股东，我呢，只是入了《时报文汇》的股。他花公家的钱，我只占了这么多。"

三天后，柳总出差回来，去胡总那儿汇报工作。正好遇上宋奕平在和胡总说事。他一看宋奕平在，稍稍露出介意的神色。宋奕平向他打招呼："哦，柳总出差回来了？"他"嗯"一声，点了一下头。

胡总连忙询问此行的收获。柳总有些脸讪地回答，没达到预期效果，不过呢，也算开了个头。《新学生》订了10份，《时报文汇》订了4份。

胡总不太乐意，嫌这趟出差收获太少，有些得不偿失啊。

柳总稍作镇定后笑着说自己尽力了，好歹也是在省外教育系统开了个局，关系多少建立了一些，明年就能大手笔开拓市场了。似乎也是言之在理，胡总便欣然露笑。宋奕平则在心里暗笑胡总与柳总相互斗法、各谋私心，真是蛇有蛇道、鼠有鼠道，行家遇上了高手……

第四十章 莫言获奖的另类解读

2012年10月11日,对于中国文坛来说是一个非比寻常的日子——本年度的诺贝尔文学奖颁给了中国作家莫言!消息不亚于原子弹爆炸,在网络上引起强大的冲击波,继而激起了现实社会的舆论鼎沸,在《新学生》和《时代文汇》编辑部也引发一阵骚动。大家几近无心工作了,亢奋地聚在一起热议。柳总与宋奕平走出总编办,在编辑部的大堂同大家一起议论着莫言的获奖。两个编辑部的人,除了宋奕平看过莫言的《丰乳肥臀》,其他人几乎都没有读过莫言的作品,少数人称看过他的作品改编的电影《红高粱》。但这并不影响大家的话题,毕竟都是做编辑的文化圈人,应当为中国文坛这一登峰造极的荣耀而欢欣鼓舞。午休的时候,几个人激情难耐地相约去逛新华书店,要买几本莫言的书回来拜读。不过,他们都懊恼而归,因为莫言的书在整个省图书城早已被抢购一空。他们又搜寻了其他新华书店,也是无功而返。

中国文坛太久的寂寞与压抑,好像也因此扬眉吐气了。文学之心未泯的宋奕平也替中国文学界高兴着、激动着,似乎也拾回了文学爱好者的荣光与自豪。他打开微博,心情激荡地写了一篇博客:莫言是中国文学界的英雄,给中国文学争了气,赢得了面子,向他致敬!他的获奖给萎靡的中国当代文学打了一针兴奋剂,必将带动国人对文学倾入更多关注和热情,推动中国文学事业的伟大复兴。祝愿莫言自此成为中国文坛靠纯文学写作发财的人!宋奕平之所以加上最后这一句,是认为当下低俗文化大行其道，为何纯文学写作没有了生财门道？

第二天，网络对莫言的谈论仍是情绪高昂，报纸也在大肆宣传。编辑部订阅的几份江边市的主流报刊，都在大篇幅刊登莫言获奖的相关信息以及莫言的创作情况，折射出国人对文学前所未有的关注和热情。

下午，胡总带着满身酒气来到21楼编辑部，他扬了扬手中的报纸，激动地说，莫言这回给中国文坛争气了。柳总打着哈哈道，啊，胡总中午为莫言获奖喝庆功酒了呀？胡总赧然一笑道，一方两便吧，今天一位久违的朋友来访，就陪他喝了一盅，也算顺带给莫言庆功。然后他突兀地发问："宋总，莫言获得诺奖，你高兴是吧？对《时报文汇》有什么启示啊？"

莫言靠纯文学成就获诺奖，跟《时报文汇》的低俗办刊思路有什么关联呢？宋奕平一时没有头绪，突然想起胡总是不是要对《时报文汇》的办刊宗旨改弦更张？便兴奋地反询："胡总是不是也想把杂志改成高雅读物？"

"你这答案，真是，真是太让人失望了！什么高雅低雅的？"胡总面带嘲讽，痛惜地摇头说，"难怪刊物老是编得不对路，《江边晨报》今天关于莫言获奖的报道，你看了吗？"

宋奕平顿时蔫神回答："浏览了下。"

胡总对他说："你出来，到编辑部来一起开个短会吧。"

宋奕平不知胡总意欲何为，是不是酒兴使然？他连忙起身去编辑部。胡总站在组合办公桌的一侧，瞪着微微发红的酒眼，冲大家发问："《江边晨报》今天关于诺奖的特别报道，你们都看到了吗？"

有几个人齐声回答："看了。"

胡总打开报纸，问："这篇《莫言爱写打油诗》的稿子，你们都细读了没有？宋总，你细读了没有？"

宋奕平再回答："看了一下标题，没细读。"

胡总很不快意地说："你们哩，无论看了或没看这篇文章的，都没有进入《时报文汇》应有的编辑状态，居然不晓得中国作家获诺奖这件大事怎么能为我所用。"胡总用手抹了一把脸，再道："你们意识到没有，莫言获奖是纯文学界的胜利，同时也是通俗文化界的成功！"

大家面面相觑，闹不懂胡总何来如此新鲜的高见。

胡总举着报纸，用另一只手指头敲了敲说："《江边晨报》三版关于莫言获奖的专题报道，有一篇《莫言爱写打油诗》稿子，不就是俗文学的胜利吗？是不是很适合《时报文汇》上半月可乐版转载啊？"

大家这才恍然大悟，彼此羞愧对视。宋奕平感慨胡总敏锐的卖点灵感，真是"横看成岭侧成峰，远近高低各不同"。

胡总再次提高了分贝，对大家说："莫言在写作疲倦的时候，喜欢作打油诗来消遣、休闲，放松自己，这不是跟《时报文汇》主张的轻松开心阅读相吻合么？再说网上评价他的文字情感充沛，是写情感的高手，不是跟下半版的情感主题也联系起来了吗？我说过，开心和情感两大主题，可俗可雅，上得天下得地，我们若是把真味做出来，也许莫言以后在写累的时候，也会读一读我们的杂志呢！"

编辑们听得哄然大笑起来。宋奕平心头明白胡总不单是肯定《时报文汇》的定位，也是在强调他的办刊思想与文学大师的休闲情趣意趣相投、不谋而合。

接下来胡总自诩道："我早说了，你们要有敏感性，懂得把时事进行娱乐化解读！你们不好好发挥，在刊物定位上做出特色，也就莫怪我胡某没有给你们引好路，做好宏观指导了。"然后他又明确指示："上半月可乐版近期要转载《莫言爱写打油诗》的稿子，下半月橙汁版再尽量找一篇有关莫言情感方面的文章。这样，我们既抓了卖点，又表达了对莫言首获诺奖的关注和祝贺。你们哩，不要老在闷头闷脑编刊物，以后得多培养灵感，多动一些脑筋与时事、与社会互动。又比如现在流行的星座学、风水学，还有八柱命运学等，你们都可以弄些相关内容上去，呼应一下民间关切。我再三说了，我们是一本市民化刊物，只要有卖点，俗一点无所谓。"

宋奕平不能不赞叹胡总的心思独到，包括莫言获诺奖的切入点自己的确没有想到。但他对胡总一味要求的庸俗卖点，始终不敢苟同。胡总离去，宋奕平开始读《莫言爱写打油诗》这篇稿子，得知文学大师这些年出于怡情遣兴和应酬所需，总计写过250多首打油诗和对联，也是作为严肃文学创作之外的放松和诙谐补充，从中表现出文学大师不拒绝俗文化的包容大度。宋奕平从文章中欣赏到莫言的打油诗："只因高密少名人，故将莫言捧上天，但愿今后三十年，故乡能出真圣贤……"

第四十一章 可乐版升级

宋奕平原本也抱着一丝希望：莫言获诺奖后，能够带给胡畅社长一种心理冲击，促使他的办刊理念向娱乐性、文学性与思想性相融合的方向扭转。不料，胡总重提他的"极品化"办刊思想，批评编辑们的娱乐化思维远远不够，要求进一步解放思想，让刊物进一步快乐化，强调大俗就是大雅。胡总对终审的稿子也要求更严了，动不动就用朱笔批示：稿子太正统，娱乐性不强，读得还不够开心等。还经常亲临周五的编辑例会，给大家指点如何增加对可乐、橙汁型刊物的定位理解，怎样选优稿以进一步丰富刊物的色彩。他说到激动时，就会板起面孔训人，像寺院的哼、哈二将一般，执意要喝醒执迷不悟的编辑们。大家刚经历莫言获诺奖带来的好情绪，很快又变得苦不堪言、愁容满面。宋奕平颇为无奈地在心里自嘲：编《时报文汇》可乐版、橙汁版，编得如此不开心不快乐，又怎么能把快乐带给广大读者呢？

这一天，胡总打电话到总编办，埋怨宋奕平说：中午与发行部沈总联络一下，把《时报文汇》编辑部的人都带到仓库去，看一看前几期的退刊。

胡总责令编辑人员去库房查看退回的杂志，用意十分明显，说明退刊较多，反映出刊物质量平平，未受市场认可。宋奕平曾得知7、8月的杂志在报刊亭销得不错，但近期出现下滑趋势，胡总因此也着急起来。零售报刊摊点有退刊是正常的事情，但究竟退回率有多少，宋奕平无从

第四十一章 可乐版升级

得知。

宋奕平喊来宁菲菲询问编辑们的去向，宁菲菲回答有三位编辑外出采稿了。他让宁菲菲马上通知外出人员赶回来，中午去查看退刊情况。一直到吃午饭时间，还有两位编辑没回编辑部。宋奕平让宁菲菲再次打电话催。这时，沈总又打电话过来，询问宋奕平一行何时来仓库，宋奕平回答说吃了午餐再去，想等外出采稿的人全部赶回来。

午餐后，编辑人员由沈总带路，一同去了旁边一个居民小区里的仓库间，里头从7月到10月份的退刊排了三列，堆得齐肩高。沈总介绍说，这其中主要是9月至10月份的刊物。看到这些退刊，宋奕平面有愧色，有一种劳动与智慧被读者抛弃的汗颜，也未免感叹：《时报文汇》改版上市虽然取得了一些发行成绩，但发展态势并不稳定，胡总提出的百万大刊愿景更是遥若珠峰。面对这些退刊，每一位编辑都感觉不安。宋奕平坚持认为，杂志滞销与刊物办得过于低俗不无关系。

回程路上，编辑们很快忘记了退刊的忧思，说说笑笑走到前面去了。宋奕平与沈总落在后面边走边聊。仲秋的风已有些凉爽，但宋奕平的心情很是郁结。他询问沈总，《时报文汇》下半年上市以来在全市零售摊点的具体销售情况。

沈总说，因为7、8月份搞了促销活动，每个报刊亭包销10本就赠送一瓶植物油，所以杂志销得很不错，平均退回率仅15%。但促销活动一结束，9月的退刊率迅速反弹到42%。近一期的刊物还在销售，统计数据尚不清楚。销得好的摊点还在月中补了货，销得不好的摊点一本未动。

宋奕平理性分析说："一本默默无闻的杂志新改版，在市面上也算是一张新面孔，零售点能够卖出一半以上，说明情况不是特别糟糕，胡总怎么就显得那么猴急呢？走市场才几个月就想达到争相抢购的效果，现实吗？"心里想着胡总动辄扬言创百万大刊，无异于吃江水、说海话。

沈总回答："是啊，我也认为新刊走市场，欲速则不达，只能争取稳步上升。可胡总就想一口吃个胖子，巴望刊物的零售量每月都要增加，每期都脱销。没达到他的预期，我这个做发行总监的都被他骂裁了。老子抽空家底投资杂志，却成了带钱来挨骂的冤大头！好歹我也是股东啊，给自己做事，谁会不尽心尽力呢？"他憨厚地自嘲着，仍掩饰不住内心的酸楚。

宋奕平心里清楚，沈总一定被胡总逼得无奈，窝不住了才宣泄出来的。他又故意打趣道："我不是股东，就能事不关己，就不重视编辑质量？"

沈总停下脚步道："我可没这个意思，我只是反感胡总不该对我们一味施压，把人逼得喘不过气来。"

宋奕平拍拍沈总的肩膀道："兄弟别当真，开个玩笑，开个玩笑。"又问沈总，是不是了解同类杂志的退刊情况。

沈总回答，他去参加过北京书展、省期刊发行会等活动，结识了一些同道朋友，了解到那些在全国邮政零售报刊点销售还算好的杂志，有些还是品牌刊物，退刊同样是大伤脑筋的事情。沈总又抱怨说，胡总老想让《时报文汇》迅速发行到几十万份，赶超江边时报集团主报的发行数。人家是党报，可以强制订阅，我们的刊物怎么能和它们去比呢？

宋奕平连连点头称是。寻思胡总企图以痞俗卖点成就百万发行量，哪有这么容易。又想即便把刊物做起来，也不可能一蹴而就啊，他实在太缺乏耐心了。

两人并肩走着，心情都不舒坦。沈总传达胡总的指示：下午两点半，编辑部上25楼会议室开集体编务会，从刊物内容上讨论如何改变退刊多的问题。

当宋奕平领着编辑们走进25楼会议室时，胡总、乔副社长和柳总已经脸色阴沉地坐在位置上等了。编辑们忐忑不安地找位置坐下。一如往常，大家喝茶水，胡总面前摆放着一瓶橙汁。宋奕平注意到今天这瓶橙汁不是往常那种，黄澄澄的汁液里还悬浮着亮晶晶的颗粒，应该是新上市的换代产品。

胡总见人都到齐了，拧掉手头的烟蒂，喝了一口饮料，扫视全场后开始含酸带讽地发话："大家都去看了退回的刊物吧？感觉怎样？我佩服你宋总的大度从容啊，还有心情先去美美地享用午餐，再领你的编辑团队去仓库走访。"

宋奕平苦笑着解释："那怎么办呢？有三个编辑上午外出采稿了，接了您的指令才临时通知他们赶回，而他们一时也赶不回的。"他暗地却在嘟哝，有退刊，难道要我们不吃饭了吗？

胡总开始训话："大家是不是觉得用心编出的杂志，一经退还就变成了一堆废纸啊？但我想对大家说，退回来的刊物既是废纸，也是钞票。作为投资人来说，是很痛心的。"说这话时，他故意看了乔副社长一眼，乔副社长的脸上也挂着惋惜的神色。然后胡总再道："在座各位，当看到自己辛勤付出的劳动变成一堆垃圾，一定也不太好受吧？那么，我们要从中思考什么问题，是不是应该寻求对策去改变现状呢？"

乔副社长插嘴说："近两期退回的刊物比前两期多出了许多，这说明什么？是不是说明了内容不太符合读者的口味，还是杂志整体质量在下滑？我作为股东代表，只想说，我们是一家走市场的杂志，是亏不起的。"然后点名问宋奕平，"宋总，你说是吗？"

胡总和参会的另外两位股东，都把异样的目光投向了宋奕平。宋奕平心里难受，叹惜自己又成了靶子。他虽然有些狼狈，甚至有被逼疯的感觉，但也很不服气，不吐不快地申辩说："前两期刚上市的刊物在零售摊点走得较好，那是得益于促销。这两期刊物停止了促销，还能在摊点卖出一半多，也算是不错的业绩。再说，编辑部不断收到《时报文汇》老读者的来信，责骂刊物越办越俗，这会不会也是零售量下降的因素呢？"

胡总横了他一眼，反诘道："照你说，我们有这个成绩就不错了？如果零售再下滑，也是正常的？说我们刊物低俗了，是不是又得改成原来的面孔？"

宋奕平也顾不得那么多了，又继续说："作为编辑人员，我相信大家都有一个共同的心愿，希望自己编出来的刊物大卖特卖、业绩步步攀升。但我们也得承认《时报文汇》改版走市场才几个月时间，需要有一个成长过程，我们也要理性面对暂时的市场波动。对于刊物内容，我始终认为应当增加文化含量。"

胡总接口:"是啊,所以我们要想办法不断改进编务工作,让刊物质量更上一层楼。我今天让大家先去看了退刊,再坐下来探讨编辑思路的改革。刊物需增加一些文化内涵也许没错,但怎样去增加,这就是学问。我的意见是,得打造刊物的升级版,才有希望成就我曾经提出的办极品刊物的目标!才有机会朝着百万大刊的珠峰目标迈进!"

柳总见风使舵趁机说:"对,胡总说得对!刊物质量的确还有进一步提高的空间,需要尽快打造一款升级版。"

宋奕平忍不住发出笑来,心想哪一本杂志敢说自己办到了极致,不存在质量提升的空间了?哪一本杂志不需要优化升级?

乔副社长用轻笑的眼神瞄了一眼宋奕平。此时,宋奕平已非常讨厌柳总当面讨好胡总的一贯做派,想当场质问他该从哪些方面提升刊物质量。这一问,估计会让柳总哑口无言。顾及可能的尴尬局面,宋奕平最后还是收住了口。

胡总点燃一支烟,正襟危坐地说:"我仔细研究了这半年来的刊物运作,发现我们的刊物按既定方针执行不到位。因此,我们要善于总结、积极调适、不断完善和提高。"说着说着,他拿起橙汁瓶扬了扬说:"橙汁也是我的所好,不知大家注意到没有,我现在喝的就是换代产品果粒橙了,黄澄澄的液体悬浮亮晶晶的颗粒,不单视觉上更令人嘴馋,口感的确也更好了!这就是橙汁能够领先市场、盛销不衰的道理!国家现在都在大力推行创新驱动战略,我们的杂志怎么能故步自封呢?我们的杂志对接读者的心灵与心情需求,更要注重产品品质,及时升级换代。"

胡总放下果粒橙,右手指在桌上顿了顿说:"首先,上半月可乐版读起来还不够轻松,不够娱乐,可读性亟待提升;下半月橙汁版还不够刺激、不够煽情,也不够上档次。总的来说,卖点文化不够浓郁,还远没有摆脱书卷气,达到极品的阅读感受。"

薛悦扭动着身子,表现有话要说的样子。胡总点他的名,问他有什么意见。

薛悦煞有介事地说:"如果刊物只注重轻松爽口,那就像膨化食品一样,虽然咯嘣咯嘣地松脆爽口,但全是碳水化合物,缺少蛋白质和维生素啊!"

在座所有人紧锁的眉头顿时舒展开来,露出了微笑。宋奕平也被逗乐,心想刚康复出院的薛悦,大概又恢复活力了。

胡总瞪他一眼反诘:"难道那些蔬菜饼干、牛奶脆饼就没含蛋白质、维生素么?逸闻趣事里就没有人生哲理吗?"

胡总浮出一丝难得的笑颜,大伙感觉春暖花开,一副副面容笑得像花朵乱颤,会场气氛暂时缓解了。宋奕平也趁机掺了一句道:"蔬菜牛奶薄饼虽然含有蛋白质,逸闻趣事也是含有人生哲理的,但含量太微薄了,满足不了所有欣赏趣味和营养需求的高层次读者。"

争论又开始出现针锋相对的苗头。

胡总敛住了浅笑,瞟了一眼宋奕平,正色道:"现代人就是营养过剩,所以大家才喜欢吃些单纯的、一享口福的食品。你去超市做一个消费调查,看一看是营养品卖得好,还是口感速食销得好?"

会场发出哄哄的笑,像天边滚过一阵低沉的闷雷。

胡总的表情忽而庄重起来,表示不能再戏谑下去了。他说:"我得再次重申,刊物既定的定位方针是正确的。这是一个文化消费不断走向轻松愉悦的社会,眼下正在举行的江边汽车博览会,全是千姿百态的美女在卖弄风情,挑逗观众对车的兴趣,实际上也是商业活动的娱乐化。现在网上反腐风生水起,大家细心去看,网络反腐引起社会和纪检部门的关注,其实也是带有噱头的,比如情人举报、美女主持自曝被人包养、拥有几十套房的'房哥''房嫂'等都是娱乐化的。"又说:"我们曾经眷念的一些经典老歌,在KTV里播放出来,唱法和配曲也都改成了流行乐谱。所以说,娱乐化是文化的永恒主题,是永不落伍的显著卖点。但是,怎样才能打造出娱乐的升级版呢?就需要我们更多地关注明星、名人,努力去找一些披露他们逸事、隐私的稿子。比如说,你们如果摘编到戴安娜王妃车祸之谜最新进展的稿子,谁会不乐意去阅读?再比如,前不久网上传播的一对名人离婚的报道,他们分手的真正原因,仅仅是丈夫反感妻子要去吃烤肉……你们说吸不吸引眼球?我们要更多关注有社会知名度的公众人物,刊物档次自然也就上来了。"胡总滔滔不绝,忽而又停了下来,再次抄起道具晃了晃说:"就像橙汁加进鲜亮的果粒,便是换代饮料了。"

胡总拧灭烟屁股,喝了一口果粒橙,再点上一支烟,神态仍是那么的淡定。他看编辑们都在认真记录他的讲话内容,显得有点欣慰。他继续说,上半月可乐版有一个不太轻松娱乐的栏目,那就是观点栏,其实也可以曲径通幽让读者产生轻松快感的,可以用有另类见解、新颖观点的稿子带给人新鲜感觉,新锐、尖锐、生猛的观点就有麻辣味,也相当有了娱乐性,让人读起来够劲,读后能产生快感,脱口说起来能过瘾。就像食品里添加少量反式脂肪酸,虽然有争议,但只要口感好,能在市场热销,那也是好产品!

会场只有胡总的一言堂,大家都在洗耳恭听。宋奕平忍不住说:"我认为是要有娱乐精神,但也不能放任自流。"

胡总霎时来火,脸扭向宋奕平:"刊物落到现在的局面,你主持日常编务要负主要责任!现在你还在唱反调!如果不把我的思想执行到位,我就要对你问责了。"

宋奕平扮了下笑相,不再出声。

胡总扫视全场说:"我建议你们都买一瓶可乐去品一品,细心体会一下。可口可乐为何能风靡全球?就是因为它够爽,有劲!娱乐明星为何比科学家的收入更高?那是因为他们能带给人以快乐,快乐有时比实用更让人心动!我手头的果粒橙作为新产品,为何一上市就能迅速走响?也是因为它的口感更上了一层楼。现在虽然还是11月,但我们已在着手编辑新一年的刊物了,我希望《时报文汇》新年要有新面貌、新精神,能获得更多新读者,发行量大幅攀升,迎来新的喜人局面!"

柳总咯咯笑着附和说:"胡总说得好、说得对,我们就是要让《时报文汇》在新一年再上新台阶!"

乔副社长不怎么开口,像是以监察员的身份旁听,却突然点名道姓要宋奕平也说几句。

宋奕平蓄意把心思放松,尽量让胡总的声音从一只耳朵进,另一只耳朵出。现在领导点名让他说话,他便直截了当地表态说,编辑部今后将严格遵照胡总指示，将既定的办刊理念坚决贯彻到位。

胡总两眼角的鱼尾又久违地摆了摆，露出稍许欣慰说："好！只要编辑部不折不扣地把我的要求落实下去，相信杂志在新的一年会有一番新气象。"

第四十二章 市长调研

　　党的十八大再次强调文化兴国战略，省市各级政府积极落实会议精神，相继出台文化强省纲要，加速文化体制改革，大力发展文化产业。

　　其实，历经几次媒体改革后，媒体的市场化运作早已成为共识。比如，现在的都市报等都是走市场化路子，期刊类媒体除少部分仍享受着财政拨款，大多已走上自负盈亏的路子。即便是时政媒体，也在积极改变姿态，努力争取市场的青睐。只是纯市场化运作的刊物俗气化趋势日益明显，许多报刊剑走偏锋，不惜以痞俗低俗的内容哗众取宠，淡忘了中央要求传播正能量、传播先进文化、注重社会效益的正确导向。比如，《时报文汇》一面在国家财政领取补偿拨款，一面把杂志租赁给会员单位搞市场化运营。

　　眼下，《时报文汇》杂志借江边时报集团的牌子，打中国时报协会的旗号，却是地道的民间融资、产业化运作。胡总把《时报文汇》争取过来，签了十年承办合同，又打着永久承办的算盘。现在中央又明确了非时政类媒体全面市场化改革的方针，这多少也让打工编辑们抱一线希望：只要杂志发展得好，这份工也可以长期打下去。

　　这一年国内许多省市困在雾霾的苦恼之中。江边市也不例外。市长的车队穿过浓重的雾霾，驶进了江边时报集团的院内。早已在那里迎候的集团几个领导，恭敬地把市长一行请到了8楼大会议室。室内已坐满了集团包括子媒在内的中层以上干部，宋奕平也在其中。灯光十分明亮，中央空调吹得室内暖意融融。江边市政府郝市长此程考察江边时报集团，听取有关非党报子媒开展市场化改革的情况汇报。先是由集团总经理兼主报总编方总做工作汇报，介绍除党报《江边时报》以外各子媒近几年全面实行市场化运作的改革探索方式、收效与经验总结，又简述了江边时报集团正加紧筹备上市工作的情况。方总汇报集团旗下六家子媒率先走市场化运作的情况，称都取得了明显成功，尤其《新学生》杂志6年来取得跨越式发展，由原来的一本月刊变成了小学版、初中版、高中版三个版本；由原来发行不足3万份，发展到现在40多万份，成了全省乃至全国的明星期刊。集团今年承办中国时报协会旗下的《时报文汇》半月刊，仍委托《新学生》杂志的班子进行市场运作，改版运作半年来表现不俗，发行量翻了一番，还立志要创造百万份发行量的奇迹。

　　郝市长听得来了兴致，没等方总的汇报落腔，就用欣喜的目光和语气询问："今天《新学生》杂志的社长、总编来了没有？"

　　方总回答"来了"，就指向坐在前排的胡总。胡总脸上洋溢着光彩，也不无怯意地站起了身，冲郝市长点头示好。方总用夸奖的神色介绍说，他就是社长兼总编胡畅同志，堪称非时政媒体市场化探索的先锋，今年还被评为江边市百年百位文化名人之一。

　　郝市长用欣赏的眼神看了看胡总，对他微微点了点头，然后和颜悦色地说："请你介绍介绍《新学生》杂志的成功经验啊。哦，对了，你们两家杂志有没有带来样刊，让我翻翻啊？"

　　胡总局促地回答，杂志没带来，这就去取，然后转身嘱咐身边的沈总去办。胡总在集团领导的授意下开始介绍经验，他说："我今天也没做什么准备，就简单向郝市长及在座各位领导做个汇报。我总结《新学生》与新近承办的《时报文汇》走企业化运作路子，能取得初步成绩的经验主要有五点……"

　　宋奕平听着胡总简明扼要又不失风采的发言，倒也赞叹胡总不怯大场面，能娓娓道来。这时，沈总把两本刊物的样刊拿了过来，方总接过后直接递到郝市长面前。宋奕平还在担心《时报文汇》那些袒胸露脐的美女封面，会不会让市长看得尴尬。他瞟了一眼后发现沈总拿过来的是《时报文汇》2013年元月号，这一期刊物是新年贺岁刊，用的是"瑞龙呈祥"的传统文化图案，他悬着的心便放下了，佩服憨厚的沈总在关键时刻不失精明、懂得变通。

郝市长随手翻了翻两本刊物，满脸悦色地点头，发出嗯嗯几声赞许。看情形，他高兴于找到了对非时政报刊走市场化路线的成功典型。郝市长轻轻放下杂志，脱口说，办得有特色、有读头。然后，郝市长喝了一口茶水，坐正身子开始做指示性讲话。大家正襟危坐，有些人开始做记录。郝市长传达了中央关于媒体改革的精神，肯定了时报集团的先行先试，并表扬《新学生》与《时报文汇》办得不错，40万份发行量是了不起的成绩，先行经验很有开拓性和启发性，值得在全市乃至全省行业改革中借鉴和学习。郝市长说，党媒要始终坚持姓党、为民、促政的方针；辅媒必须走以企业主体、政府引导的市场化运作路子，加速让文化转化为生产力，大胆走创新之路，注重报纸、电视、互联网、手机等多媒体融合发展的道路……

宋奕平听着，在心里暗自说，如果郝市长能够做深一步调研，了解到《新学生》是靠违法乱纪、发放回扣等非常规手段，在学校搞强制发行才创造40万份的真相后，他又会如何评论呢？世间许多事情，都是险中求进，险中成。

会后回到杂志社，大家的心情都不平静，胡总尤其显得神采飞扬，脸上像映着灿烂的阳光，双眼的鱼尾也摆动得十分生动，说道："郝市长提出的媒体市场思想，居然跟我早几年提出的观点不谋而合！这个江边时报集团啊，他们要长面子的时候，就搬出《新学生》杂志来了！老子在创业时想借主报《江边时报》做几回宣传，个别领导都不批，生怕我们发了财。现在主报的广告收入逐年下滑，老子靠自力更生反而做起来了。他们现在就厚着脸皮拿我们刊物当功绩，争做先行先试的典范了。"

柳总、沈总、宋总等几个高管都一味恭维，称两家刊物成了集团媒体改革的典型，得到市长的重点表扬，十分难得，可以在以后的发行中好好宣传一下。对此，胡总也兴奋地点头认可，说尤其有利于《新学生》杂志今后抓发行，日后找教育局局长、校长们说事就有了好的由头。胡总又讥笑集团方总在汇报会上说集团的子媒改革皆取得了大成功！——这是屁话。除了我们《新学生》，其他子媒又有几家赚了钱？还不都是要死不活地勉强生存？所以说，我们做典范，也是当之无愧的。

宋奕平平时也没少听到胡总和乔副社长的牢骚，发泄对江边时报集团的不满。胡总透底说集团人事关系微妙，只收管理费、收房租，平时想在《江边时报》上发个免费广告都不可能，想上个新闻稿更难，杂志靠自力更生走到今天，实属不易！他忽而夸赞沈总这一回反应机敏，拿给郝市长的《时报文汇》，没有选封面图片很前卫的那几期。沈总就憨憨地笑。柳总激情地奉承说，胡总向郝市长汇报工作，临场发挥得太好了，几点总结非常精辟、体现水平。胡总脸上越发浮现骄矜的神色，兴奋难抑地呵呵地笑。

沈总突然蹦出一句说："胡总，看来您评市劳模没悬念了。"

宋奕平诧异地在心里道，啊，胡总还在图谋做劳动模范哩？

柳总接口道："胡总连续好几年被评为江边时报集团的先进工作者，评上劳模是水到渠成的事情！"

胡总双眼角的鱼尾死劲摇动，眼放光华，却故作淡定说："不是我要争当劳模，而是集团向市总工会力荐我。我呢，在意的还是两家杂志的发展，至于劳模不劳模，就顺其自然吧。但让我欣慰的是：当年我大胆选择的路子，居然得到市长的点赞，也走在了中央精神的前面，这是值得骄傲的。"

柳总始终表现得欢喜盈脸，赞叹胡总当初有前瞻眼光，有开拓胆识！主动放弃广告部副主任的位子出来创业，这不是一般人敢做的事。又说，当劳模虽然不能强求，但凭借现在的成就也可以争取了。胡总若能评上劳模，对我们杂志的发展也是重大利好。

胡总如沐春风，眼睛闪出亮光。

柳总忽而转口道，唉，遗憾乔副社长今天没来参加会议，要不他也会好高兴的。胡总兴奋地提议，要不他就打个电话给乔副社长通报一下吧，约着今晚几个高层聚个餐，庆祝一下。大家齐声称好。

平时十分反感胡总公款吃喝的乔副社长，这回好像全不在乎这顿饭的花销，同大家相聚在报社旁一家特色餐馆。乔副社长倾听柳总描述郝市长在调研会上对《新学生》和《时报文汇》的表扬，不时插嘴询问情况，表露出错过会议的遗憾。

乔副社长突然问，郝市长是省会直辖市市长，他是能对省政府建言的。如果我们总结出先进经验，并得到省委宣传部重视，那我们就有望成为省级先进单位了。

胡总笑声爽朗地答，那是那是！郝市长在会上也说要我们总结经验，向全市乃至全省推介。

乔副社长兴奋地说，那《新学生》就可以利用这一次当选先进的机会，争取成为教辅杂志，向全省各高等院校发行，确保明后年的发行量翻几番，真正成为百万级大刊；《时报文汇》也可借机发力，寻找新的发行路子。此言一出，群情欢动，大家站起来举杯，呪当相碰，预祝《新学生》《时报文汇》两刊迈向百万大刊。宋奕平感到此番迟来的情景，又回到入职见面会上畅想未来的场面。

坐下后，乔副社长又说，今天郝市长考察调研江边时报集团，也表扬了集团子媒改革的先行先试，明天的《江边时报》应当会做一个重点报道，集团不会再嫉妒我们，肯定会把我们两刊当典型材料报道呢！

柳总嘻嘻哈哈地说，这肯定是无疑的、板上钉钉子的事！郝市长重点表扬咱们，集团方总也在拿我们刊物长脸！再说，集团正在争取上市，还得靠我们争业绩啊。

第二天，《江边时报》报道了郝市长考察调研江边时报集团的新闻，文中重点披露郝市长表扬江边时报集团在子媒改革上先行先试，卓有成就，经验值得总结推广，却只字未提《新学生》与《时报文汇》被郝市长点名推荐为非党报媒体改革试点典型的细节。对此，胡总很意外，脸色乌青的、有些哆嗦地说，不可理喻，真的不可理喻，只能用不可理喻来形容。然后当着编辑们的面骂集团某些人真不是东西。宋奕平观察到乔副社长和柳总等人也在怅然长叹、痛心疾首，称这个世道不公平。胡

第四十二章 市长调研

总愤慨地表态,《江边时报》不报道我们,我们就在自己的媒体上报道,《新学生》加《时报文汇》两本刊物,都要腾出半个版面来报道郝市长开展文化改革调研时,对两本刊物的肯定和表扬。

宋奕平思量《江边时报》做事的确很诡异,上回胡畅社长光荣跻身于江边市百年百位文化名人之列,他们做了报道;这回市长开展媒体调研中首肯胡总与杂志社,他们却只字不提,好像故意捣鬼似的。

第四十三章 编外员工

　　柳总的三个女朋友在2012年岁末，再度给《时报文汇》杂志拉来了三宗广告业务，喜得胡总特意从25楼下到21楼总编办，脱口称赞柳总是能人，他的女朋友也都是能人，表扬他们对杂志社做出了特别贡献。宋奕平看着胡总这番夸奖，绝不同于往常那种虚情假意或含嘲带讽的表扬，绝对是情真意挚、激情难耐的。宋奕平清楚《时报文汇》和《新学生》杂志对广告有着怎样的渴望——其实不单是本社的两家杂志，现在任何杂志对广告的渴求程度，不亚于旱地禾苗渴望雨水的滋润。相比于电视、报纸，杂志揽广告的难度更大，而揽不到广告，杂志的封二、封三、封底这些黄金位置都可能白白浪费。当下，纸质媒体的营销与盈利模式，几乎都不是靠发行赚钱，而是把算盘打在广告营销上，于是，媒体大战也就活脱脱衍化成了广告争夺大战。

　　胡总又眼睛闪亮地道："柳总你这一帮女朋友，得好好利用起来，发挥她们的优势。"

　　因为有几个女朋友给杂志社创收，柳总的神色和说话无形中有了些倨傲。胡总也不介意，仍对他客客气气的。柳总对胡总提出一个问题：他的女朋友以《时报文汇》与《新学生》两家刊物的营销人员身份在外头拉广告，难免会有客户打电话到杂志社核实。她们担心接电话的人否认杂志社有此职工，如果在这方面穿帮，到手的业务也一定会泡汤了。

　　胡总听得眉眼跳动，很重视地说："柳总，这个问题十分重要！绝

第四十三章 编外员工

对不能让她们好不容易争取的业务，失败在细节上，出现功亏一篑的遗憾！杂志社应当全力支持她们，给她们一个名正言顺的身份！你把全部有能力招揽广告的女性朋友，列出一个名单来，附上她们的电话，印发给单位每一个人，申明这些是我们的编外员工，要求大家记住她们的名字和电话。要是有询问电话打过来，就不会出差错了。"

柳总一听也乐得嬉，连连道："这就好，这就好！她们在外开展业务，就可以放开手脚了，不必再担心后院起火。"

胡总忽而提议："哎，是不是把她们都请过来开个见面会，让大家相互认识一下？我正式宣布她们是杂志社的编外营销人员，顺便也请她们吃个饭，代表杂志社向她们表示感谢。"

柳总略加思忖，不无担忧地道："这个，没必要见面吧？"

胡总说："怎么没必要呢？我刚才说了，她们是单位的编外员工哩，同大家是同事关系啊，你不必介意。"言语中显示出前所未有的诚恳与大度。

柳总低了一下头，便乐哈哈接纳了，说哪天约齐了她们，就告诉胡总。忽又若有所思地说："哦，对了，杂志社是不是给她们每人印两盒名片呢？这样她们开展工作就更加名正言顺了。"

胡总说："这个没问题，都给她们印上《时报文汇》或《新学生》的营销主管的头衔，不要以普通业务员的身份，那样没身价。如果业务开展地好，封上营销部经理也是可以的。"

柳总能驾驭那么多女友，搞出这样的发行成绩，不能不让宋奕平由衷钦佩。他也趁机插嘴说，胡总说得是，她们带个身份外出，更容易获得别人的重视；最好每个人都捎上两家杂志发行与广告的刊例，这样与人洽谈时就更像一回事了。

胡总连声说，对对对，她们就是杂志社的工作人员，我们应该把她们等同于正式员工来对待。

这天下午，柳总邀他的六个女朋友来到杂志社，编辑部顿时显得绚丽多彩起来。女士们或多或少来过杂志社，对这一方环境并不陌生，但这样的聚会大概是第一次，因此彼此相见打招呼有些尴尬。她们年龄大多在35岁到45岁之间，穿着时髦，很显魅力，相聚一起也算是争芳斗艳，让编辑们看得直发愣，尤其是男士们羡慕得不行，一副副暧昧的笑颜，暗里佩服柳总果然能力非凡。

见面会尚未开始，胡总说："有这么多巾帼成为杂志社的营销大使，我感觉杂志社的力量又壮大了，前途更光明了。"

宋奕平脑壳里却蹦出一个念头，认为柳总此事失策。让女朋友彼此碰面了，难道就不怕她们争风吃醋吗？他暗中细察，那位与柳总关系最亲密的茹妹妹脸上分明写着醋意，眼藏不满；其他几位女友也是强装泰然自若，却分明流露出少许不自在。但她们都还有些涵养，表现得落落大方。

见面会开始后，大家挤挤挨挨地或站或坐在编辑部的大堂里。《新学生》的唐主任和《时报文汇》的编务统筹宁菲菲，分别把这些编外员工的名单发放到各杂志的编辑手中，沈总则分发给发行营销部的同事。胡总客气地请编外员工自由发言，分别介绍自己的基本情况，也算是同大家认识。柳总逐一把新印制的名片分发了下去。

胡总高兴得眼角鱼尾欢动，随即发表讲话："各位巾帼，都是柳总受我之托盛情邀请过来的营销高手，是杂志社不坐班的员工，她们都是营销主管或以上级别，将为两家杂志承担广告营销与发行的开拓性工作。请大家一定要熟悉她们的名字，今后若有人询问：都得说她是杂志社的正式员工，谁也不许出错！谁出错了，处分谁。谁出错导致业务损失，就重罚谁！"胡总稍作停顿后点上一支烟，进而强调："营销是杂志生存发展的生命线，我们本次特聘的营销精英，有的已给我们杂志拉来了多宗广告业务，有些在发行上帮过忙、立过功，有的正在为我们积极开拓业务，所以说，她们都是杂志社的宝贝。"

"宝贝"两个字一出口，全场立即发出了一丝轻微的哄笑，引得那么两个编外员工敏感地游移眼神、脸颊泛红。接近下班时间，胡总邀柳总一同陪营销精英外去聚餐，但有两位女士有要事推托，先行离开了。而后，其他女士们犹犹豫豫一番后，也找借口走人了。柳总为此有几分失意。

第四十三章 编外员工

宋奕平再度觉得柳总此举的确有失明智,大概是求功心切吧。他以后又该如何去单独面对她们?宋奕平估摸柳总会因此损失一些女朋友,不过转而一想失去也无所谓,柳总的女友队伍也需要偶尔换血,更加壮大起来也未可得知。

第四十四章 处分通告

早几日，胡总与乔副社长、柳总和宋奕平等人商量一件大事：集团领导要他们准备一份有关《新学生》与《时报文汇》的经验总结材料，报省市文化体制改革办公室。胡总犹豫着到底要不要配合。乔副社长很情绪化地说，别理他们，新闻稿都怕给我们点个名，只想拿我们去撑面子、做政绩，也太好糊弄了吧。胡总冷静地说，这件事呢，还是得好好考虑一下，如果对发行有帮助，还是得做，再说因此得罪集团领导也不划算，毕竟船要靠在岸边。

乔副社长仍说，杂志发展得靠我们自力更生。现在接近年底，单位的订阅工作即将收尾了，我们不如集中精力去争取多发行几份杂志。

柳总站出来说，杂志社若能列入媒体改革的典型，可能会带来一系列的重大利好。比如政策方面的扶持、相关部门的支持，或争取成为教辅读物，等等。胡总连连称是。商量的结果是先把精力放在抓年尾的发行工作，先进材料反正要到3月份才上报，春节后再考虑这事也不迟。

上午，宋奕平登录单位的QQ群，突然发现顾副主任发布了一则处分通告：胡雷因个人疏忽导致刊物延期10天才送达，引起一个大客户的不满和投诉，决定罚款1000元，以儆效尤。宋奕平看到这个通报惊了一跳。不想胡总会如此严厉、不徇私情。果然，胡总在QQ群里的处罚通告下跟帖：发行是杂志社的生命线，玩忽职守不可容忍，杂志社没有特殊公民。希望大家以此为戒，全力做好本职工作。胡总又吹风说，

第四十四章 处分通告

近期杂志社将针对《时报文汇》制订鼓励全员参与发行的政策,每个人都有一定的包销任务,希望大家大力支持和参与发行工作。

出院后的薛悦,恢复了往常的活跃,他在 QQ 群里跟帖发了个鬼脸的表情,然后又有人跟了些表情图片。宋奕平看得有些乐,却也在发愁,橙汁版新上任的戴主编尚未上手,宁菲菲挺个大肚子,已提出要休产假了,编务工作本来就忙不过来,还要摊派这发行任务,该如何妥善解决啊?

眨眼就过了 2013 年元旦假期。每月 5 日是乔副社长来杂志社坐班审查发票报账并签字的日子。这天,忙于跑发行的沈总也来单位报销差旅费。中午,他又来总编办邀宋奕平一起外出散心。

两人围着报业大厦的林荫道散步,冷飕飕的冬风不时吹落几片梧桐叶,脚下已铺展了一径落叶,像一条青灰色的地毯,踩上去松松软软、沙沙有声,很有舒适感。宋奕平觉得,虽然是寒风阵阵的初冬,林荫道却像是一篇秋爽的散文诗。他体察到自己的文学情结涌动,像潜意识里念着一位心上人,却忙于俗务无法与之幽会,突然想起自己已有大半年没有写过一篇散文了。前不久的周末晚上,他有几分纹丝游动,想提笔写一篇小散文,可动起笔又觉得笔下艰涩,几乎没有了文学感觉和灵气。他不免怅然:一点文学感觉的火星,又埋没在俗文化的思维惯性之中了。文字是一种奇妙的东西,不同的文体与不同的思维方式和情绪体验,运用于笔端则大相径庭。沈总问他在想什么心事。宋奕平回过神来风轻云淡地回答:"我能有什么心事呢?"一眼看到沈总的裤筒在寒风中飘飘荡荡的,伸手一摸,很是惊讶:居然只穿了两条单裤。

宋奕平乐呵地看着他说:"沈总,你这是……是不是老婆虐待啊,怎么寒碜成这样?"便拉了他一把:"快,我们快回办公室去,别受寒了。"

沈总站着岿然不动,憨笑着说:"我每年都是穿两条单裤过冬的。"

宋奕平有些难以置信。

沈总又认真地表白:"我不怕冷,也许是喝酒阳气足的原因。"

宋奕平这才开始相信了,不过仍有点不可思议。言及喝酒,他又想起胡总、沈总和乔副社长之间的三角关系实在深奥和富有戏剧性。两天前,他还听柳总说,沈总以前也很反感胡总私心重、不念同窗情谊,而和乔副社长及其他股东站到了一块,一起孤立胡总。因为跑发行,胡总就经常拉沈总一起外出,感情又渐渐培养了起来。何况两个瘾君子凑在一起,有报账的便利和喝酒的借口,于是经常公款吃喝,现在又喝成了鱼水关系了。乔副社长不满他们大把报销接待费,也开始反感沈总,两人的关系也逐渐疏远了。

也许今天沈总没喝酒比较冷静的原因,他居然对宋奕平抖出了胡畅社长的一件丑事:胡总前不久在QQ群里公布了对胡雷的处罚决定,也责令财务执行了。可今天上午报账,胡雷多拿了由胡总签字的1000元的油票,交到乔副社长手头报账,被乔副社长发现了。

宋奕平错愕地停下脚步,脱口夸乔副社长还是蛮厉害的。

沈总神气活现地说:"你知道乔副社长是谁吗?——他是我们股东的管家,是专门监督胡总来的。"

宋奕平挺乐的,才惊觉沈总和胡总喝酒,并没有把脑子喝糊涂,而是酒醉心里明。他又问:"胡雷每月开面包车送杂志,天天在外头跑,乔副社长怎么晓得他多报油票了?"

"你糊涂啊,正因为他每月做的是相同的工作,所以油费也是相对固定的。"

宋奕平问:"胡雷是开了假发票,被乔副社长看出了?"

沈总在他肩头拍了一把说:"亏你还是做记者编辑出身的,什么真假发票啊,上个月突然多出了1000块,又说不出缘由,乔副社长心里能不清楚吗?"

宋奕平作恍然状,然后忍不住哈哈笑了起来,心想胡总当初铁面无私处罚胡雷1000元,然后又用这种见不得阳光的方式帮侄子捞回来,把戏耍得也太拙劣了吧。胡总是不是利令智昏了。他调侃地问,这种小把戏被乔副社长识破了,胡总他会好意思吗?

沈总嘲弄道:"我这老同学在金钱面前哩,从来不顾及颜面的。可他碰到乔副社长了,就笃定此路不通了。"

沈总因为经济利益而疏远胡总,站到了乔副社长一边。宋奕平不禁

第四十四章 处分通告

感慨木讷的沈总在大是大非面前不含糊,利益原则很坚定!然后他又替胡总导演这出活剧感到难过:堂堂一社之长,好歹是有身份的人,何必如此蝇营狗苟而不顾人格尊严?文人的骨气哪儿去了?怎么会如此不洒脱呢?即便要玩,也莫玩得如此拙劣才好。他不禁在想,杂志社还有多少有关胡总的底料可以曝出来。

沈总忽然停下脚步,严肃地看着宋奕平说:"这事,你千万别漏口风啊!我是把你当兄弟才说出来的,传到胡总耳里就是一件了不得的事情了。"

宋奕平拍了他一把说:"既然你把我当兄弟,怎么会说出这样的话?这一点我都不懂吗?"

林荫道的拐弯处有一家社区小卖店。沈总突然说,去看看小店里有没有零钱可换。宋奕平问他换零钱干什么,沈总不答,径直走向小店,掏五元钱要守店的小妹子给他换成一角的零钱,但不要一角钱的硬币。

小妹子摇了摇头说,没有那么多一角的纸币。

沈总就说换一元、两元的也行。

小妹子拉开抽屉数起一角的零钱来。宋奕平站在一边很是不解,再问沈总要换一角纸币有何用途。沈总讳莫如深地笑道,等一会儿告诉他。

小妹将一叠参差不齐的一角面值的纸币放在台面上,眨动迷惑的眼睛对沈总说:"你怎么老来这里换零票?今天零钱少,只能换一块钱了。"沈总从裤袋里掏出了一块钱给小妹,道声谢谢就与宋奕平离开了。走出小店,他举了举手头一角的纸币,故弄玄虚地对宋奕平说:"我这一块钱的纸币,以后要顶十块钱的价值。"

宋奕平更加不解了,问,是不是这些小额钞票有收藏升值?他想起报纸经常刊载某年特殊版本的纸币具有收藏价值,升值了多少倍;某错币又值多少钱;分币也很有收藏价值等文章。

"我没多少心思去搞收藏呢。"沈总卖了个关子说,表情活色生香地看着茫然的宋奕平道,"看不懂了吧?"

宋奕平说:"你就莫卖关子了,到底干什么用?"

沈总神气活现地道:"真想晓得?那我告诉你好了。"他变戏法儿似的又掏出一张一元纸币包住一张面值一角的纸币,让角币露出点点白边,在宋奕平鼻尖前一晃说,"像不像两张一元的折叠一起?每次坐公交车要投两块钱,我就这样大票包小票一同塞进投币箱,一角钱不就顶了一块钱用。十次下来,不就是顶十块用了?"

宋奕平听后,望着一脸狡黠的沈总笑得前仰后合。他佩服眼前这位《时报文汇》的股东太有创意,太懂得搞笑了。然后问:"你这样搞,难道没被司机叔叔识破过?"

沈总稍稍有点脸红地道:"司机呢,基本不会留意的。不过要说没露过破绽呢,也露过。有时我上车正要投币,却被投了大额币,守在投币箱边等着找零钱的人连喊莫投莫投,眼尖手快地把我的钱抢到手头,展开就露了馅,旁边乘客看着,司机也看着,弄得我很是难堪。"

宋奕平好奇地问:"那你怎么办啊?"

沈总脸上隐约浮出羞愧来,他说:"还能怎么办啊?我只好赧着脸对司机道声对不起,称身上没零钱了。司机呢,虽然一脸不快,一般也会网开一面。"

宋奕平再度笑弯了腰。沈总却自诩聪明地自得其乐,还称,没办法哩,老子投资办杂志,还没见到回报,日常开支上能省就省一点。

宋奕平靠着一棵树,盯着眼前搞笑的沈总想:他会不会是天底下最寒碜、最窝囊的投资人;这里的职场生活从来不缺少乐子。

下午上班,胡总陪同做电缆生意的夏编委来编辑部巡查。夏股东这回见到宋奕平显得很亲切,问候他辛苦了,称刊物编得不错,很有可读性,连他读中学的儿子都喜欢。胡总笑笑不作声。宋奕平当然有自知之明,忙把功劳推给胡总,又岔开话头问夏总,今天怎么有时间来杂志社看看我们啊?夏总说他今天主要是来复仇的!宋奕平吃了一惊问:来复仇的?夏总解释说,早几天他打牌被胡总掏空腰包、扫地出门,今天是特意来找胡总复仇!宋奕平一听忍俊不禁,再暗里观察胡总的表情,仍然是神态从容,全然没事一般。

第四十五章 发行摊派

胡总号召全员狠抓发行。他说:"我、乔副社长、柳总发动许多亲朋好友都在努力替我们搞发行,作为杂志社的每一位成员,岂能袖手旁观呢?"近日,他又公布了营销政策:杂志社的专职发行员、编辑及内勤人员都要参与《时报文汇》发行的硬性指派任务,其中,《时报文汇》编辑人员,每人包销全年刊物20份;《新学生》杂志人员每人包销发行10份;发行奖励按25%给予提成,完不成任务的,从工资直接扣除发行款。他再次强调,我们必须先攀越杂志发行的珠峰,这离不开大家的共同努力。可以设想一下,每个人订出一本杂志,一年共24期,每期杂志10个人阅读,就可以影响到240个人;每个人多订出一本杂志,就会使刊物多一份社会影响力。我们杂志社30多位职工都参与营销,就可以影响7000多人,这7000多人中又会产生许多新的订刊读者,影响面又将继续扩大,这就是鸡生蛋、蛋生鸡的道理。所以,把这一笔细账一算,我们就能看到无限的希望。再说,我们把开心杂志推荐给身边读者,就相当于把娱乐轻松传递给了他们,也是干了一件大好事!

宋奕平觉察到编辑们兴致不高,一个个愁眉苦脸、无可奈何的样子,尤其《新学生》杂志的编辑,对着《时报文汇》的编辑们一瞥一瞥的,分明是埋怨《时报文汇》杂志连累了他们。事后,宋奕平还听到《新学生》编辑的怨言:"胡总说得漂亮,逼我们去搞发行是为了把娱乐轻松带给别人,可还得尊重人家的意愿吧,我们总不能强迫人家去娱乐呀?"

宋奕平认为言之有理，也很反感这种摊派发行的做法。何况，两家杂志虽说是一个主人，但两班人马分头运作，也是存在一定隔阂的，在平时交往中就能体现出来。比如，《新学生》的编辑们会凑在一起郊游，《时报文汇》的同事则喜欢约在一起在5楼搞锻炼，两伙人经常是各搞各的主题活动。宋奕平吐出一口闷气，心里想，是啊，他们是在替《时报文汇》做事，可我们又在替谁做事呢？其实《时报文汇》改版作为一本新走向市场的刊物，目前的发行态势并不错。据沈总透露，《时报文汇》在新的一年的总体征订情况也算乐观，为何还要在内部搞摊派呢？再说，这种做法与新闻法规采编与经营分离的政策不相吻合。当然，在胡总面前，谁也没胆量开口说这一层理——除非你做好一走了之的打算。

胡总力排众议，决定在多个省市的邮政系统融通关系，同时采取了有力的促销手段，使主渠道发行业绩攀升较大。这一点让宋奕平再次佩服他的营销思路。但自己在编务繁重的情况下，还要完成20份的订刊，显然觉得有些为难。《时报文汇》的编辑们也都是一副苦瓜脸，相互哀叹如何完成任务。《新学生》杂志的编辑们更是笼罩在一片愁云苦雾之中，反感情绪十分强烈。

发行任务下达的第三天，宁菲菲提交了请假申请，称距预产期只有一周时间了，得在医院留观了。宋奕平在她三个月的产假申请上签了字，有些怀疑她是想逃脱这次发行任务。正好遇上胡总来到编辑部，她把假条递给胡总签字时，怯怯地笑意殷勤地问，胡总："我请假了，这发行任务……怎么办？"

胡总刷刷两下在她的假条上签了字，把笔往桌上一丢，没好气地道："怎么办？照样得完成任务，完不成扣工资。三个月的漫长假期，20份杂志的订阅都不能完成吗？"

宁菲菲吐吐舌头，不敢再吱声了。

宁菲菲一走，编务统筹的工作都落到了宋奕平的身上。其他编辑也只顾着成天往外跑，一是采稿，二是要搞发行。编辑部不可能不留人，宋奕平只好自己乖乖地留守看家，方便手下们去争取完成订刊任务。编辑们一回到办公室，彼此交谈的都是发行的事，谁订出了一份会喜笑颜开，谁没订出便会焦灼不安。宋奕平看着大家新交上来的稿子，明显是草率了事，也是知晓他们的心思被搞乱了。于是，他召开编务会再次叮嘱大家务必把编务工作放在首位，有空有余力再去做发行。宋奕平也不得不整天浏览网络，希望给各栏目寻找到一些合适的稿子。

这件事把大家搞得焦头烂额，未料胡总又下达了新的指令：要求每一位编辑开设微博，每天最少发一条有关《时报文汇》近期刊物的新闻或者相关文章的简介，每天最少有10个网友浏览，目的在于不断扩大杂志的影响力。宋奕平搞不懂胡总究竟是怎么了。觉得他想把人当成闹钟，只要拧紧发条，就可以让大家永无止境地释放潜能。

柳总针对教育系统突击抓《时报文汇》发行工作终于告一段落，成果喜人。他开始悠然自得地坐在办公室上网。对于他来说，那么一点额外发行任务显然不是难事。通过网络和电话，他几乎每天都有喜讯向宋奕平通报：某博友、某微信好友又给他订了一份或者帮助发行了两份、三份；又有哪位编外员工，已订出了十几份甚至二三十份《时报文汇》……说着这些信息，他自己也乐得咯咯地笑，让宋奕平一愣一愣的，搞不清他究竟施了什么魔法。宋奕平也想学他的样子在微博上发布信息，却网不到一条鱼；想多求助几个朋友，也难以启齿，因此不能不服气柳总运筹帷幄、决胜千里。

宋奕平也苦于发行任务完不成，脑子搜罗着那些喜欢读书的亲友，可觉得人家都是高级知识分子，觉得《时报文汇》实在拿不出手。好不容易向几位喜欢读点东西、阅读品位又没那么讲究的亲友推销了七份杂志，便有穷途末路的感觉了。他只得利用晚上时间，硬着头皮找小区大门外的街头门面去推销。几个晚上跑下来，只订出去了四份，但经受的苦辣酸甜却是一言难尽。他觉得找熟人营销还是相对容易些，便放弃刊物品位欠佳的顾虑，联系了几位文学朋友帮忙订阅。这些纯文学朋友虽然日子过得清贫，但依旧没有放下那份传统清高的风骨，对宋奕平编辑的俗文化刊物也是不屑一顾。宋奕平呢，也很有自知之明，不愿拿自己编的刊物在他们面前显摆。可现在一心想着完成包销任务，他也只好病急乱投医了。周日，他邀了四位文学朋友聚会喝茶。作家们边喝茶，边以居高临下的态度随手翻看着《时报文汇》，嘴头打着哈哈，居然都欣然订购了。他们有人说，《时报文汇》虽然很浅俗，但也反映了当下的世俗生活，也不乏新鲜、搞笑与生活气息，可以作为写小说的素材。四位朋友的义举，很是令宋奕平感动、连连称谢，心里还多少感觉出了几分自得。

新一年的元月底，胡总要求统计杂志社的发行业绩，柳总通过网络发行以及妇女朋友们的帮助，共订出了 250 份，成绩遥遥领先，让人惊叹。胡总发行 160 余份而屈居第二。其他人大多发行了 10 份，也有些是自掏腰包订了刊去送人，少的只发行了两三份。宋奕平作为副总编，不能不把更多心思放在编务上，忙里偷闲打电话找七朋八友订出了 15 份，是高管中发行最少的，因此还挨了胡总一顿数落。宋奕平申述这个月把时间让给其他编辑搞发行，自己全身心地扑在这两期刊物的编务上，订出 15 份已经尽力了。胡总愤恨难平地粗声道，别找借口，要是有心做事，不可能这点任务都完不成！宋奕平只好默声静气地承受。发行部沈总订出了 80 余份，在宋奕平看来已经是奇迹了，但他作为专职发行人员，成绩却落后柳总甚远，因此也被胡总吹胡子瞪眼地骂了个狗血淋头。沈总大气不敢出，卑屈的模样让宋奕平感到心痛。同时挨骂的还有《新学生》杂志的唐主任。宋奕平心想，要真正成为业务与市场的复合型人才，还真不是易事。

发行总结会上，胡总让财务人员现场给大家发放杂志发行的提成奖励，声称未完成任务的，要在绩效考核中进行扣分。

事后，柳总私下对宋奕平说，他不过是赚了个所谓的业绩和名声，发行提成只从手头过一道，都分给帮助订刊的朋友了。

宋奕平说："每个人的发行成绩还会计入年终奖励，胡总肯定不会亏待你的。你对两家刊物的发行工作也算立下了汗马功劳。"

柳总哈哈笑着淡然道："这个，得看他胡畅是否肯约束贪婪、开恩施财了。往年《新学生》杂志的发行，都是我在效劳，他胡总拿巨额奖金的。今年他会怎样呢，只能拭目以待。"

第四十六章 年尾攻关

2013年,《时报文汇》借助教育系统牢固的关系网,在江边市订到了每一个学校的图书馆,有些中学还订到了班级。这件事柳总当然是功臣,说话中宋奕平一不小心透露出微言:把这一份逗成人开心的杂志卖给学生们去读,多少有点于心不忍。胡总耸动了几下眉梢说,把快乐送给学生有什么不可以?现在应试教育搞得学生苦不堪言,他们课余读一读我们的杂志,正好调节一下心情啊。柳总就连忙说,那是那是。宋奕平当然清楚,《时报文汇》能够成功走进校园,还是靠45%的发行回扣。

快近年关了,乔副社长来访时,胡总喊柳总、宋总几个高管商量节前走访重要关系户的事。他提出今年要早点送礼,提议直接送现金红包,而且要加码。乔副社长和柳总大感不解,几乎异口同声问,这是为何?往年做这件事都是年末那几天,而且都是送名烟名酒之类。胡总解释说:"杂志发行量攀升,情义金怎能不涨呢?抓发行不是一锤子买卖,我们要创百万大刊,还得靠这些老爷们!至于为何要提早送,我认为迟送早送都是送,送晚了人家收礼多了,眼看大了,小红包反而令人失望。"说得倒是冠冕堂皇,乔副社长若有所思地点点头,柳总便顺水推舟夸奖说,还是胡总考虑周到。于是胡总宣布事情就这么定了。

柳总对宋奕平说,往年都是由他带一个财务人员去送礼的,胡总今年一反往常,要亲自出马,带柳总去走访。柳总烦着脸色说,其实他很不愿意坐胡总的宝马车同他一起外出,觉得很压抑、别扭,但又不好推托。

宋奕平笑眉笑眼地戏谑道："是吗？"

柳总再说："我们这两个刊物自负盈亏，每年都按合同向集团缴纳管理费、办公室租金，胡总还坚持给那些集团领导送礼，说是维系关系，但你晓得其中的玄机吗？"

宋奕平饶有兴趣地看着柳总问："有什么用意？"他心想，有关胡总的幕后故事，到底还有多少没有浮出水面呢？

柳总一脸神秘地凑近他说："他行贿，是想拉拢领导，当市里的劳模！"

宋奕平承认柳总所言是情理中的事情。他觉得柳总像是胡总肚里的一条蛔虫，胡总的所思所为都瞒不过他的。

好几天，柳总都陪胡总去送红包通融关系。年尾，也是广留人情的柳总接收红包礼金的时节，冷不防就有他的女朋友，或其他关系户也给他送礼物来，他们多是得了广告、发行款提成，前来回馈柳总的；也有《新学生》上发表过作品的学生家长，来给柳总拜年。柳总借发行工作与各名校也跑熟了，偶尔帮助熟人子女转学到名校，于是家长感恩戴德，也会送上一份厚礼。柳总八面玲珑、广留人情，一年下来也能收获不少额外收入。有时柳总不在，宋奕平就让对方留下一个姓名和电话，替他收下礼物转交。收到源源不断送来的红包礼品，柳总显得悠悠自得，很有一番作为执行总编的优越感，诸多烦恼也抛之脑后了。宋奕平联想起其他许多，感叹柳总自有他的生存法则和幸福指数。

第四十七章 乔迁之喜

杂志社的年关拜谢活动结束不久，顾副主任就在QQ群里发布了一则喜讯：胡总乔迁之喜，请同事们喝一杯喜酒。头儿有喜事，下属们凑个热闹是理所应当、皆大欢喜的。宋奕平犹豫是单独送一份礼呢，还是伙同编辑们凑份子？他总觉得自己单独送礼又有脱离群众、阿谀奉迎之嫌。这时，柳总从外头大步流星走进来。宋奕平急忙打听他怎么去恭贺胡总的乔迁之喜。柳总用傲气的神态不假思索地说，同《新学生》杂志的编辑们一起凑个份子，去应付一下吧。于是，宋奕平也就心安理得地同大家一起凑份子了。

晚宴选在江边时报大酒店一处八个席位的小宴会厅，胡总站在门口满脸堆笑，打恭道谢迎接来宾。他今天一扫平时的烦事扰心，满脸春风，让人感觉到乔迁的确是人生一大幸福事。宋奕平同《时报文汇》的同事们去得较早，集体红包由一位编辑递上，便选了一处座位嗑瓜子、喝茶水。而后《新学生》杂志的一溜人过来了，他们的份子是由唐主任奉上。宋奕平却意外发现走在后面的柳总，单独把一个红包递到了登记台。不多久，乔副社长和其他股东也相继到来，都送一份独立的情礼。宋奕平不免脸上发热，挂不住了，因为杂志社高管就他一个人是凑份子来的。

不少有头有脸的人物也纷至沓来，有江边时报集团的领导。来得多的还数教育局领导、学校校长等一批人，另外就是一些亲戚朋友，与胡总见过面后又同柳总打招呼，寒暄一番。宋奕平倒是感觉到自己的无足轻重，又见识了胡总的交际之广，情面之宽。

到开餐时间，宴会厅八大桌已坐得满满当当，气氛热烈隆重。宋奕平再次见识到了胡总的风光八面、长袖善舞。晚宴一结束，胡总再次恭立门口送走一批又一批的客人。留下的杂志社的股东加宋奕平，另外还有胡总的几个要好的朋友，都提出要去参观一下他的豪宅。胡总和林主任便乐嘻嘻的，领大家去参观自己的新居。

胡总乔迁的新居位于时报集团不远处一个高档楼盘，走路只需十几分钟，但天寒地冷的，大家还是拼了几辆车，由胡总开车带队前往。新居在紧临小区中心花园的一栋高楼的15层，本是一梯两户各118平方米的三居室，胡总把两套房都买了下来，打通隔墙，整层便变成了一处独门独户的豪宅。走入宽大的客厅，大家的赞叹声情不自禁地迸发了出来。大客厅是欧式装修，弧形吊顶，硕大的水晶帘灯与四面的壁灯巧妙呼应，形成众星拱月。有缎金隐纹的壁纸在灯光下熠熠地闪着柔光。室内整套的欧式沙发与橱柜，加大屏幕智能电视，营造了一种奢华尊荣的生活气派。胡总夫妇在大家如蛙鸣般的赞叹声中陶然自得，他领着宾客从盛装的客厅左侧出发，穿过过道拱门，观览功能房、卧室、书房、棋牌室、开放式空间花园、茶座、厨房、餐厅、储存室等。空间装修与室内摆设各有风格，总体形成富贵豪华的基调，细节变化之中又显和谐统一，丰富的结构层次让人如入迷宫。宋奕平注意到，胡总利用《时报文汇》广告版面换来的画家渔人那几幅作品，正悬挂在几处恰当的空间，又给华居增添了几分雅气。大家逛了一圈返回客厅，有人还在啧啧称赞。大家一起继续喝茶水、嗑瓜子、品糖果及点心。胡总十岁左右的儿子在房间内欢跳，像城堡中的小王子一般烂漫活泼、无比幸福。林主任介绍说，儿子在江边市最负盛名的国际学校读小学，每年学杂费就是五万多元。

几位来自教育局的朋友情不自禁地恭维胡总办杂志发了财，拥有了奢华生活！人生夫复何求？宋奕平注意到乔副社长等几个股东聚在一起轻声嘀咕，嘴角挂着不太自在的浅笑，像是嫉妒胡总的殷实。

胡总今天高兴，和宾客举杯酬谢之中也喝了不少，边品茶边抒起豪情来。他说，这只是一个过渡房，主要考虑离单位近，上班方便。他的

第四十七章 乔迁之喜

生活理想是去郊区买一处见天见地、带私家小花园的独立别墅，过一种有现代情调的田园生活。他是农民的儿子，还是希望能呼吸到泥土的气息。再有呢，就是把儿子送到国外读书，这样他就可以放下忧心了。

有人笑称："胡总，你现在不是农民的儿子了，是十足的现代资本家了。"

胡总似乎不反感这种恭维，又透露他的生活理想：今后买一辆路虎，周末开车带上一家人，或约几个朋友去郊游。最好是每年有一个长假，自驾去西藏畅游。

有人带些羡慕的眼神，恭维胡总是文化致富的模范。

宋奕平心头窃想：无怪乎胡总对《时报文汇》杂志那么急于求成，希望尽快像《新学生》杂志一样挣大钱，原来他是在谋划着自己更长远的生活蓝图。

有人调侃柳总说："你同胡总一起办刊物，也一定发财了！哪天我们也去看看你家的豪宅去。"柳总说："我家可是寒碜得不能再寒碜的陋室，等我像胡总一样发达了，再邀你们去吧。"有人又说："你莫哭穷，胡总发了财，你这个执行总编没有不发财的道理啊！"话语有点走拐了，胡总夫妇立马神色张皇起来。机灵的柳总观察到，马上意味深长地回答："那是那是，我是不想学胡总买过渡房，今后一步到位买栋见天见地的别墅。"其他股东跟着嘻嘻地笑了起来。

喜欢炫耀的林主任，突然谦卑起来，说："你们哩，莫要羡慕胡畅打肿脸充胖子了，债台高筑搞了这处栖身之地，估计要等到他退休才能还清欠账了。"胡总就嗔老婆说："你这说话不是单刷我的面子，是在泄两家杂志的气！有在场各位朋友同事的支持，杂志哪有做不起来的道理？到时办出了两本百万大刊，住一套好房子、买一台好车，算哪回子事啊？！将来我还要成立期刊集团，建一幢期刊大厦呢。"

大家起哄称赞胡总说得对、有志气。胡总趁兴执意邀请大家玩一场牌，分两三场玩，玩个通宵。但有几个人站出来婉拒，于是其他多数人也跟着婉拒。待了不久，一伙人就集体告辞了，乔副社长和宋奕平也借机辞别。有两位杂志社股东加编委和胡总另一位朋友显得很有牌兴，同意留下来与胡畅社长通宵搓麻将。他们很快摆开了龙门阵。

回家路上，宋奕平暗叹胡总的高阶生活有无限风光，的确借助文化产业过上了尊荣生活，而且赚钱的欲望仍然很旺盛，还有更高的生活理想和事业追求。他不禁想起自己曾认为胡畅社长想做俗文化精神领袖的推断，现在觉得是高看了。胡总做杂志的开心、快乐论有些矫情；想通过办杂志尽快发大财，做文化产业资本家的心思倒是很真切。因为想尽早把这一桶金掘得满满的，所以他平时显得那么焦躁，难免就会在《时报文汇》其他股东和员工面前有失风度了。

翌日，柳总与宋奕平在总编办闲聊，无意中又扯到了胡总的新居。柳总瞅见隔壁房亮着灯，便附到宋奕平的耳边压低声音说："你现在知道今年送礼，胡总为何要加码，还要亲自登门去送吗？"

宋奕平一听，晓得又有幕后故事了，便洗耳恭听。

柳总说："不明摆吗？他年尾拿公家的钱送礼是铺垫，这一次他办乔迁宴通知那么多教育系统的客户来吃喜酒，不是明摆着把公家送出的情礼又收回到他个人腰包么？！"

宋奕平心头一动，觉得柳总分析得有理，暗里叹服胡总心思深邃、生财有道。

柳总又悄声说："你看他的豪宅面积那么大，装修那么够档次，钱从哪里来？除了杂志社这块肥田，他胡畅还会有其他来路吗？所以说是股东们喂肥了他。"顿了一会儿他又说："你注意到没有，连用广告版面换来的几幅画作，都被他挂上墙头了。"

宋奕平若有所思地点头说，是注意到了。

柳总借题发挥道："从这几幅画，你就可以看出他公吞私占的行径。他现在还在努力夯实经济基础啊！"

宋奕平不禁唏嘘，又忽然觉出这次贺喜，被柳总忽悠了一把，便听得不来劲了。况且他们股东之间的利益争夺，也事不关己，不必掺和。他就避了避身子表示不想再多听。柳总只好欲言又止，回到了座位上。

柳总刚坐下，便接到一个催要发行回扣款的电话。放下电话，他拨打社长办电话向胡总汇报，一直无人接听，才想起他们昨夜玩了一个通

第四十七章 乔迁之喜

宵的麻将。近中午时分,胡总睡眼惺忪地走进总编办。柳总便谈及那笔发行回扣款的事。胡总答复就安排出纳汇过去。柳总乐嘻嘻地问他昨晚的牌局赢输如何。胡总含糊地回答说:"他们硬要缠我打通宵,都困死了,搞得我今天都没法做事。"说后便离开了。

胡总的步子刚踏出门,柳总便吊诡地对宋奕平说:"胡畅昨晚定准赢了个大欢喜。"

宋奕平诧异地问:"你怎么知道他是赢是输?"

柳总神秘地道:"我怎能不知道?他若是输了钱呢,要不就会与林主任打架,要不就会四处透露输了钱的事。要是赢了钱呢,就会故意打马虎眼,守口如瓶不吱声。"说完,他拿起桌上的电话说:"不信?我现在就打电话询问夏编委。"电话拨通,柳总嘻嘻哈哈与对方一番交谈,了解到的牌局结果不出他所料:昨晚夏编委与另外两个股东皆输空了,至少一万多进了胡总的腰包。

宋奕平不禁感叹,觉得现实生活真像电影富有戏剧性。

柳总讥笑胡畅专门研究如何玩弄人,打牌邀赌也是一种方式。他想把所有人都玩弄于股掌之间,可惜夏编委等股东也是十足的宝里宝气。胡总经常组织牌局,他们十玩九输,投资杂志得到的那点小利,差不多也都送进了贪心不足的胡畅的口袋。

听到柳总对胡总擅长玩弄人的评价,宋奕平莫名地感到开心。柳总忽然意识到说漏了嘴,不再滔滔不绝了,装模作样看起稿子来了。

第四十八章 年终总结会

虽说两家刊物皆由胡总个人承包，时报集团依然对下属机构行使形式上的监管与审计。当然，也有利好惠予这些非正式员工，比如过节的礼品发放以及员工的生日红包，《新学生》与《时报文汇》的员工们都能享受到与主报员工同等的待遇；又如集团工会举行的各种活动，子媒员工也有资格参加。元月中旬财务审计之后，集团领导又要听取两刊上年度工作总结和全体职工述职。

会议定在上午9时开始，杂志社全体职工都提前赶到了5楼大会议室，等候集团领导的大驾光临。宋奕平与乔副社长、柳总等坐在一起聊天。胡总偕林主任走了进来，林主任一眼看到宋奕平等几人相谈热络，眼神有些古怪。会议时间到了，集团一位副总经理兼《江边时报》副总编何总等三人步入会议室，胡总带头起身迎接，会场掌声如雷。何总笑笑说："怎么搞得这么隆重啊？"胡总打趣道："集团领导前来指导工作，我们当然要热烈欢迎！"说完便引领导入座，顺手给各位裤兜塞了一个红包。宋奕平略略有些意外一个子媒的年会也兴这一套，感觉集团风气有些微妙变化。

今天胡总破例没有喝可乐或橙汁，而是同大家一样喝茶。他好像天生是一个混大场面的人，会前，他神态轻松地跟集团领导谈笑风生，鱼尾纹欢快地摆动，很能带动全场的愉快气氛。会议先由乔副社长主持，社长兼总编做年度工作总结与来年工作计划的报告。胡总汇报两刊过去

第四十八章 年终总结会

一年取得的骄人业绩,称《新学生》杂志发行量比前一年增加了5万多份。下半年承办的《时报文汇》半月刊,以全新的市场化改版运作,半年时间即实现了发行量倍增,2013年的《时报文汇》发行总量将迎来翻两番的喜人局面,邮政订刊量达到了8万余份,自办发行量也还在不断追加。另外,两刊作为非党报刊物的市场化探索实践,均取得了明显成功,获得市长在集团文化体制改革与文化产业发展调研会上的高度评价……

接下来的议程是全体员工逐一述职。乔副社长要求大家既要谈自己在过去一年的工作,也要说一说新年工作的构想和意见,不要空谈,要有干货。编辑们逐一汇报自己近一年来按部就班的各项工作,大多也是走过场。轮到发行部小贾述职时,他亮起嗓门说了一番开场白:"我们要在党的十八大精神的指引下,紧跟中央新一届领导班子,继续坚持科学发展观……"全场当即哄堂大笑。集团三位领导也忍俊不禁了。乔副社长打断他的话说:"你就具体谈你一年的工作情况和新年设想吧。"小贾扭扭头便重新开始……

轮到宋奕平述职了。他瞅准有集团领导在场,试图借此机会扭转《时报文汇》内容定位的乾坤。他说道,期刊应区别于报纸网络,内容应当注重厚重,往高度、深度和力度上着力,增强刊物的耐读性;杂志如果流于肤浅的戏谑搞笑,便会导致形象受损……几位集团领导表现出颔首认可。宋奕平便生出新的期望来。述职会接近尾声,三位集团领导分别做总结讲话,他们只顾肯定两刊取得的成绩,讲一些鼓励中听的套话,似乎并没有怎么理会大家的建言,显然是不愿过多干预刊物具体运作的姿态。宋奕平不免失落,觉得自己这种"策反"企图十分单纯幼稚。

上午的总结汇报会一结束。顾副主任又来编辑部通知:下午两家杂志社继续在5楼会议室召开年终表彰会。这的确是一件让人抱着希望、产生浮想的事。顾副主任离去,宋奕平便听到编辑们开始谈论年终奖会有多大红包的话题,流露出一份期望。

下午,窗外铅灰色的天空飘起了零星小雪,像漫天瑟缩的银色音符,使得会议室更显冷清。两台开启的空调一时驱不散寒冷,大家清冷地坐着,一个个缩头缩脑的,氛围很是缺少领取年终奖的火热情调。几个妹子把一杯杯热腾腾的茶水递上来,大家开始喝茶来驱除寒意。

胡总宣布年终奖励的宗旨:《新学生》杂志因有盈利,全员奖金将在春节放假前,按考核结果发放;《时报文汇》由于处在前期亏损运营阶段,全员无奖金发放。《时报文汇》的同事们顿时感到很沮丧。宋奕平在心里嘀咕,奖罚制度上写明的评优作品编辑奖,怎么只字不提了呢?再说刊物的财务状况也没有公布,又有谁能鉴定真实的盈亏状况?《时报文汇》半年多的起步运作,因为没有盈利就简单地取消年终奖,也实在说不过去。会上表彰了两刊的先进工作者,乔副社长宣布获奖名单和理由。胡总正经八百地亲自颁奖,显得很有权威,倒是会场的掌声有些稀落。明眼人都发现,两刊六位获奖人员,其中四位是胡总的亲戚。然后颁发集团专业技能竞赛的获奖人员。宋奕平与下属三位编辑均获得了集团专业竞赛的奖励,多少有了一分收获。当他看见没有得到任何奖励的同事们一副副失落的神色,更感觉到这个冬天的寒冷。

年终表彰会结束后,胡总宣布了一个人人有份的好消息:晚上6点30分在时报酒店会餐,辞旧迎新。

会后回到总编办,宋奕平发现柳总揣着一股闷气似的,脸色有些发紫。他敏感地想起本次年终表彰大会,他也是空手而归。果然,柳总憋不住一口气地走近宋奕平面前开腔说:"你晓得胡总为何要重奖在集团技能竞赛中获奖的人员吗?因为他有几个亲戚在竞赛中得了奖,所以杂志社又重奖。宋总你这一回也算托了他们的洪福。"宋奕平的心怦然一跳:没想到眼前之事也如此深奥!宋奕平故意表现出嘻嘻傻乐。

柳总灰溜溜的,面色有些发紫地骂道:"妈的,老子在两本杂志的发行上卖着老命地干,还发动朋友一起干发行、搞广告,到头来连个先进都没评上,六个先进名额他胡畅家占去了一半,想起来真是……太没意思!真令人气愤!"

宋奕平也替柳总抱不平,又暗叹胡总在关键时候打压柳总毫不手软。

第四十八章 年终总结会

他突然想起什么似的又问柳总："不是听你说过，杂志社对发行有突出贡献的人，还另设一项特别大奖吗？今天怎么没见提起呢？"

柳总说："这笔钱呢，是股东内部奖励，每年都在股东年会上兑现的。只是，这笔钱会不会又像往年一样，由他胡畅一人独吞，连骨头都不吐。"

宋奕平哦了一声，下意识地说了一句："不会吧，他总会讲点公平和良心吧？"

柳总抬眼看宋奕平道："谈利益不谈公平，说金钱勿谈良心。他贪婪的时候，是什么都不会顾的。"

年终晚宴后，大家一起去K歌，放松享受年终喜乐。一年来，不少人呼吁杂志社应多搞些休闲活动，但胡总一直不点头。今天的年终娱乐，胡总总算同意了，因此大家也高兴，觉得机会难得，纷纷前往。

休闲地点就定在江边时报酒店的娱乐城，包了一处大包厢，点了一大堆水果、零食和饮料，显得非常丰盛和阔绰。大家自由地点歌、吃零食、喝饮料啤酒，或是聊天谈笑，气氛热烈、状态放松。这时，林主任突然凑兴爆出一个猛料：昨晚他们一家三口创造了一个世界纪录！

她身边人都愕然，好奇地问，什么世界纪录？

生活安逸的女人很容易保持童心。林主任脸露少女般的神采道："你们不记昨天是圣诞节么？威伊斯国际名品店搞开业庆典活动，1800人同时点亮1800棵圣诞树，创造了世界纪录。我们一家三口获得了三张贵宾入场券，一起去参加了。你们去我的微信看一看，就能看到我获得的世界纪录电子证书！"有女同胞当场验证，还真看到了林主任创世界纪录的数字证书。

宋奕平觉得时下的商家都挺会来事，很懂得玩噱头的，动不动就开国际玩笑。缓后，林主任建言说，《时报文汇》是天下第一娱乐杂志，今后搞些创世界纪录的娱乐活动，也会有轰动效果。大家的响应倒是平淡。

包厢虽大，但大家抢着点歌，轮流起来也是让人等得焦虑。有人凑了一阵热闹后便先行离开了。宋奕平等到唱完自己点的歌，也与大家告别离去。他手下几个人也跟着离场。

他们几个人一同走出歌厅,外头寒风阵阵。薛悦叹一声气说出一句鬼话:"唉,年终奖,胡总奖给我们一首歌,也算不错!"其他几个人嘿嘿发冷笑。宋奕平总觉得在年终关头,杂志社给大伙表示一下才是算厚道的,便安抚说,《时报文汇》的发行来势不错,相信到新一年年末,大家一定会得到一个不小的年终奖红包。

第四十九章 摘稿示范

大年一眨眼就过去了,大家初七报到上班。十点多钟的时候,胡总偕乔副社长一起到编辑部给员工拜年,还给每人发了一个百元红包,勉励大家新年努力工作,同刊物一起走好运、发大财。农历新年后的工作,正式启航了。

带着寒气的初春阳光明艳地照映在玻璃窗上。整个城市的上空还不时有零落的礼花炸响,在白蒙蒙的尘雾中绽放出多彩的烟花,让人感觉年节的氛围依然在延续。新年上班有些清寂,宋奕平还有些打不起精神,右手指下意识地叩击着桌面,脑海里开始纠结新年后的去向。是去还是留呢?留,就是继续委曲求全编这一本并不开心的开心杂志,想到年底一位编辑对他说的一句调侃的话"宋总,你不要埋头于工作,还得放松一下,锻炼锻炼身体,我们今后还要一起去云游四海"。去,再换工作也不是一件容易的事。于是,他觉得应该调整心态、打起精神做事,把杂志社视为自己的衣食父母。然而,他又感觉这本所谓的极品娱乐刊物编得实在没劲、很无聊,又很无奈。正月间,他与陶利相聚,得知他去年利用业余时间写了两部官场小说,卖给书商赚了58000块。他说,今年还打算搞一两部喜剧电影剧本,喜剧现在很受市场青睐,更好赚钱。对比眼下陶利工作和创作一举两得、名利双收,宋奕平觉得自己像一个被人抽打的陀螺,既没赚到钱,又荒废了自己的通俗创作,不免惆怅颓唐,辨不清前程在哪里。他多年前就打好腹稿的长篇小说,却也一直找不出时间和动笔的心情。然而，他又不能轻易放弃一份养家糊口的工作，不禁叹息工作有时也是一种拖累。

过了元宵后，胡总在编务会上发表新年讲话，再次念紧箍咒似的提出两条狠口号：狠抓刊物质量、狠抓市场卖点。他又闪烁其词地批评编务思想保守，没有放开手脚；新的一年务必要解放思想，严格按他的要求做事。责备编务没有听取他曾提出的增添些风水学、星座学等时兴卖点的意见。宋奕平听得不吭声，心里有强烈的抵触情绪，觉得杂志一味在庸俗卖点上发力，就会办成地摊刊物。他又嘲笑地窃想：什么叫质量？用什么标准去衡量，越下三烂就越是有质量么？他不禁为"质量"这个词悲哀起来。

大冷天胡畅社长依然喝着可乐，咕咚一口下肚，煞有介事地称冬天里的可乐味道更冰爽。他借题发挥：《时报文汇》如果达到了这种冰爽效果，就没有不畅销的道理，这便是新的一年狠抓刊物质量的落脚点。

胡总看上去按捺了心头的不满，说话显得苦口婆心。宋奕平觉出上司对自己的客气，却仍反感这种似是而非的类比，他也琢磨不透杂志的冰爽感觉究竟是怎样一种感觉，不过他也的确没有用心去揣摩，用稿方面也承认没有放开手脚，尤其对"观点"栏目那些观点犀利的稿子，他总担心会踩雷。编搞笑和情感类栏目，他摒弃那些痞气或色情味太足的稿子，实在是想给刊物保留一点品格与尊严……这些做法，自己是不是庸人自扰，影响到刊物的卖点了呢？

他难以做到与胡总很好地合拍，这真是一件苦恼的事情！那么新的一年的编务又将怎样去继续呢？

一位编辑把一大沓稿子送到了案头，宋奕平开始埋头看稿，边琢磨着找稿子的冰爽感觉。这时胡总打电话下来，要他上QQ，接收他摘到的几篇稿子。胡总亲自摘稿做示范，当然求之不得。他连忙登录QQ，接收了胡总发来的五篇稿子。其中有两篇历史秘闻的稿子，一篇是公然替袁世凯鸣冤叫屈，称其因为受到儿子的蛊惑才称帝，误入歧途；另一篇是写史上的大忠臣海瑞迂于"男女授受不亲"的儒家教条，惩罚五岁的女儿不该接受一个男孩馈予的一块饼，而将女儿关起来活活饿死。另

第四十九章 摘稿示范

三篇是情感类，一篇标题是《潘金莲的原型是温柔淑女，和武大郎结婚育四儿女》；另两篇皆为畸情故事，一出写当代某位已故文学名人背叛家庭，搞三角恋爱，一出是写干爹离了二婚妻子，找了妻子与前夫的女儿做新娘。几个稿子的确耸人听闻，令人读得怦然心跳。他好像一下子体会到了冰爽可乐的感觉。尽管编辑们送审的稿子也不乏卖点，但的确少有胡总示范稿子的效果。他不免感慨胡总抓卖点的水平委实更胜一筹。可随后，他又惴惴不安起来，刊物沿着这样的路线走下去，会不会走向深渊，或犯意识形态上的错误，或招来名誉侵权官司？胡总是不是陷在抓卖点的单极思维中，不拈轻重，无所顾忌了？

宋奕平打算拿这几篇稿子同柳总讨论讨论。节后上班的柳总，突然又是一脸晦气、心神不宁，情绪十分低落，形如宋奕平初次上任时看到他的样子。他想大概是柳总与夫人不和，大年过得不愉快，还陷在家庭危机的苦楚之中吧。他觉得不好打扰，然而出刊在即，事不宜迟，他便冒昧地把几份打印出的稿子递向了柳总，并陈明意图。未料此举触动了柳总的歇斯底里。柳总粗粗翻动了几下稿子，便气恼地说："杂志反正是胡畅的自留地，咋种咋收都由他去吧！他摘编的稿，你就大胆用嘛，到时闹出事来，也由他去担好了。"

宋奕平不无尴尬地笑着说，话是这么说，到时真惹出了麻烦，谁也脱不了干系的。他忽而生出一念，柳总是不是又与胡总闹出新矛盾了？

宋奕平一问，柳总淤积于胸的气愤像堰塞湖决口一般，哗哗奔涌而出，他称胡总是一个一口吞得下海的妖魔，春节后股东分红，二十几万元的内部特别奖又被他独吞了，仅吐出一点骨渣出来：给了柳总和沈总各5000元……

宋奕平听着，也感到震惊，认为胡总的确太贪婪，也替柳总与沈总窝火。平心而论，柳总对两家杂志的发行工作是有突出贡献的，但也觉得胡总与柳总，一个搞钱一个搞女人，也算是各得其所吧。

柳总因失利而气恼难消，还带着善意替《时报文汇》新进员工没有得到一分钱的年终奖打抱不平。他再透露，去年《新学生》杂志发行那么好，可编辑的年终奖每人也仅发了3000元。但胡总的亲戚们估计是没有亏待的，因为财务由他的外甥媳妇掌控，出纳也是他的关系户，报点发票很方便。

宋奕平说："财务不是有乔副社长把关吗？"

柳总叹一声说："他也只是管管宏观，不可能面面俱到。"

正说着，胡总突然幽灵般出现在总编办门口。他一眼看到柳总与宋奕平搅在一起神色吊诡地嘀咕，顿生警惕。宋奕平抬脸先看到胡总，略微一怵连忙起身打招呼。柳总也马上变脸，抹出一个笑相来，亲切地喊了一声"胡总"。

胡总问："你们俩神神秘秘在说些什么啊？"

宋奕平定了定神，故作诡谲地笑答，在听柳总说他与女朋友们的秘事。他有点得意于这个急中生智的回答，与方才的情景挺相吻合。

柳总也心有灵犀，嘿嘿地笑了两声。

胡总果然信了，便以领导的神态接了口道："柳总呢，女朋友是多了点，不过她们大多是给杂志作了贡献的。不过，我也是要提醒你，女朋友可以交，但要跟老婆搞好关系。宋总，你说对吧？"

宋奕平连连说："对对对，我刚才也是这么劝柳总。"

胡总又转向柳总："怎么样，一家人还是过的团圆年吧？没有再吵架吧？"

柳总就说："年过得还好，不过是我一个人回老家陪父母过的。至于同这个女人呢，离婚是铁定的了，也就莫再谈什么吵架不吵架的事了。"

胡总叹了一口气："这就是个悲剧了，夫妻吵闹，吵到要离婚就是我最不愿看到的了。我跟你们的林主任吵，每回吵就吵了，雨过地皮湿，日子还是照常过。这一点，你得学我才对。岁月匆匆，人生几何，何苦太较真呢！"

柳总嘿嘿地笑着。宋奕平附和道："柳总，你是得多向胡总学习。"

胡总转脸冲宋奕平问："我发给你的那5个稿子，你都看了吧？"

宋奕平说："我都看了，我正在琢磨胡总您的示范稿，还想请教呢。"

胡总道："莫说请什么教的，你就直抒胸臆吧。"

　　宋奕平道："看您摘的稿，的确像喝冰镇可乐橙汁，很有刺激冰爽的感觉。可我在担心，有些稿子会不会出政治问题，或惹出名誉侵权官司？也觉得刊物有点过于追求……"

　　胡总打断说："宋总，你是不是属鼠的啊，怎么就那么怕事呢？现在又不是'文革'了，再说惹官司，谁吃饱了撑着来寻官司打啊！何况这些都是文摘稿，报刊或网络发表过的，怕什么呢？再说那些历史解密的事，你还怕鬼魂来找你打官司啊？不大胆一点，卖点从哪里体现？"

　　胡总一通连珠炮，打得宋奕平无力招架。他缓过神来还想申辩说："可是，可是，我认为……"

　　胡总斜视着他，又打断道："你怎么还是一根筋呢？我再三强调了刊物要大胆用稿，出了问题由我负责，天塌下来由我来顶！你还顾虑什么呢？！今年要大抓刊物质量，照你这状态，质量怎么抓得上去？"

　　胡总很怫然，当即把《时报文汇》的编辑们召进总编办开短会，要求看他的样稿，好好体会选稿的冰爽感觉。他提出了摘编稿子政治上的把关原则，只要稿子不公开反党反国，只要不触犯台海、宗教、民族问题，其他稿都可以大胆用！出了事情他负责！

　　看这架势，不同意见连水都泼不进。宋奕平心里干着急，认为胡总陷入卖点思维，九头牛都拉不回了。

第五十章 股东造反

这几天，乔副社长时不时到总编办来串门，神神秘秘地喊柳总外出商量事情。其他难得一见的股东们，也先后走进总编办来，喊柳总谈事。他们好像在筹划一个什么重大的事件，而且情绪有些不平静。柳总俨然其中一个核心人物，他的精气神又旺了起来，脸上的愁云一扫而去，好像明媚的春天即将来临。宋奕平无端地跟着他们心情舒展，又忍不住向柳总探问："最近你们在策划什么大好事情？"

柳总警惕地看了一眼有灯光亮着，但没有人语的隔壁财务室，凑近宋奕平说："的确有大好事！春节前没开成的杂志社股东会，近期要召开，股东准备掀起一场大反腐！去年两家杂志发行量有增无减，但股东分红没有增加；股东内部奖再次被胡畅独吞，乔副社长也没有拿到一分钱，很是气恼！大家都认为再这样下去不像一回事！乔副社长已在牵头筹备股东会了，我们将清查账目，反对多吞多占，坚决打击腐败。等着瞧吧，会有好戏看的了。"

宋奕平有些厌恶柳总身上散发的浊气，身子往后靠了靠，却又对他透秘的股东内幕产生了兴致。可柳总不肯透露股东准备造反的更多细节，便让事态更显得山雨欲来风满楼。不知是不是受了柳总的影响，宋奕平现在越发讨厌胡总了，觉得他真是一个不得人心的主儿，也期待着这一场把戏。

胡总时不时来编辑部逛一趟，柳总仍然像什么事也没有似的同他打招呼，还谈一些工作。胡总继续叮嘱《时报文汇》的编务们要大胆选荐有鲜明亮点的稿子，但说话不多、忧烦在脸，心情明显不如从前。这令宋奕平也无端地高兴一番。

日子一如既往地在忙活中消度，宋奕平按胡总冰爽口感的要求编完了新一期杂志，但还是隐隐担忧这样迟早会出事。出刊前后的十来天是忙季，宋奕平分不开心去想其他事情，到杂志付印，便可暂且轻松几天，再看下一期的稿子。他突然想起柳总曾透密的股东会反腐之事，不知支了什么招，怎么至今还风平浪静，不见有好戏上演呢？他打量对座的柳总，又发现怆然苦闷重新爬上了他的脸。宋奕平再回忆几次见到胡总，倒是恢复了风轻云淡的样子。那么，股东大会究竟开了没有呢？他便把事情当闲聊话题，向柳总打听。

柳总淡淡地回答："股东大会在上周末已经开完了。"

宋奕平紧追问："有什么新举动啊？"

柳总抬起头复又垂下了，低音郁闷地答："大家是造了反，效果无可谓有，也无可谓无，但总归是没有达到预期目标。"

宋奕平再问："此话何解？"

柳总发现隔壁财务室正好没人，就说起了来龙去脉。股东对单位的账目查出了一些小问题，比如烟酒等接待费花费很大，胡总常喝的可乐、橙汁都由公家报销，还有就是胡雷送货的面包车，油费开销很大，而且每月不平衡，礼品开销也很多，等等。但从账面没有查出大的问题来。会上，股东一致提出要加强账目管理，烟酒开销得压减，胡总个人享用的饮料、烟酒、私人开支今后不准在单位报销。股东特别奖不能由个人独占，而应当由有突出贡献的团队一起分享。另外，就是先进工作者评选，应当实行民主推荐，职工加薪、奖金设定、员工招聘等重要事项都得经乔副社长同意。对于那20万元的股东特别贡献奖，柳总在会上提出取消，胡总坚决不同意，称是写进了章程的事项，不可以随意取消，而且当初说好是奖给社长的。

宋奕平急着打探："那结果呢？"

柳总假笑着说："结果不说你也能猜到了。他胡总还死皮赖脸称这份特别奖只能归他个人享有，他愿意拿出多少奖给其他人，得看他的安排。对于有人指责他公款吃喝，私人费用也在公家报销的事，胡总说，他在外头搞发行摆平各种关系，喝酒是舍命陪君子，牺牲自己的健康，喝点饮料护肝护胃也是情有可原，也没花单位几个钱。针对烟酒等招待用品超标超额的质疑，胡总赌气地说，今后刊物的发行量上不去，可莫怪他抓营销不力……柳总说着，痛惜地叹了一声气道，我们这次集体反腐，仍未能摇动根基！一些股东们平时慷慨激昂，会上当着胡总的面又怕得罪人，不敢挺起腰杆讲话。唉，人心不齐，就没办法哩！再说胡总又占着体制优势，这个社长、总编谁也动摇不了他。"

宋奕平听着，虽然鄙视胡总自私和无耻，却也佩服他是一个稳得住阵脚的狠角色！又心想胡总享受中饱私囊的痛快，是否也领略过让利于人的快乐呢？他也替杂志股东们感觉憋屈与窝囊，这回股东造反，也不过是隔靴搔痒罢了。一群股东联起手来居然斗不过一个胡畅，真是不爽啊。

柳总忽而抬起头说："我只佩服乔副社长，这一回我看他真是一个正直的人。他为了逼胡总放弃股东特别贡献奖，自己首先表态：财务工作照样管，3000块月薪今后不再领取。"

宋奕平听后，有些乐，道："那你们这一次股东造反，最终是反到了乔副社长的头上？"

柳总抿一下嘴，别开脸不说话了。

这天午休，发行部沈总来总编办与宋奕平聊天，柳总正好与女朋友约会去了，整个编辑部办公区其他人也都外出，他们说话就变得很方便了。宋奕平跟他聊天，又问及股东反腐的事。

沈总也惨然一笑道："反是反了，不过差不多等于没反。没办法哩，他是两个杂志的法人，股东的钱也控制在他的手头。再说了，两个摊子今后还得靠他管理运作……"

宋任平调侃道："难怪你甘心受他骂。"

沈总憨笑着说："他爱骂就骂去吧，反正我现在头皮起硬茧了。何况他也跟我说明过，他骂人也是为了杂志社的发展。"

宋奕平也爽朗地笑出声，他注意到沈总的坦然神色，却盖不住内心的那份落寞、无奈与辛酸。

第五十一章 过招

哪里有强权，哪里就有反抗；哪里有反抗，哪里就有不尽的心机。反抗落在柳总与胡总身上，堪称文化人之间一门温和角逐的艺术，当宋奕平看清一些事情，回过神来又不得不佩服胡总与柳总过招之中显现的高明心术。

这天胡总突然来到总编办，要柳总起草上次市长在文化改制考察中确定《新学生》为典型的经验介绍材料，要求三天内完成，再交由他修改定稿。他说江边时报集团的领导又在催促了，3月20日要连同江边时报集团的文件一并送省文化体制改革领导小组办公室。胡总说："这件事我认真思考过了，必须做，而且得做精彩，柳总你当初说得好，这个事搞得好会对杂志很有益。"柳总蹙了一下眉头，露出一副有苦难言的表情。

胡总又说："我在思谋一个大计划：争取把《新学生》杂志列为省市文化体制改革的突出典型，今后就可以想办法申请成为教育系统特批的教辅刊物，那就是天大的美事了！"

宋奕平听着未免感慨，中国许多的市场化运作，总是离不开行政干预。

柳总勉强地应和，向胡总讨教典型材料该从哪几个方面来写。胡总高深莫测地一笑，便让柳总充分发挥主观能动性去做总结提升，然后称有事撒腿离去。柳总脸色一拉，满腔怨恨地对宋奕平咕哝着说："这些材料本来都是综合办公室的事情,他胡畅让她们拿空饷,什么东西都往老子头上压。"宋奕平笑了笑,觉得柳总说的也是实话,每季度向集团汇报的工作总结,也都是柳总操刀的。宋奕平有稍许庆幸,胡总没有把这些任务摊派到自己头上来。

　　第三天下班时,柳总准时把材料交给社长办。翌日,胡总在他的办公室召开中高层会议,讨论先进材料的定稿。他再次强调,此事关系两刊的发展大计,上报的材料一定要体现水平。

　　讨论会开始前,胡总照常抽烟、嚼槟榔、喝可乐,忙乎一阵。但他今天的神态似乎有点不太自然,像在掩饰着什么,或将采取什么大动作似的。他猛地吐掉槟榔渣,喝了一口可乐,变戏法儿似的掏出两叠分别署名A稿、B稿的版本,分发下来要大家仔细阅读,好好比较比较之后,投票建议采用哪个稿子做蓝本进行修改。柳总霎时脸色煞白,显得坐立不安,未料及胡总不动声色便把他推向了擂台。宋奕平惊讶胡总出这一招,实在让人猝不及防。

　　大家开始默无声息地对比着看两份材料,不时有人发出轻微的咳嗽声。20分钟过去后,胡总提出要大家表决,结果是除了柳总、沈总不吱声,几位高管都不约而同地推荐了题为《化蛹成蝶之路》的B稿。胡总笑笑道,他也认为这个稿子更有文采,条理更加清晰。然后他用赞许的目光望着沈总说,这个稿子是发行部沈总写的。柳总再次面色绯红,沈总则显得有些悠然得意。乔副社长连忙说,柳总写的这个稿子,也有很多值得肯定的地方,修改时最好把两稿的优点融合。胡总也便点头说,对对,柳总的稿子也有不少可取的地方,可以融进来。接下的讨论,大家在胡总的主导下谈了一些改稿意见,胡总说最后由他亲自润色,吩咐柳总和沈总散会后都把电子版发给他。然后,胡总笑嘻嘻地看了一眼柳总说:"我有个提议,柳总搞营销是高手,更适合做营销,是不是让柳总跟沈总调换一下办公室?"

　　胡总突然的决议让大家的表情顿了一下,仿佛才明白这一次评稿的落脚点。柳总面如土色,不自在地挪动了一下身子,嘴唇翕动了两下却说不出话来。

胡总继续说："我想把柳总提拔为两刊副社长兼营销总监，让柳总全身心投入两刊广告和发行工作上来，应当说是量材施用，更有利于刊物的大发展。我多方考察了沈总的写作水平，做《新学生》的执行总编没多少问题。"

柳总铁青的脸上还挂着一抹寒春残阳似的笑意，让人看着痛苦。乔副社长站起身来说，这个，再商量吧。他又称有要事，便起身离座了。柳总也悄无声息地跟着离座，倒是把胡总、宋奕平与沈总等几个晾在了会场，众人也没趣地散去了。

宋奕平回到总编办，柳总恨唧唧地对他说："胡总这个可恶的王八蛋，他这一次是蓄意刷我的面子，复我的仇！"

宋奕平骇了一跳，问："他怎么报你的仇了？"

柳总斜了一眼看隔壁出纳室关灯了，喘着粗气压着喉咙道："宋总你不是股东，可能不清楚幕后的事。他胡畅是恨我挑起了股东造他的反、查他的账、限制了他费用报销，所以这次才下决心想把老子从《新学生》执行总编的位子上拉下来……"

宋奕平意外于他俩的矛盾突然白热化，他晓得柳总背后鼓动股东造反这一招阴狠，所以胡总的回击也毫不手软。

不过，宋奕平倒是感到胡总这个安排还是有一定道理的，因为从营销与编务能力来看，柳总的营销能力的确比他的编辑能力强。所以，胡总换他的岗，也可能出于这方面考虑，或者说报复和量材施用兼而有之吧。于是他略带笑意劝慰说："柳总，胡总任你做副社长，是提拔，也不错啊。"

柳总脱口道："《新学生》从起步，我就担任执行总编，现在怎么可能专职搞广告发行呢？！"柳总气哄哄地又道，"我也不稀罕那鸟副社长，他分明是借机整我！沈总他那副德行，能做好执行总编吗？"

事情的确有些深奥。宋奕平回想昨天去 25 楼找胡总，胡总事先拿过沈总写的先进材料给他看，表露出对沈总作品的赞许。当时，他接过沈总写的先进材料看，文笔比较漂亮，的确还不错。于是觉得早已远离文学的胡总，仍不失一份爱才之心。可是眼下他提出换岗是不是属于设局，就让人读不懂了。

  周三下午，乔副社长来总编办把柳总喊了出去。大约一个小时后，柳总面色不好地回来了。宋奕平忍不住问他，乔副社长是不是同他谈工作岗位调动的事情。柳总沉着脸色回答："是的。我跟他坦明了态度，若撤我执行总编的职，我就要求退股辞职，跳槽到另外一家学生刊物去，把我的资源一并带过去。"

  宋奕平愕然于柳总也留有杀手锏。胡总忽而打来电话，要宋奕平上25楼去一下。

  宋奕平刚走进社长办，胡总就笑嘻嘻地对他说："我想调动一下柳总与沈总的位子，让他们各展所长，柳总他怎么就抵触呢？你同他天天相处，关系也不错，帮我劝劝他，做些解释工作。"

  宋奕平说："我劝过他了，说您提他当副社长是重用，搞营销也是他的专长。"

  胡总脸上露出意想不到的悦色，忙问："他反应怎样？"宋奕平回答："我是人微言轻，他当即就表态不同意。"胡总收回目光，再淡然道："你再找适当机会劝说他一次吧，看他最终的态度。"宋奕平揣着胡总的委托回到办公室，没有跟柳总立即说事。快下班时，他特意找话头与柳总聊天，用随意的口吻谈换岗之事说，柳总："你做着副社长，搞搞发行，也自由自在啊。"柳总坚定地说："不行！去当发行员有身价吗？我宁愿辞职走人，也不让出位子。"

  不晓得是乔副社长从中斡旋呢，还是柳总摊出底牌起了作用，柳总化险为夷，再次稳住了位子。这天柳总正审读唐主任交过来的新一期稿子，他突然拿着自己的一篇稿让宋奕平看，询问是否可以刊发在高中版。宋奕平心里清楚，柳总针对胡总糠他水平低，是想发一篇稿子显示一下自己的写作实力。不过，宋奕平看柳总的稿子语言平平，确实没有什么新意。他吃惊于这个半老男人还在学着写中学作文式的文章。胡总评价他的写作水平不如搞发行的沈总，看来也是公允的。宋奕平当然只能找亮点说他写得好，可以在高中版发表。柳总转动着眼珠反问："真可以发？宋总你可千万别忽悠我啊，这篇文章很要紧的。"宋奕平笑道："柳总啊，我几时在你面前说过假话？你怎么还信不过我了呢？稿子真的还算不错的！"于是柳总乐颠颠地把稿子贴上了稿签。

往后的日子，柳总忽而饶有兴致地读起了宋奕平送给他的散文集，经常夸宋奕平文章写得真好，文集整体质量也非常不错。宋奕平听到身边人夸奖，也是陶然自得。有一天，柳总很冲动地说："宋总，我打算给你的散文写篇评论,到《江边时报》副刊上发一发。"宋奕平欢喜道："好啊，那就非常感谢柳总的赏识了。"柳总笑一笑道："不如你自己写一篇吧，署我的名字发表好了。你自己评自己更到位，而且文笔也比我好。"

宋奕平有些迟疑地道："这，这怎么好意思呢？"

柳总说："怎么不行啊，现在许多名家作序，都是作者自己起草再请名家署上大名的。"

这种套路宋奕平也有耳闻，便同意了。宋奕平把评论稿写好，署上柳总的大名。柳总自告奋勇地陪宋奕平一起找《江边时报》副刊的熟人，花钱请了一次客，总算把稿子刊发了出来，稿费自然是柳总领取。柳总乐滋滋地把样报拿给胡总看。胡总眨动怀疑的眼睛速读了文章，再看着柳总，脱口说写得不错，称柳总原来很有内才，只是平时不肯轻易显露。事后，宋奕平恍然明白过来，汗颜自己又被热心的柳总耍弄了一回。

两个月后，柳总变戏法儿似的自费出版了一部个人散文随笔集《春风马蹄》，让宋奕平忒感意外——逍遥于风花雪月的柳总，原来也潜藏着深厚的文学情结。他平时成天埋在电脑前，键盘敲得啪啪响，宋奕平以为他是在网上找女朋友聊天或做网络发行，不料许多时候也是在搞写作啊。看来，文学的精神慰藉，也是不可取代的。他伸出双手接过柳总的签名书，一翻便知是将平时写的博客文章整理而成。再问，柳总的回答果然不出所料。

出了书，柳总显得底气足了许多，他的表情就像清朗的晴空。他踌躇满志地说："胡总他一直以为老子不能写，现在我就要出一本书给他看一看……"

宋奕平连忙奉迎说，是的是的，柳总应当出本书显点真功夫出来。他翻看着书的版权页，系某国家级出版社的丛书号出版。不过宋奕平有些奇怪，书的出版周期一般需半年以上，他怎么这么快就把著作出版了呢？转而一想只能是出版商盗用书号非法出版的。

　　柳总出书回击胡总的狗眼看人低，似乎收到了预期效果。柳总乘胡总来总编办视察时，签上"敬请雅正"字样，双手把书送给胡总。胡总吃惊不小，脸色赤橙黄绿青蓝紫地变幻着，连翻书的手都微微哆嗦。他转而大夸柳总真不错，是一个能写、能编、能搞营销的复合型人才！

　　柳总给单位的高层和股东们各送一本签名书，其他编辑们就都买了一本。印刷的1000册，余下来的都凭教育这一条线的关系，在学校都推销出去了。事后柳总对宋奕平透露：1000本书是朋友免费给他印刷的，一共卖了25000元，除去花费，他还赚了万把块钱。在宋奕平的眼里，柳总显得前所未有的快活和神清气爽。

　　为了扩大《春风马蹄》的影响力，柳总又央请朋友给他写了书评，找关系分别在报纸副刊和江边市作家网发表，然后炫示给胡总看。胡总嗯嗯呵呵地赞叹，脸上有点挂不住，显然是自愧于以前低看了柳总。柳总洋溢出光彩的神色，对胡总说着谦辞。翌日，胡总拿了他以前出版的散文集《踏歌行》送给柳总。自嘲说，这些年的精力都奉献在办刊上了，有点闲余时间又消磨在牌桌上，不再搞写作了。宋奕平很意外于胡总迟至现在才赠送著作给柳总，足可见他之前对柳总的不屑。显然这回，他对柳总的态度发生了扭转，有些刮目相看的味道。双方的矛盾，再一次实现了软着陆。

　　接下来的事情也是宋奕平远远没有料到的：柳总居然不计前嫌，找关系帮助胡总这本十年前的《踏歌行》，在江边市作家网刊登了一篇极尽溢美之词的书评。为达到这个目的，柳总也是费了周章的：先混熟了江边市作家网的黄主编，又给其读初中的儿子在《新学生》初中版上发表了一篇作文，然后借送样刊的机会，央求他给胡总写了一篇书评。居然有人评论夸奖自己十年前的著作，胡总自然是乐得嬉，打起哈哈道惭愧惭愧。宋奕平深感这些鄙视文学的文化人，却又喜欢借用文学底蕴装潢门面、标榜自己。自此以后，胡总来总编办找柳总聊天的次数明显增多了，有时是无事找事，说话东扯西拉的。这一天，胡总突然表态，要柳总参与到《时报文汇》的编务工作中来，多多献计献策，推动刊物质量更上一层楼。柳总乐得嬉，宋奕平则开始警觉了。宋奕平很久以前就感觉到，柳总嫌做一个学生刊物执行总编没身价，不够劲，一直想插足国家级的《时报文汇》的编务，这下可谓是梦想成真了。柳总编写水平虽说就那一点道行，自信倒是满满的！宋奕平觉得应付这个不简单的人物，还是得提防一点才行。

第五十二章 文学隐情

胡总与柳总好像从此化干戈为玉帛了。宋奕平感慨柳总用出书自救的策略,确实高明。胡总原本也是惜才爱才,且文学情结未了。他在背后说到柳总时,不再那么酸溜溜地含讥带讽,有时还下意识地感叹一声,想不到柳总也能出书。有时他来总编办坐一坐,还与柳总、宋奕平攀谈一些文学话题,相互抬杠。胡总分明流露出在文学成就上对柳总的不服气。而柳总也故意恭维地问胡总:"您十多年前的《踏歌行》就有了那么高的文学造诣,又做过副刊的编辑,怎么又中途放弃了文学追求,也没有加入省作家协会呢?"

胡总露出一副不屑,然后又浮起自诩神色道:"加不加入作协我倒不在乎,一个真正搞创作的人,是不需要用什么头衔来证实的。况且,我若当初加入了作协,也许就不是现在的我了。"

柳总响亮地认同道:"对对,一个真正的作家是凭作品说话的,不在于加入了什么层面的协会。"胡总掏出两块槟榔,递给柳总一块,柳总笑哈哈地双手接过放入嘴里,继续就未了的文学情结热络攀谈,关系融洽得很。宋奕平在一旁凑兴,看着这一对欢喜冤家放马南山不再争斗执手言和了,心里也是欣慰的。

两人相互抬了一阵轿子,胡总又开始讲他当年激流勇退,告别纯文学江湖的隐情,坦言说:文学这东西害了不少人!

胡畅当年做副刊编辑,少不了与文学爱好者打交道,其中有三个文学作者让他内心受到深刻触动。一个苦恋文学30多年，到了50余岁依然单身，生活过得也是贫困潦倒，活脱脱一个孔乙己似的人物；一个因为文学梦想而放弃了稳定的工作，最终搞得妻离子散，一个人孤独地生活；还有一个文学青年学路遥，夜以继日地埋头创作，结果是英年早逝。胡畅当年出版散文集《踏歌行》后，也跃跃欲试想加入省作协的。他找了文学恩师——现在的省作协蔡副主席去疏通关系。蔡老师当时帮他找了省作协一位领导，由胡畅出面请客吃饭，填了入会申报表，送上了散文集《踏歌行》。事后，蔡老师又示意他再去送点人情，可惜胡畅认为自己都出书了，高估了自己的实力，又有囊中羞涩的原因，没有听从恩师的指点，结果名落孙山。老师劝他莫灰心，来年继续申报，但性格刚强的胡畅选择了退出。胡总说到此，表情再次回到往年的神气样。他说："我何必奴颜婢膝地去求一个没有实惠的鸟作协会员的虚衔呢？多少追梦者，在这一条路上竹篮打水一场空，难道我也去步他们之后尘吗？我就一不做二不休，弃文学如敝屣，主动申请调离副刊编辑部，到报社广告部任副主任，搞实惠了。"

失落于文学的胡总，眼下唯有贬低文学，才能抬高自己的身价。为此，宋奕平又苦涩地感慨：曾经是文学青年显清高，当下则是用卑俗文学显清高。世事真乃三十年河东、三十年河西啊！

胡总继续攀谈说："现在蔡老师已经是省作协副主席了，我们关系一直很好。我若想再加入省作协的话，只需他一句话。但加入了又怎样呢？蔡副主席现在还不是要在《新学生》杂志上发表几篇散文，盼望我给点高稿酬？我在《江边时报》当副刊编辑时，省作协那些鸟作家，还不照样请我吃饭喝酒，要我照顾他们发点稿子？"对此，柳总哈哈笑着赞同胡总的说法。

两个人大彻大悟似的谈得投机，宋奕平却听着这些戏谑的言辞很不舒服，很想跟他们唱一场对台戏，但终归还是选择缄口为妙。不过他忽然又感觉，眼下胡总与柳总谈得来，只不过是一种貌合神离的暂时投机而已。

人与人之间本是不难找到共同语言的，可柳总与胡总从前又是那么的水火不容。借与柳总单独聊天的机会，宋奕平把话头触及这方面。柳总忽而神色怆然、乌云陡起的样子。他冷笑道："不是我要同他结什么怨，而是哪里有压迫，哪里就有反抗；哪里有图私阴谋，哪里就有斗争！"

宋奕平被他一语逗乐了，觉得柳总也不是省油的灯。

柳总说自己是创建《新学生》杂志的元老，最初从1500元的月薪干起，这么多年来编务、发行一肩挑，可以说给杂志发展立下了汗马功劳。可是，他至今仍只拿每月4000元工资，还靠中途入了一点小股，分一点红利残羹。他拿低薪卖命做还不算，胡总一直对他盛气凌人，把他当奴仆使唤，没有半点尊严可言。杂志社就像是胡畅的私人天地。这么多年来，他夹着尾巴、忍气吞声地讨口饭吃，不得不在胡总面前强装笑脸、讨好奉迎。他也发现胡总有许多私心，因此鼓动股东们强化财务监管。可胡总知道后，又千方百计地报复他，动不动就要撤了他执行总编的职务……柳总倾诉得动容，憎恶地道："宋总你说说，我肚里郁积这么多年的委屈，一下子吐得出来吗？后来我也渐渐学乖了，尽力避免正面冲突，同他搞曲线斗争。"

宋奕平听得心情复杂、良久无语，暗暗感觉柳总与胡总的斗法还会延续……

第五十三章　大胆用稿

　　最新一期杂志印出来，胡总仍然感觉不尽如人意。他毅然决定召开一次整风会议。整风会上，他提出了刊物要走非常道路，坚定往百万大刊的珠峰奋进，还责令每人写一份反省材料，自我清洗陈旧观念，努力开创刊物可读性的新局面。宋奕平觉得胡总这种洗脑方式，愈来愈像搞传销的套路，甚至有类于邪教的做派了。但他没有料及，胡总在一次例会上公开要柳总参与到《时报文汇》的编务讨论中来，发表指导意见。柳总乐呵呵地眉开眼笑起来，看样子对胡总的怨怼已经烟消云散了。

　　之后在总编办举行周例会，柳总便开始端起神气侃谈高见。但所谓的高见，就是胡总提出什么意见，他就站出来表态："胡总的观点很有洞见，我赞成！"或者就不着边际地点评说，目前刊物的卖点文章仍做得不够到位，选稿不够大胆，内容质量还有很大的提升空间。当胡总批评哪一处具体问题时，他就绕一个弯，也曲意表明自己有相同看法。许多时候，说得编辑们偷偷瞄他一眼，又不好作声。《时报文汇》每期发给他一本，宋奕平发现他平时翻都懒得翻一下，就随手送给来访的哪位女性朋友。可是会上，他揣摩着胡总的意图说话，却总能见风使舵，发表一通读后感和高见。有一回，柳总不慎露出了破绽。他说："我赞同胡总曾经提出的增设一个军事栏目的指导意见，这是一个很有卖点的栏目，应当尽快落实。"话一落腔，全场面面相觑。宋奕平哈哈笑着抢白道："柳总大概从年底忙于跑发行，好久没浏览杂志了吧？这个栏目从去年

11月起，在可乐版中就有增设了。"柳总霎时脸色一阵白一阵紫，只好借坡下驴，承认近来事情太多，没有好好去读《时报文汇》。

胡畅社长说，《新学生》杂志基本走稳了路子，柳总得用更多的精力帮助振兴《时报文汇》。稍停又说："大家要放开手脚选稿，耸人听闻一点也无所谓，刺激煽情一点也无所谓，甚至带点黄都无所谓。找卖点除紧盯明星以外，还要找解密历史的新鲜主题，比如，我曾给你们找来的那一篇《潘金莲原型是温柔淑女，和武大郎结婚育四儿女》，几多新鲜啊？又比如笑话栏的稿子，连发行部沈总监都总在批评文章不能让人笑爆肚子。另外，我们还可以大胆选一些黄段子编上去，当然，现在流行看星座，看面相手相，看风水，这些都是可以摘录的内容。"

全场听得愕然，这时薛悦瞟了一眼胡总，又瞟了一眼宋奕平。胡总训话的思维又打开了，满面春风地说："你们不用怕事，稿子有我终审把关，怕什么呢？你们一百个放心，天塌不下来的！即便天塌下来了，也有我来顶着。"会后，他又找到宋奕平，语重心长地说："刊物发展到了第二年，是崛起的关键年头了，再耽误不得了。杂志还不强势崛起，黄花菜就要凉了，到时我怎么向股东们交代啊？所以你在编务工作上一定要放开手脚，紧跟我的步伐，把顶层设计执行到位。"胡总的态度一软和，宋奕平尤其受感动，便表态说："好，胡总，我今后一定遵照您的指示办事！"胡总欢喜地一拍桌子："这就对了！你早就该这样了。"

宋奕平回到编辑部，进门就听到几个编辑在发牢骚：胡总一味只强调卖点卖点，尽要求编些稀奇古怪的下三烂东西，难道读者都是无聊的流氓吗？他想要天下人都来读《时报文汇》杂志，可能吗？是不是太贪心了？

牢骚归牢骚，但编辑们新送审的稿子确实大胆了起来。许多猎异猎新观点的、颠覆历史定论或下流痞气的稿子都送上了案头，看得宋奕平忐忑不安。他在迟疑之际，耳边又响起胡总批评他畏手畏脚、固步自封的声音，他便苦涩地摇摇头。对于一些过激过痞的稿子，宋奕平终归只敢在发稿单上签下备用，可胡总大红朱笔的终审批复则是用稿，还加上旁批"优稿，莫再扼杀了有卖点的好稿"，云云。胡总参加评刊时，仍不忘大放厥词：观点要犀利，偏激点无所谓，要敢于打擦边球；故事要新鲜刺激，痞一点无所谓；笑话得让人忍不住喷饭，哪怕是黄段子、男女风流韵事都可以采用；军事话题，要寻找最新最敏感点；明星稿要找鲜为人知的幕后故事。

宋奕平的确有点死不改悔。胡总签发的个别稿子，排目录时他又偷偷地擅自刷下，结果被胡总发觉了。胡总电话把他唤上25楼，黑起脸色质问："为什么不按终审意见发稿？为何还在食古不化？观念到底还能不能扭转过来？"一顿鞭子抽下来，宋奕平狼狈不堪。他低声道："只放缰不收点缰，难保今后不出事啊。一旦……"

胡总眼里冒火说："我反复在会上申明过，出了问题由我负责，你还在犟啊！还要我写个保证书到你手头吗？！"

宋奕平有点下不了台，闪念又觉得招训也属活该，便带点赌气地承诺："我今后真的就依您胡总的意见办！"心里也说服自己，胡总社会关系好，手眼通天，即便发生点什么，他也是可以摆平的，自己实在不应该再固执下去了。

胡总着重批评笑料栏目编的段子不刺激、不好笑，远不如手机上流行的那些黄段子、小故事让人捧腹而笑。要改变这个缺陷，可以考虑摘编一些黄段子、黄笑话上去……

宋奕平觉得胡总的卖点思维有些陷入迷惘了，便忍不住又顶撞了一句："胡总，堂堂国家级刊物难道要靠转载黄段子来吸引眼球，到底还要不要讲品格呢？"心里还有一句难听的嘲讽话到嘴边咽了回去：这不是形同妓女脱下裤子赚钱了吗？

胡总被顶得发窘，却破例忍住气说："我发一条黄段子给你看看吧，是不是有不同的效果。"说着，他从手机找了一条黄段子给宋奕平看："这是一位当处长的朋友发给我的，人家处长没品格吗？这些段子成为社会精英圈的快乐，在圈子里广泛转发，大家还不是纯找一点乐子，能与品格挂什么钩呢？"

宋奕平又忘了自己的再三表态，还争辩说："有些东西只能在厕所发表，有些只能在手机上发表，有些东西只能在网上发表，硬把这些东西搬到正规杂志上来，就会让读者觉得反感。再说，例会讨论，编辑们的普遍意见都认为摘录黄段子不合适。"

胡总手机往桌上一摔说："我看你这人是没救药了……"

宋奕平只好软了语气苦谏："胡总，黄段子上刊物，真的不妥。群众的反对意见你也得重视啊。"

胡总吊起脸站起身说："我不需要你教训，现在要做的，是你和编辑们统一思想，严格按我的要求做事。"说完起身离去。

4月底，新闻界爆出了《江边晨报》一篇谈辛亥革命的文章，存在严重观点性错误的事件。省新闻出版局对此下达了相关责任处分的通报，终审总编被撤职，责任编辑被调离岗位。江边时报集团把通告复印后转发到杂志社总编办。胡总看了通报后轻淡一笑，若无其事地说："《江边晨报》在大是大非上出问题，这是犯了低级错误！大家不用因此怕事，《时报文汇》有我把关。"

事情就这么凑巧，几天后宋奕平在审一篇稿子时，发现了一个隐蔽的问题稿子：文章写台湾一个营养专家的逸事，称他是"国家一级营养师"。宋奕平仔细看发现：这个所谓的"国家一级营养师"其实是民国时期的职称，这就是潜在的政治问题。他忽生一个恶作剧的想法：学柳总设个局试胡总一下。他不对此处差错做改正，交给胡总终审。胡总终审这个稿子，果然没有发现这处隐患。宋奕平仍做进一步的试探：让带病的稿子进入编排，打出清样进入分级校对流程，胡总终校的样稿返回编辑部后，宋奕平发现这处差错仍没有改正。于是，他捧了终校后的稿子找到社长办，向胡总请教。胡总不由得脸红了一下，不自在地称自己当时的确麻痹大意了，幸亏他及时发现。不过转眼胡总又强辩道，这样的小问题，谁也不会那么细心去推究的；这本来就是一篇从国内报刊摘录下来的稿子，刊出后也没有发生什么事。他反过来再劝宋奕平，莫要草木皆兵，太怕事；政治问题也有大小之分，打点擦边球是无所谓的。

第五十四章 周年庆

一晃眼又到了草长莺飞的春夏之交，也迎来了《时报文汇》改版上市的周年庆。但在宋奕平的回忆里，却是一路风雨兼程、跌跌撞撞。胡总当初策划《时报文汇》改版全新上市的四大促销主题活动，其中"一字千金"活动中途叫停，"前一千名订刊读者免费赠十年刊物""最高万元优秀荐稿大奖"两大主题活动也是虚晃一枪，不了了之。但他毅然决定兑现活动之四——周年庆的读者节登山活动。他还要求活动要搞得有点规模，把人气搞起来，同时要注意控制成本。

关于去哪里登山的问题，编辑们私下冀望从五岳中任选一山。但胡总要求，此次登山活动既要搞出声色，又要节省费用，提议从江边市的西山公园登起，待杂志发行量今年上了新台阶，再选一座更高的山去攀登。

可接下来编辑联络读者和荐稿人代表参加周庆活动却遭了冷遇，被邀人有的称要上班，没时间；有的一听游西山便没了兴趣。编辑们邀请嘉宾的人情，反而成了完不成的任务。直到周年庆的前一周，报名人数仅15人。缺少读者、作者与其他社会人士的捧场，这个周年庆看来成了自娱自乐了。胡总有些生气地说道，找人过来白吃白玩都做不成，你们也太没用了吧？宋奕平说，现代人都是有生活追求的，这点福利实在没有诱惑力。胡总皱了一下眉头思考着说，那就每人再送一把雨伞吧，先摸摸底，跟受邀人员吹风说还有特别纪念品相送。胡总又自言自语地琢磨：在雨伞上印杂志名称和订刊电话，也等于给杂志打小广告了。

赠送特别礼物起了一定作用，编辑们好不容易又说动一些人，但来一个嘉宾还是很费劲的。眼看大家拉郎配艰难，宋奕平私下放宽了条件，允许拉亲友，管他是不是读者或荐稿人，拉来凑数就行。这样终于邀请到了30余位读者代表。

主客相约上午9时在公园南门集合，行程安排是从南门大道上山，爬到山顶后再从北边下山，在北门附近吃中餐。人数清点到齐后，胡总煞有介事地做了一个周年庆典讲话，勉励读者、荐稿人与杂志共襄盛事，成就一番文化事业。《时报文汇》的发行量再翻一番的话，在改版两周年庆时就组织去登南岳衡山；后年杂志发行再翻番，我们再去攀登更高的名山，直至杂志发展到百万份，我们组织攀登珠穆朗玛峰。

几个编辑起哄欢呼，来参与活动的读者们却反应冷漠，一笑了之，好像不寄予任何希望，估计认为去登珠峰是一件不可能的事情。

春天的大自然是一篇最美、最耐读的散文。煦阳温和，清风习习，空气凉爽，鸟儿带着啁啾从头顶飞过，时不时见到蝴蝶围在身边蹁跹，路边随意生长的草木也很有生趣。透过绿荫遥望山顶，可见到城市上空少有的蔚蓝。久处办公室，出来投身大自然的怀抱，让人感到无比惬意，也觉得大自然的美才是最适人心性的。胡总、宋奕平与编辑及嘉宾一路谈笑风生，沉浸在放飞心性的愉悦之中。胡总说周年庆典逢上了这么好的天气，预示《时报文汇》杂志必将迎来蓬勃发展的新时代。编辑们各带了20本过期退刊，一路向踏春的游人发放。有游人翻看着杂志，笑笑道："你们这本刊物蛮有读头啊，只是少了点思想内涵。"快活的薛悦捡胡总的说辞回敬一声："我们的刊物追求的不是所谓的内涵，而是希望为你们带来轻松和开心。"宋奕平看到胡总眯起眼睛笑，眼角的鱼尾摆得很欢。

爬到西山的八角亭，已是山顶了。大家感觉腿脚发酸，身上有微微汗渍，便寻找可休息的地方。八角亭旁边有一处服务点,卖饮料和小食品，还有一个烤羊肉串的摊点。在八角亭歇息的人比较多，还有不少人站在山顶草坪上，吹着微微清风，不远处是一处雕塑景点。景点设有两排诗词碑林,皆为自古文人墨客吟唱清江的经典名篇。品读这些佳作,再远眺山脚下清江的靓影,虚虚实实的意会,最能让人感觉到文化清江的源远流长。宋奕平每次观览这一处风景,都能感受到建设者的匠心独具。

薛悦忽而玩世不恭地又向胡总等提议:"我们在这发一些杂志,拉拢一些读者,每人发放两串羊肉串,搞一个读者评刊的小联谊活动吧。"

胡总呵呵笑着同意:"好啊,你们就去拉读者过来吧。能拉十来个人,加上随行的读者,我们就一起搞个山顶评刊。"胡总从包里掏出一瓶可乐,喝了一口,又说,参加活动的读者每人发两串烤羊肉串,我们自己人就免了。有人忍不住嘟起嘴,表示不乐意。于是胡总只好松口,杂志社员工也都发两串烤羊肉串。

山顶的风有些清凉,拂在微微冒汗的身上,内衣与肌肤相贴,有冷冷黏黏的感觉,令人有些不爽。一眼远眺起伏连绵的锦绣山岚与隐约可见的苍茫城市,这才体会到什么叫心情舒展。沉闷的编辑岗位,多么渴望有这样一些身心放松的机会啊。

借顾副主任清点人数去烤羊肉串的时机,编辑们在亭前的平地上继续给闲散游人发杂志。活动拉开场子,嘉宾与山顶的部分自由游客围成了一个圈。胡总煞有介事地发表了即兴演讲,介绍《时报文汇》的办刊宗旨、上下半月版的定位、刊物的行业影响等,希望读者对刊物提出批评意见。

他的话音刚落,一个被拉过来的中年妇女晃了晃手头的杂志,一脸严肃地说:"我读过你们的刊物,你们会接受批评、认真改进吗?"

胡总很高兴遇到了热心读者,眼角鱼尾纹一摆一摆地很快活。又听说她是《时报文汇》的老读者,胡总尤其来劲说:"这位大姐,我们就是来诚恳听取大家意见的。"

大姐就紧跟了一句:"那我就讲真话哩?"

胡总看着她,表情有些拘谨了。

大姐板起面孔高着嗓门说:"我劝你们莫要再办这种下三烂的杂志了,害人哩!我的儿子还在读中学,他们班级就订了你们的破杂志,他还喜欢带回家来读。我发现他变得越来越油腔滑调、奇谈怪论、吊儿郎当了，最近还在学校搞起对象来，学习成绩也是一落千丈。我这孩子，原来可是一个成绩优良、孝顺听话的孩子啊，差不多被你们这本破杂志给毁了！你们还什么狗屁可乐、橙汁版啊！超市里的可乐、橙汁还多少有点营养成分，你们的可乐、橙汁全是色素和毒物……"大姐喋喋不休，情绪非常激动。其他许多人便围观倾听，面面相觑。

一时间，胡总的笑僵在了脸上，在场的杂志社的人无不面呈尴尬。宋奕平也清楚，《时报文汇》借助《新学生》的发行关系渠道，已经在各中学的图书室、班级中大范围地铺开了。

大姐是一个泼辣角色，动容地朝着胡总抱拳打起恭说："你们如果从今往后改头换面，把杂志编得正派一点，编得健康文明一点，我就给你们叩头了。"说了还做出单脚下跪的架势，好在杨菁云站在身边，一把拉住了她。

编辑们与嘉宾们无不哗然色变，许多接过杂志的游客，斜着眼把杂志草草翻了翻，就随手扔进了垃圾箱，客气点的，则把杂志退到发送人手头。场面非常难堪。胡总与编辑们愕然傻立，倒是胡总稍稍缓过神来，觍着脸辩解说，我们《时报文汇》本来就不是编给学生看的，我们是编给社会成年人休闲阅读的……

大姐仍不罢休地说："你们不是编给青年人看的，就莫要向学校发行啊，也应当在杂志封面上注明'少年不宜'啊！再说社会需要正能量，你们编给成人看，也不可以贩卖下流吧？媒体应该要有基本的社会责任感吧？"

围观的游人和部分嘉宾听得鼓起了掌。这时，顾副主任正烤了一把羊肉串走过来，向大家发放。可新老读者们一个个迟疑着不肯接受。顾副主任游移着眼睛，惶惑得不知所措。宋奕平灵机一动打破僵局说："这位大姐刚才的意见，我们会认真思考的。大家对刊物还有其他看法或好意见，今后都可以来电来函，我们欢迎不同的意见。羊肉串是我们赠给大家的休闲小食品，请大家笑纳，把我们的小心意接到手。"

有两个人忍不住嘴馋开始接过顾副主任手中的羊肉串，其他人也接了过去。烤过来的一大扎羊串总算发放出去了。但发言的大姐死活不接

第五十四章 周年庆

羊肉串,嘴里还愠怒地说:"羊肉串我不吃你们的,只希望你们的杂志不要再毒害我儿子,我就谢天谢地了。"

接过烤羊肉串的人,好像拿了手软、吃了口短,悄无声息地散开去了,读者评刊活动尴尬收场。杂志社人员悠转在亭前平地上,顿感索然无味。

大家在上山的路上还隔远隔近地走在一起,下山的队伍却分散了。胡总郁郁寡欢,脸上惆怅未褪。他偕夫人林主任,邀宋奕平、沈总一起抄小道下山,顺便去半山腰的古庙拜拜佛。宋奕平与沈总都觉得同他们夫妇俩一起挺不自在的,就婉谢说:"我同沈总还是沿马路下山吧,正好也聊聊天。"沈总也同意沿马路下山,就对胡总夫妇说:"我们还是都走大马路吧,佛就留着下次再来拜吧。"胡总说:"我今天得去拜佛,把刚才那个女人口无遮拦的晦气冲掉才行。"宋奕平听后就笑,嘴头说:那是那是。他心里却在想:主张清心寡欲、妙享天真快乐的佛,如今被世俗同化了,成了世人祈求欲望的主了。

然后,他俩与胡总夫妇分道告别,相约在吃饭的餐馆会合。

宋奕平不胜感慨低俗刊物对市场的迎合,是一种对人性劣根性需求的迎合。他和沈总边走边聊,聊的话题当然离不开刚才那位中年妇女劈头盖脸的数落。沈总埋怨那女人真是个泼妇,又感叹办刊难满众人意,搞不懂刊物内容到底是雅一点好,还是俗一点好。回想山顶上胡总那几分狼狈,宋奕平心情沉重却又有些想笑,琢磨这一次或多或少会对胡总的办刊理念有一些冲击吧。《时报文汇》改版之初的两三个月里,编辑部不停地收到老订户的来信,责骂杂志向低俗投降,已经变得俗不可耐,明确表示不再订购。于是宋奕平问沈总,《时报文汇》老读者今年对杂志的订阅情况怎样呢?

沈总说,以前的老读者差不多都流失了,续订的不到10%。

宋奕平慨然道,看来高雅读物也是不缺少忠实读者的。沈总接口说,改版后的《时报文汇》,在今年的订数陡增几万份,又说明通俗趣味的读者大有人在啊。宋奕平说,这就是社会,一言难尽。但有责任感的刊物,理当正面引导阅读趣味啊。沈总道,他还是认同胡总的观点,市场刊物要迎合读者需求,这样风险更小一点。

宋奕平同沈总政见不同，一路谈说争论，不知不觉已走到山下的餐馆，发现胡总一行早已等候在那里了。胡总依然沉闷的样子，很显然没有从山顶的遭遇中摆脱出来。这时，薛悦摇头晃脑地走了进来。胡总见他就鼓起眼珠骂他出歪主意，好端端地提出在山顶搞什么联谊活动。薛悦红起脸僵立了一小会儿，便躲到一边去了。先到的都坐在一起喝茶聊天，人陆续到齐。开餐前清点人数，少了十来位嘉宾。各联络人分别打电话询问，得知他们各自散去，不来吃饭了。于是预订的席位空了一桌。胡总突然发现不见柳总的身影，顿时发火问，柳总没有来参加今天的活动？顾副主任说柳总早上给她打了电话，请假了。宋奕平替柳总开脱说，柳总这几天心情不好，好像在跟他夫人闹离婚。

胡总气轰轰地道：再有什么家庭矛盾，杂志社这么大的活动也应该来参加啊！他当即掏出手机打通了柳总的电话，对着话筒就是一顿厉声呵责。坐在另一桌的嘉宾投来异样的眼神。林主任敏锐地觉察了，悄悄拉了一下胡总的衣襟，对丈夫低声说了几句，胡总才平息下来。

周一上班，胡总来到编辑部召开《时报文汇》编务会，针对周年庆活动中那个中年妇女的评刊言论进行"拨乱反正"。他愤恨地说，那个泼妇的话只是个别观点，并不代表刊物的广大读者，要编辑们莫太当回事。《时报文汇》的改版是成功的、方针是正确的，必须坚定不移地走下去。杂志在新的一年发行量翻了一番，就是最好的佐证！

宋奕平怃然地想，胡总的意志看来是坚定不移了。

第五十五章 驱赶员工

宋奕平走进编辑部,开始和大家讲述上班路上遇到的新鲜事:一个流浪汉大概因为饥渴,拼命抢夺一位女士手头的面包和橙汁,吓得那女士魂飞魄散的,丢下食物就落荒逃跑,顿时引来上班人流的围观,造成了一时的交通堵塞。大家听得逸兴正起,胡总突然走进来,宋奕平戛然而止。胡总看到大家笑意犹在脸,便问宋奕平说了什么。宋奕平不太好意思地道出疯子抢面包的新鲜事。胡总借题发挥说:"你也喜欢新鲜事啊,怎么编出来的刊物就不新鲜呢?"编辑们听得哄笑。胡总又对他说:"刚发了几则笑话在你的QQ,你看下吧。"说后便离去。宋奕平接收胡总发来的几则笑料稿,有两则分别拿伟人与煤老板搞腐败扯在一起开涮;另一则笑料更鄙俗,明显亵渎母亲的形象。恶意搞笑,让读者满心不是滋味。这样的稿子能用吗?他惶然认为胡总的"打擦边球"找不着边界了,一味要卖点,要发行量,已经失去了理智。

宋奕平心慌慌地把胡总的示范搞笑稿拿给柳总看。柳总看得哈哈笑摇头说,劝宋奕平务必要慎用这类东西。

新一期刊物又要拟写目录了。胡总以前只对宋奕平拟好的目录过一次目,现在突然要求把目录连同拟用稿、淘汰的稿子一并送来核查。这让宋奕平想做点手脚就更难了。他正对胡总摘来的那几则笑料稿举棋不定的时候,胡总打来电话说,他在外头出差,要一段时间才能回来,这一期刊物的目录看不成了,要宋奕平把好关。宋奕平因此快活了,大权用一次算一次，他便把那几则笑料断然删掉了。胡总十天后回来看清样时，宋奕平不免有些紧张，害怕胡总生出情绪来。谢天谢地，胡总什么也没说。为此宋奕平侥幸地想：胡总带点小健忘症，一定是把他自己摘的那几个小稿给忘记了。

这天，宋奕平去社长办与胡总谈事，一眼看到桌上摆放着几本商会会刊。胡总现在春风得意，在好几个商会兼了职位。宋奕平随手拿起会刊翻阅，发现会刊都编得很有品位。中央提倡文化兴国，时下企业、商会都大打文化牌，商会内刊也都编得文化味盎然。对照《时报文汇》作为国家级正规刊物奉行的低俗路线，他满腹心思地说："胡总，您看现在这些商会内刊，都办得很不错，都是在做文化文章。"胡总抿嘴一笑道："你看到了其一，但看到了其二吗？这些所谓有文化品位的刊物，都是免费赠送的东西。如果拿到市场上去卖，能卖得掉吗？"一句反问，让宋奕平无言以对。

当下，《时报文汇》的荐稿稿费基本按千字20元的最低标准发放，但胡总认为荐稿费完全可以省掉。于是他发布了一道指示：编辑不准成天坐在办公室，每天都得主动外出采稿。为确保言出令行，胡总经常到编辑部来巡查，见到谁待在办公室就批评，责令其外出采稿。他觉得，编辑部只要有宋奕平守着摊子就行。有时候，编辑在办公室编稿或校对，也会遭遇胡总的呵责；待编辑低声下气申辩一句，他才肯罢休。刊物本已有制度规定：编辑每月规定一周的时间外出采稿，其余时间在办公室做些编辑工作：如在网上搜稿，看荐稿人的稿子等。现在因胡总的一道新令，这个制度似乎就自然废止了。宋奕平有时想留一个值日的，对方就阴着脸色顶回说："胡总不让我们待在办公室，我还是出去好。"宋奕平回想胡总曾梗着脖子说杂志社就是"我说了算"，倒也吐出了他潜意识里的由衷之言。

后来，发展到《时报文汇》编辑部里人影都难找到了，经常只剩下宋奕平一个人守家。胡总巡查一段时间后，认为已经达到了预期效果，就减少了督查。编辑们早晨上班前来报个到便不见了踪影，有的人连报到也省了，给宋奕平打个电话称采稿去了，便整天在外不归。轮到《时

第五十五章 驱赶员工

报文汇》编辑值班时，编辑部的卫生没人打扫，有客来没人倒茶水，盒饭没有人预订和送到桌面了。为此，柳总非常不满，对宋奕平说："值日制度怎么就乱套了呢，你们的人都哪儿去了？总得留一个值日吧。"宋奕平苦笑一声："没办法，胡总见不得我们的人坐在办公室。"

宋奕平看稿时偶尔想找人交流一下，或派人去办点啥事，却找不见一个人影。于是他请示胡总，值班员是否不必强调外出采稿。胡总说人尽其用，编辑部没多少要事，有你副总编值班就行了。宋奕平念及编务统筹宁菲菲的产假也将到期了，看能不能邀请她提前回来上班，也是多个帮手。他给宁菲菲打电话，宁菲菲委婉地回答，她身体欠佳，又向胡总续了两个月的假，宋奕平很是失望。为了避免管理失控，他要求编辑们每周五参加例会，无论如何都得回编辑部，汇报一周的工作情况，要求每天当面或电话说明去向。

宋奕平察觉了一个现象：胡总赶编辑们外出采稿，开始大家都面有难色的，但现在不同了，谁都巴不得外出。他狐疑地想：他们真的自觉在外头采稿吗？还是像脱缰的野马在外头放任自由了？或是干脆做别的事情去了？那些早晨打电话说外出采稿的人，会不会是睡了懒觉，靠在床头打电话忽悠呢？念及此，宋奕平在例会上进一步规定：凡外出采稿的人，都得说明具体去处以备查；每周周报得具体列出采稿的数量，以看工作成效。轮到出清样需要责任编辑做校对时，宋奕平就趁机跑了几处图书馆去明察暗访其他编辑是否在那儿找资料，然而见不着一个人影。回头再询问他们去哪里采稿，大多数回答是牛头不对马嘴的。

宋奕平感知了事情的不妙，认为不可含糊下去了，便把暗访的情况向胡总做了汇报，强调说编辑们可能借采稿之名在外放任自由，管理上不好收缰了。胡总闻言脸色铁青。让宋奕平万万没有想到的是，胡总竟然反过来对他发起怒气，怪他管理不严，导致了编辑部现在的失控局面。宋奕平觉得自己是好心被当作驴肝肺，气得说不出话来。他想发作，好好与胡总对决一场，然而理性劝他强忍住，让三分，海阔天空。

胡总分明有些恼羞失态了，不由分说地指示说：马上打电话，让在外采稿的编辑马上赶回来，下午召开整风会。宋奕平看一眼他，又回想他平时不可理喻地驱赶员工——眼前的顶头上司到底怎么了,是不是发酒疯了呢?

整风会上,胡总发泄了一通无名火,骂了一通人,然后宣布了新口谕:从明天起,人人必须按时上班签到,谁也不准擅自外出采稿;需要外出采稿的,需事先说明去向和采稿时间,在综合办公室登记,经批准后才能出去。平时摘稿主要利用网络资源,如今许多报刊建有数字版,可以网络阅读,众多网络媒体不乏好稿。显然,数字图书馆比纸质图书馆的资料储量丰富得多。

面对胡总的朝令夕改,宋奕平在心里苦笑,暗自摇头叹息。回味柳总嘲讽杂志社是胡总的一亩三分地,何其深刻也。

周四,下半月版的"时尚风情"栏目责编杨菁云潜入总编办,对宋奕平说,她周五要请一天假,正好连着两天周末去外地吃喜酒。宋奕平问:"本期栏目的稿子都凑齐了吗?是不是有足够的好稿可用?"杨菁云回答:"我认为好稿还是挺多的,都送交苏清主编在看稿了。我现在是提前了五天交稿,宋总先看着,如果需补充的,我回来再搞也来得及。"

请假制度规定,只要不耽搁工作,家里有特别事情的,都可以请假,副总编享有一天批假的权力。宋奕平便也不多说什么就批准了她。谁料,大矛盾因此闹出来了。

第五十六章 分道扬镳

周一，宋奕平发现杨菁云没来上班，也没有打电话续假。打她电话却显示关机，再询问苏清主编是否续假，苏清回答说没有。胡总来编辑部巡查，所幸没有点名问到杨菁云去哪儿了。周二，杨菁云依然没有来上班，也没见电话来说明情况或续假，宋奕平拨她的手机又显示关机，为此十分不悦，也不无担心是不是发生了什么意外。胡总又来到编辑部，瞅一眼杨菁云的空位，青起脸色对宋奕平发问："这两天，怎么不见杨菁云的影子呢？"

宋奕平如实回答："她上周五请了一天假，说是要去外地吃喜酒，我批准了。她昨天和今天没有续假，打她电话也关机的……"

胡总当即蹿火说："早几天我才开会宣布了，杂志社没有一个特殊员工，谁也不准来去自由、目无法纪，你这个副总编怎么执行的呢？"

宋奕平回答："我只批了她一天假，这两天她是自动缺工，我也着急，但没办法联系上她呀。擅自旷工，到时只能该怎么处理就怎么处理。"

胡总只顾发怨气："刚宣布了新制度，又执行不了！人都不见了，你这个副总编居然都不晓得她去了哪儿了，这种状况不妙啊！"说完气冲冲地走了。

宋奕平觉得顶头上司真是蛮不讲理，像是发酒疯了。他窘迫地对柳总说，人毕竟不是牲口，总不能用根绳子把她拴住吧。他突然觉得好屈辱，心想你长期让戴主编好几天不归社，顾及制度了吗？宋奕平呼着长气，却不能纾解胸中的憋闷。投眼窗外，城市依然是喧嚣的。他忽而怅惘于都市上空悬浮的雾霾就像欲望纷争的尘埃，无论是刮风、下雨或者艳阳高照都无法驱除干净。

柳总随声附和，指责胡总翻手为云、覆手为雨，严于律人、宽以待己。每说的一句话，都要求大家当作圣旨，一旦有过错，他就将责任推给他人。宋奕平恨恨地说道："胡总的确太情绪化，我越来越能理解你这么多年的委屈了。"

柳总的心情又被兜翻了，呼吸粗重起来，像憋得难忍的样子对宋奕平又吐出一大箩筐屈辱。宋奕平听着，更有惺惺相惜之情。

周三，杨菁云上班来了。宋奕平找她问话，她才坦白请假撒了谎，其实是去桂林追星去了。她最喜爱某明星乐队，该乐队在桂林开专场演唱会。宋奕平气不打一处来，说："我在替你受过，你倒是逍遥自在。为什么不续假呢？胡总发脾气向我要人，打你电话也打不通……你亲自去25楼向胡总说清楚去。"未料说曹操，曹操到，胡总又出现在眼前。他一眼瞅见杨菁云，便说："我还以为你失踪了呢，这几天干什么去了？"杨菁云耷着头不说话。宋奕平就把她去桂林看演出的事情说了出来。胡总听得不吱声，转而说："你这个'时尚情感'栏目的编辑，要去追星也罢了，不过得按规矩请假啊！"

胡总召集《时报文汇》的编辑们都到总编办开临时会。大家有些紧张，认为胡总又要整风了。未料，胡总忽而又露出了笑脸道："杨菁云失踪几天，我怕她被人拐走了，原来是追星去了。她的举动说明我反复强调的'刊物要多关注明星'这一个巨大卖点是正确的。你们看一看，杨菁云不顾杂志社制度，也不惜花费时间、金钱跑到桂林去追星，明星对她有多大的感召力啊！现在刊物走市场还显得乏力，原因是写明星和其他重头人物的稿子比重还不足。我们还要努力让明星新闻成为我们刊物的卖点。"

面色日渐红润起来的薛悦，心情好了，又喜欢调起皮来。他扭扭头说："可是胡总，我们杂志狂热追星的，也只有杨菁云一个人啊！"

第五十六章 分道扬镳

胡总愣了一下，便反诘："我们杂志社 30 号人就出现了一个狂热追星的，中国 13 亿人有多少追星族？如果这些追星族都能成为我们刊物的读者，我们的发行量会有多大？这数你去好好算一算！"

会场氛围为之轻松了，大家都快活地笑起来。宋奕平佩服胡总的诡辩术，也欣喜于上司情绪戏剧般地好转。然后胡总正色，要求大家遵守纪律，今后不可以来去自由。会后，胡总沉起脸色把宋奕平喊去 25 楼，训话要求对编辑部严加管理，绝不允许类似事件再次发生。好像杨菁云的旷工，是宋奕平指使似的。宋奕平很不服气，心想违纪的人你不追究，怎么就不依不饶地拿我问责？不过转念想只要事情过去了，自己顶一下罪也无妨。

宋奕平回到办公室，倒是听见杨菁云在编辑部津津乐道此次桂林追星之行的逸事，及演唱会尖叫欢呼、掌声雷动的火爆场面。他才突然觉察到她说话声音带些嘶哑，大概在演唱会现场呐喊尖叫过度引发的。宋奕平气得苦笑，也插话说了一句："杨菁云你还在讲你的快乐，我却被胡总又训了一顿。"杨菁云扮了一下鬼脸卖乖说："谁让你是我的顶头上司呢，我就在你的庇护下躲躲风雨了。"宋奕平的气恼无形之中消了，便问她是一个人去的桂林，还是组团去的。她回答说一个人去的，但在火车上遇到许多逃学去听演唱会的大学生。宋奕平又说："你花一大笔钱去凑这一场热闹，真的值得吗？"她回答："怎么不值呢，天天是单位—家里—单位，两点一线的生活都要把人给闷死了，外出放松一次，爽歪歪了。我遇上的那帮大学生，他们还是靠做家教、发广告传单挣的钱去追星呢。"

第二天，胡总忽然打来电话，吩咐宋奕平修改请假制度，强调副总编只能有一天的批假权，假条都得在杂志社综合办备案，云云。放下电话，宋奕平懊恼地想：员工一次违规，又没有耽误出刊大事，怎么就对我纠缠不休了呢？

以前请假制度其实是比较完善的，宋奕平觉得没什么要改的，假条放综合办备案一条也有。然后他赌气地想，干脆把副总编一天的批假权也上缴，改成请假一天务必电话或当面向胡总请假。

胡总看完新改的请假制度，打电话到21楼，让宋奕平带领大家上25楼开会，会上，胡总重申严加请休假管理的重要性，称基本同意宋总修改的新请假制度，但仍有两点需要完善：一是副总编一天的批假权，推给总编来批是推卸责任的做法；二是每周向综合办汇报编辑部考勤情况，改为每天汇报，即使请半天假也得汇报。

宋奕平则坚持一天的批假权也由胡总亲自把关，一两个小时或半天临时性请假，可由编辑部把控，考勤只能周报。理由是如果遇上审稿或者校对，一不小心忘记上报当天考勤，免不了又会遭到责问。

胡总绷起脸说，严格执行制度，不要讨价还价。

宋奕平便说，杂志社当初制定了那么多政策，现在有多少在严格执行呢？

胡总面目狰狞起来，瞪眼对宋奕平吼："就你素质低下！我不是在重新强调执行制度要严格吗？！怎么什么事情都要和我唱反调？我反复强调的刊物定位、栏目定位，你执行到位了吗？到现在还不是我在操这份心？"

宋奕平埋在心坎里的压抑也像火山一样爆发出来了，不示弱地跟他脸红脖子粗了。你嚷叫我高声、你指责我回击，双方干了起来，越吵越僵。胡总蛮不讲理地吼叫："你是副总编，制度为什么不执行好？！我的话你听了多少？要你搞些星座学、风水学、黄段子内容上去的，你听了吗？"

宋奕平针锋相对："你翻云覆雨，朝令夕改，让人无所适从，那叫什么制度呢？"

编辑们面面相觑，苏清站出来劝了几句，也无济于事，只好望着两位总编的争吵。其他人陆续悄悄地退了出去。

宋奕平觉得火气冲了顶，抬着嗓门说："你十足的家长作风，杂志社的制度凭什么你搞一言堂？为什么不以身作则？难道你的一切做法都是对的吗？如果你认为我不适合做这个副总编，你辞退我好了！"

胡总喘着粗气说："好，那好！从明天起你就不要再来上班了！"

宋奕平也不含糊地回答："我走,早想走了！你就依照《劳动合同法》

结算工资、给予补偿,我走人好了。"

　　宋奕平气呼呼地走出社长办,一眼瞟见一个熟悉的场景:胡雷等几个胡总的亲戚守在外头,尤其牛高马大的胡雷站在桌边似乎已怒火难耐。一束束恨恨的目光像利剑一样刺向他,俨然只要胡畅一声令下,他们就会一拥而上。于是,他加快了离开的步伐。

第五十七章 补偿之争

晚上，乔副社长打电话给宋奕平，劝他回来，胡畅社长那边的工作他去做。柳总也打来电话，说他宋奕平不能这样一走了之，应当向胡畅索要补偿。宋奕平都含糊地应答着。

睡在床头，宋奕平感觉既窝气又愤懑，纠结于自己的去留，后悔这一场争吵，恨自控能力差、遇事不懂隐忍、不晓得拐弯抹角，也学不会柳总那套逢场作戏的技能。反省自我，的确也是不留情面地冒犯了上司，让他当众下不了台。冷静回顾过去一年多来的磕磕碰碰和艰难困苦，可乐型刊物编得没有爽快和开心，有的只是憋屈、疲累和沧桑，那么又何苦再勉强自己呢？再对比柳总的处世艺术，他自觉性格太直，和胡畅合不上拍，又受不得气、演不了戏、装不了孙子，显然难以融入这个小环境，觉得还是快刀斩乱麻，趁早退出的好。又说编这个扯淡的杂志，把自己的文学志趣埋汰在文化垃圾当中，只图去满足他人的发财欲，这样值得吗？当今时代，自己去做点什么不行？或者姑且静下心来写一两部酝酿已久的长篇小说也行，多少可以酬谢自己的文学梦，干嘛要赖在这片屋檐下混一口饭吃？再有，胡总关于市场化卖点与大胆用稿的紧逼，更叫人产生一种跳出火坑的冲动。宋奕平在床头一番辗转反侧，心思平静地认为道不同，不相为谋。

翌日，宋奕平告别柳总和其他同事，抱着一份坦然的心态去找胡畅社长谈劳动补偿的事。为图个好合好散，他首先就自己的顶撞向上司道歉。胡总仍摆出一副高高在上，顺我者昌、逆我者亡的神态。他答应当天给宋奕平结清工资，但补偿一事，得同股东们商量后才能答复。他豪爽地说："只要股东们同意，我胡某绝对没意见！"宋奕平问需等几天，胡总说近期事务忙，再等一阵子吧，有消息就联络他。

　　十天过后，宋奕平就补偿一事打电话询问胡总。未料胡总很干脆地回答，股东们不同意补偿，他也没办法。宋奕平才明白胡畅只是找一个漂亮的借口搪塞了他，他气愤于胡畅太不君子了，决定去胡畅办公室理论。

　　宋奕平清楚胡畅的为人，去之前好好做了一番《劳动合同法》及其实施条例的功课，算是有备而来。他心里也有打算，如果心平气和给予补偿呢，他让点步就算了。如果杂志社拒绝补偿呢，那对不起，试用期三个月的工资差额补偿再加延期四个月签劳动合同的双倍工资，还有拖延半年的社保金追缴等，要求一并依法补偿。现在，宋奕平坐在胡畅社长面前，不含糊地把依法补偿的各项要求提了出来。胡畅丢下手头的半截烟头，又抄起桌头的可乐猛灌了一口，把瓶子往桌面一顿，冷笑着回答："你就一个一个找股东们说去吧，看他们答应不答应。"宋奕平说："我又不是来求人办事的，干嘛要一个个去找？协商解决好呢，我还可以适当让步；协商不成呢，就……"

　　胡畅头一昂，痞笑着打断问："如果协商不成，就打官司是吗？好啊，依法解决好啊！我们杂志社有法律顾问，政法界我也有朋友，做些法律咨询还是很方便的。"说完，他就倨傲地自顾翻看起报纸来。

　　这不是赖皮加唬人吗？宋奕平咽不下这口气说："那我只好依法办事了。"

　　胡总站起身说："你别动不动就用法律来跟我说事，我刚参加完预备劳模的劳动法培训学习，不是不懂《劳动合同法》。"

　　宋奕平也回敬："懂法就好，我就怕胡总是个法盲。"

　　胡总一副要离开的样子，复又坐了下来，用平和的语气反劝宋奕平道："好合好散，我们今后还是朋友，你何必计较这点小补偿呢？"

　　宋奕平说："胡总，你扪心自问，这样做事合理合法吗？"

胡总耷下眼皮说："好吧，补偿的事，我同股东再做商量吧。"说着他站起身来道，"我今天还有要事，要出去了。"

宋奕平紧追问："那你具体什么时间再给我答复，我总不能漫长地等下去吧？"

胡总鼻子哼哼地说："你别这么急嘛，等召开股东会时，我会提出来。"

宋奕平表示只能再给一周的缓冲时间。他回到家，正遇上陶利主编打来电话，问候他工作是否还好。宋奕平不无羞惭地坦然相告，他离职了。陶利很是惊讶，并问个中缘由。宋奕平只得把离职原因简单述说，并称自己打算尝试一下个人创业，却又不知搞什么行业好。陶利就劝慰和鼓励他说，走创业路是对的，打工终归不是长久之计。他说他也想跳出来创业，或从事一段时间的专业写作。陶利自鸣得意地告诉他，他的又一部官场小说成功脱手了，卖给书商五年版权3.5万元。宋奕平连连向他道喜，心里却有酸酸的感觉。

晚上，宋奕平冷不防接到柳总的电话。柳总说："宋总，你不应该走人的。你这一走，中了胡畅的调虎离山计。他现在让《新学生》的唐主任替代你的位子，让他的外甥媳妇做了《新学生》的编辑部主任。他许久前就在筹划提拔他外甥媳妇了，正愁没机会……"

宋奕平回想胡总此次的无端发难，五味杂陈，回不过神来：自己果真是中了套吗？他清楚，玩心计自己远不是胡畅的对手。

柳总又透露说："乔副社长和其他几个股东都十分不满他提拔自己的亲属，都在将他的军，不同意支付这笔补偿金，要求把你请回来。现在，股东们与胡畅的关系闹得有点僵。"

宋奕平很感激柳总的背后相助。过了三天，柳总再打电话过来："胡畅已把人事调整的报告，递交江边时报集团和中国时报协会备案。现在乔副社长和其他股东们同意对你做适当补偿，可是胡畅回过头来又不同意了……"

宋奕平不甘于被胡畅耍弄，再打电话与胡畅交涉补偿。胡畅却在电话里强硬地回答："你想怎么办就怎么办吧。"说完便挂了电话。宋奕平木木地放下手机，耳朵里还响着嘟嘟的忙音。他顿时升起一股凛然之气，申请劳动仲裁，和他胡畅先打仲裁官司。

窗外是淅沥的梅雨，湿漉漉的气息叫人心情郁闷，汽车驶过街面的滞重声音传过来，却很刺耳烦心。宋奕平又感觉对簿公堂终归不是一件痛快的事情，他十分痛恨胡畅太强势欺人，不肯得饶人处且饶人，硬要把人逼得没有退路。他想世间的许多纷争，原本都是逼出来的。

宋奕平虽然铁了心离开杂志社，但对自己情绪失控还是有些后悔，但也痛恨胡畅的蛮横霸道，因此决定好好教训一下他。然而，他没有料到，曾经担心的事情还是发生了。

第五十八章 意外事变

这天，柳总打来电话告知：《时报文汇》出事了，闯祸了！正是宋奕平离开前编好的那一期杂志，文章标题是《年轻的英雄》，政治观点出了大问题，被中宣部与新闻出版署几乎同时审读出来，责令主办单位中国时报协会查究相关责任人。昨日下午，中国时报协会向江边时报集团发来传真，要求立即查处此事，并做专题汇报。

说起《年轻的英雄》一稿，宋奕平很有印象。当初是责编从网上摘下来的，观点的确另类大胆，让宋奕平看得头皮发麻。要不是耳边回响着胡畅的训责，这个稿子他无论如何也不敢录用的。这篇稿子从责编、主编、编务统筹均一字不改地签了用稿意见，副总编改后也签了用稿。出于大胆用稿的考虑，宋奕平只是把文中替反动人物翻案的"某某某也是民族英雄"等词句做了删除处理，另外把一些偏激的观点做了弱化修改。就此事，他在编务会上提了出来，要求编辑警惕类似问题。胡总终审却一字不改地签发了，而且终校也没有对观点问题做任何修正。上头追究该稿有替汉奸汪精卫翻案之嫌，且文章把汪精卫等反动人物同革命领袖们相提并论。宋奕平后悔自己定力不足，盲目屈服了胡畅大胆用稿的强令。

柳总接下来告知，时报集团在处理决定上，虽然对全部涉及审稿责任的人做了处分，却把主要责任算在了宋奕平的头上。宋奕平当即不顺气了："我虽有责，但胡总终审把关，拥有一票否决权——怎么就轮到

第五十八章 意外事变

由我来负主要责任？而且，他在会上会下反复强调大胆用稿，有他把关天塌不下来，即便天塌下来了，也由他顶着。现在问题出来了，他怎么就变成缩头乌龟，要我来顶罪了呢？"柳总就笑呵呵地说："胡畅的为人，你还不清楚吗？"柳总又进一步透密：胡畅在江边时报集团融通了关系，仅对他做出罚款5000元的处理。柳总又千叮万嘱，千万莫透露出是他在通风报信。宋奕平说："这个你放心，你暗中帮我，我怎么会牵累你呢？"

挂断电话，宋奕平认为自己不能这样不明不白地替人受过，得找胡总交涉。他愤愤不平地打通了胡总手机，询问相关情况。

电话那头，胡畅声音有些烦躁地说，他正在外面办事，明天来杂志社面谈吧。第二天，宋奕平赶到社长办公室，询问这一事件的处理意见。这位自信过头的社长总编显得有些失落，嘴里吐出一句咒骂："他娘的，我这一回把关是大意了。"他脸上浮起了红晕，眼部鱼尾勉强动了两下，装出一抹艰难的笑，起身手脚慌乱地在案头文件夹内找出了新闻出版署的传真文件和时报集团对事件的处理意见，嘴里还嘟哝道："这一回大家都大意了，都有责任，所以处分也是人人有份。"宋奕平一看处理结果，验证了柳总的信息属实：自己处分最重，被撤销副总编职务；胡畅处罚金5000元；可乐版主编、编务统筹均做降级处分。

胡总这次显得非常谦逊有礼，亲自倒了一杯茶水过来。宋奕平想质询责任分担的依据，转念一想自己终归离职了，就当一回义士、做一次替罪羊吧。要不，他这个社长总编也做不成了。何况，他也不想把事情闹得太僵，化干戈为玉帛，对双方执手言和处理好补偿一事，也是一次机会。

宋奕平喝了一口茶水，用嘲弄的语气笑道："胡总，看来你'大胆用稿'的理论，还是走不通啊！"

胡畅却避开他的目光，不好意思地咯咯笑着说："哎哎，主要是这么多年《新学生》杂志在我的把关下，一直没出过什么大事，真的！我也就麻痹大意了一点，不想就出事了。今后呢，是得多小心一点才行！"

宋奕平把两份文件递回，又说，学生类杂志相对要单纯点，与成人读物还是很不一样的。今后《时报文汇》用稿尤其得慎重了，再出问题的话，你这个当社长、总编的，恐怕也难辞其咎了！"胡总红着脸，点头称是。

宋奕平感觉，眼前胡总的态度明显不同于往日的轻狂。又想自己以德报怨给他顶了罪，他也该懂味了吧。便借机问："胡总，我的补偿问题，你们商量得怎样了呢？希望还是和平解决啊。"

他用少有的和气连忙说："这几天都被这事态搞得晕头转向了，你就再等等吧，该补的，我会替你争取的。"

听着这话，宋奕平的心头总算熨帖了许多。

回程的路上，他突然想起转向清江岸边溜达溜达去。前几天看报，得知法院针对年前那次清江滩头因争抢古钱币斗殴事件，以造假贩假、扰乱文物市场的罪名对一批人进行了判决。现在，市政府严禁在沙滩淘宝，并加大力度治理清江两岸的污水排放，恢复两岸植被，誓言要还清江以清流，把清江打造成中国的莱茵河！同时，也要加强对清江传统文化的理论研究和弘扬推广，还清江以文化清江的美好形象。初夏的雨水丰盈，清江水量比往年更加充沛，浩浩荡荡，像是在激浊扬清。宋奕平一脚踏在江边风光带的临水石墩上，看着滚滚江流奔腾北去，他在心里说：文化的清江，你几时才能真正地澄清起来，能濯洗人们的心灵，重返文化之河的神圣本色呢？

宋奕平暂且放下了这桩心事，开始酝酿开办一家文化公司，又构思写一部长篇小说。一门心思重新谋划人生，一晃半个月过去了，补偿的事怎么还没音讯呢？他预感到又被胡畅放了鸽子，便再打电话追问。胡畅在电话里烦心地说："你莫跟我再提这个事了！《时报文汇》的近期刊物稿子又被新闻出版署查出有问题！另外还有一篇揭秘明星隐私的稿子，也收到了律师函……你还在和我胡搅蛮缠的！"说完就气恼地挂了电话。

宋奕平一时蒙了头：又出问题了？怎么是我胡搅蛮缠了？出了事，又要归到我头上吗？他闹不懂胡畅的葫芦里卖什么药，怀疑胡总所言是否属实。他便向柳总发了个短信了解内情真相。柳总回电话过来，哈哈笑地证实确有其事。他说现在胡畅先生已经慌了手脚，急得像热锅上的蚂蚁，正忙于了难呢！

时隔一日，柳总再打电话向宋奕平透出一个机密：胡畅已借时报集团的名义起草了对新问题稿的究查报告，他仍把主责归咎到你的头上，谎称这些问题稿都是你离职时移交的。他又唆怂说："宋总，他得寸进尺得实在很过分。你现在离开杂志社了，还怕个鸟？你应当勇敢站出来反抗他，毫不留情地教训他！"

一连几天的绵绵阴雨，宋奕平的心情也有些压抑。他明白自己一腔义气又被胡畅利用了。他似乎才恍然悟出：义行只有对那些心怀感恩的人才会有正面的感召力。他认为，自己再不能充当傻大，继续给人背黑锅了。令人郁愤的还有，由胡畅这样的人来主宰两家媒体，充当人类灵魂工程师，这简直是社会的悲哀！他觉得，应向上级新闻监管部门反映《时报文汇》事态的真相。他憋着气开始写投诉报告，把电脑键盘敲得啪啪响，有如疾风骤雨一般。他把《时报文汇》前后两次事态的背景、经过以及个人申辩理由一并写了出来，分别寄往新闻出版署和中国时报协会。随后，他又写了一份劳动仲裁申请书，收集了相关证据，毅然递向了江边市劳动仲裁院，把胡畅送上了被告席。

第五十九章 证据造假

柳总听说宋奕平申请了劳动仲裁,在电话里哈哈地乐起来。他恨恨地说:"宋总你十分英明,就应当把胡畅送上法庭,让他体味一下被告席的滋味。"宋奕平内心很感激柳总的暗中相助,虽然他也清楚柳总是在玩借刀杀人的把戏,但宋奕平也巴不得有一个内线呼应。柳总还提醒说:"你也要提防胡畅这个人搞贿赂、找关系之类的卑劣手段。"宋奕平壮着气说:"真的不怕假的,有理不怕无理,柳总您就放心吧。"挂断电话后,宋奕平回想起胡畅曾动不动就说"你莫动不动就跟我拿法律说事"那副神气,除说明他惯于藐视法律,会不会他还有其他底牌?他越发有一种不信邪的逆反心理,越要试探一次在法律和事实现前,他胡畅究竟有何招数。好像神谕宋奕平维权似的,这天晚上的电视新闻正好播放一则报道:某老板企图拖欠员工工资,还采取威胁手段,遭到职工投诉,结果落了个罚款又遭拘留。为此他受到鼓舞,胜诉的信心倍增。

理性提醒宋奕平在战略上藐视对手,在战术上必须重视对手。打官司这一档事,自己毕竟缺乏经验。宋奕平约了一个相好的律师朋友喝茶,陈明事由,请教打仲裁官司的门道。律师朋友给他做了一番案情分析与现场应对预案的知识传授。宋奕平受益颇多、豁然开朗。

十天之后,宋奕平接到法官打来的电话,通知去取《时报文汇》杂志社的应诉书、证据材料副本和开庭通知书。对方应诉材料拿到手,果然不出宋奕平所料:杂志社提交的所有证据都系造假,并依假证申述理由。对此，宋奕平的心凉透了，他不再恼火，而是开始冷静思考对策。他想：法律也像一面照妖镜啊，能够照出一些人的原形。为逃脱一点补偿费，居然不择手段，这样的角色难道还让人惧怕吗？宋奕平开始从骨子里鄙视这个人，心态反而变得轻松平静了，进而又生出来一份凛然之气。

关键点上，柳总又打电话来通风报信了，透露说胡畅为应对此次仲裁官司，专门请了市劳动仲裁院的那个主审法官吃饭，并塞给他3000块钱的红包。另外，还请来了杂志社的法律顾问，做好了应诉的一系列准备，叮嘱宋奕平多加小心。然后，柳总又透露，新闻出版管理部门已对《时报文汇》多次发生政治错误做出处理决定：给予社长兼总编胡畅严重警告处分，责令《时报文汇》停刊整顿，并通报批评。上级领导还发了话：如果杂志再出现舆论导向问题，就吊销刊号。现在，中国时报协会已派人来指导杂志的整顿工作，计划再行改版，要求往弘扬正能量的方向转变。胡畅被搞得六神不安、郁郁寡欢、苦不堪言。

宋奕平听得快活，更坚信这一场仲裁官司还会给其沉重一击，让他胡畅在劫难逃。他期待与胡畅法庭相见，一一戳穿他的造假证据，再看他丑态百出。

胡总临近开庭却玩起了金蝉脱壳，这是宋奕平始料未及的。开庭前，宋奕平在劳动争议仲裁院的走廊上遇见乔副社长，他是替胡畅，带着律师前来出庭应诉的。不见胡畅到场，宋奕平不免大失所望。他调侃说："乔副社长，你这是何苦啊，我可不希望和你对簿公堂啊。"

乔副社长似笑非笑地道："宋总，我也不想在这种场合与你相会啊，可是胡总全权委托我应诉，我不得不来呀！到时多有得罪，只能请老弟谅解了。"他又说，《新学生》已经列为全省的教辅杂志了，胡总要去省教育厅参加教辅工作会议。近期，《时报文汇》又在改版，计划打造一份以农民工为主体的普通劳动者的特别读物。胡总仍然坚定要办百万大刊，坚定要攀登刊物发行的珠穆朗玛峰，近期也没时间顾及这个劳动纠纷了。

宋奕平能够听出乔副社长的弦外之音，一是在对他宣战；二是在替杂志和胡畅长脸、抬身价，炫耀杂志社的新发展。他也清楚，在共同利益面前，乔副社长会毫不犹豫地与胡畅结成攻守联盟，此番对簿公堂，他们当然会同仇敌忾。这是情理之中的事，宋奕平并不觉得意外和伤感。

乔副社长带着调侃又道："宋总啊，一出小矛盾，一定要闹到法庭相见，至于吗？好歹同事一场，有什么不能商量的？怎么一点也不念及我们共事的情面了呢？"

宋奕平说："乔副社长，我是正当维权。你不是不清楚，我这是被你们胡畅逼上梁山的。"

他们面和心违地聊了一会儿，然后被书记员喊进了庭审室。乔副社长意味深长地冲宋奕平道："我们真的要对簿公堂了？"宋奕平歉意一笑说："今天乔副社长是甘心代人受过，但我未能与胡畅同志法庭相会，多少感觉失望。"乔副社长打趣道："宋总你可不能松劲哩，既然上了法庭，我也就不会手下留情了。"话语里流露出有备而来，想先给宋奕平一种心理压力。宋奕平觉得有开庭前的交锋作为过渡也好，双方都有了一份坦然心态了。

仲裁程序依规进行，很快轮到双方出示、辩驳证据的阶段。宋奕平对乔副社长出示的假证一一辨认、一一戳穿，这种感觉真爽！法庭虽然明令禁止录音，但宋奕平发现乔副社长怀揣一支录音笔在偷录，想必是带回去给胡畅听的。这正中下怀，法庭现场的这番滋味让胡畅品尝去。宋奕平又注意到审判席上的胖子法官，不停地在法官椅上挪动身子，表情流露替被告捏一把汗的焦虑。就被告提供的那份发稿签假证，宋奕平指出说："原发稿审批单被偷梁换柱了，我修改的地方都没有了，明显是重新打印出来替换的，所以不能成为法律依据。"胖子法官居然急了起来，提问宋奕平说："难道发稿签也不是真的吗？"宋奕平一笑，平静地反问道："难道证据件一半是真，一半是假，也能成为合法依据吗？"胖子法官顿时哑口无言，像突发轻微羊角风一般僵住了。乔副社长节节败退，越来越局促落寞，脸色开始泛红泛白，最后还有两件假证，他不出示了，当庭宣布作废，不再举证了。宋奕平一痛快，当堂笑出声来，遭胖子法官严厉警告。

第五十九章 证据造假

到了辩论程序，宋奕平本来就被告的答辩状准备了一大堆驳辞，现在觉得那是多余了，也就说了一句话："被告提供的假证都被我方推翻了，证明本人的维权请求正当、正义，请法庭给予支持。"而被告律师的庭辩，仍强词夺理地陈述了一通。

法庭空间不大，是用普通办公室改造而成的，还好有明亮的阳光从从窗户照射进来，整个房间还显敞亮。在宋奕平的感觉里，举证和庭辩皆是公开、公平、公正的，庭后怎么用法则另当别论。庭辩结束，胖子法官按程序问询宋奕平，是否接受调解。宋奕平在法庭痛快陈述后，突然觉得仲裁的输赢和那点补偿金都无关紧要了，他想看胖子法官对本案最终怎么圆场。于是他断然回答，不接受调解，等待法庭依法依事实做出公正仲裁！

胖子法官表情再次发怵。乔副社长的讪笑也冻结在了脸上，律师亦尴尬地干瞪眼。接下来，宋奕平晃了晃手头一大把假证材料申明说："被告律师协助证据造假，严重违反了职业规范与职业道德，本人还将向司法局举报被告辩护律师的行为。"律师摇晃一下身子，露出一副难看的笑脸，神形如坐针毡……

胖子法官僵了老半天才宣布庭审结束，宋奕平看了书记员的记录并签了字，即先行走出了法庭。胖子法官连忙走下审判台，唤住宋奕平，要他在外头稍作等候。宋奕平不知何事，只好驻足，胖子法官颤动着一身肉小跑上前，喘着粗气赔着笑脸问，是不是再考虑双方和解。宋奕平头也没回地再往门外走去。胖子法官着急地追了出来，横到他面前，再劝说他庭外协商和解。

宋奕平就慢条斯理地回答："案情呢，我陈述、辩白得非常清晰了，您呢，就依法出具公正的仲裁书吧。"他特意在"依法"两字上加重语气，说完就绕过胖子法官噌噌噌走下楼梯，大步流星地离去。

第六十章 最后赢家

  宋奕平脚步轻盈地走在回家的路上，生出了一份恶作剧中的泄愤心理：你胖子法官敢受贿，贿赂有这么容易吗？要看你怎么替人消灾。宋奕平走在市劳动仲裁院前的大街上，感觉到几天阴雨过后的夏日阳光有着前所未有的灿烂，街边花坛里不知名的花草一路绽放着鲜艳的小花。他忽而奇怪自己早上过来时，怎么就没有发现路边鲜花开得如此炫艳呢？满天繁星似的，像是为迎接他的凯旋而突然绽放，在微风中摇摆以示对他的庆贺。宋奕平像卸下包袱似的脚步轻快，眼前车水马龙，一片喧嚣，他却一点也不觉得烦心，一路上哼起了小曲。他又在心头解恨地想：强势的胡总原来也不堪一击，一只纸老虎罢了！倒是想看他们还有多少歪门邪术，可以去颠倒法律和证据……
  宋奕平在心头做了打算：如果胖子法官敢胆徇私枉法、裁判不公，就再去举报他的受贿丑行，继续走法院诉讼的路子。
  晚上，柳总打来电话，声音里透着压抑不住的快活说："胡畅社长听了乔副社长带回去的开庭录音，气得脸如土色。刚才，他还召集了高层会议商量对策。"柳总在电话里大笑着称赞宋奕平智勇双全、还击有力，这一回算是打蒙了胡畅，让他领略了厉害。宋奕平闻言，似乎终于领略到了夏天喝冰镇可乐的那番爽劲。编可乐杂志没有体味到的冰爽感，现在终于如愿以偿了。他感谢柳总的侠心义胆、暗中相助，也算是联手对付了胡畅吧。

第六十章 最后赢家

第二天，胖子法官与乔副社长先后打电话给宋奕平，用软绵绵的口吻央求协商处理争端，冤家宜解不宜结，留一份交情今后好见面。宋奕平始终不松口，他的潜意识里，是想接到胡畅道歉认输的电话。他心里又痛快地想：霸气十足的胡畅先生，当招数用尽后，也就束手无策了。他念起毛主席曾经说过的一句话：一切帝国主义和反动派都是纸老虎。

第三天，柳总来电话邀宋奕平见面喝茶，说兄弟一个多月没见，恍若隔世之感，要好好地叙叙旧。宋奕平多了个心眼，隐隐觉出柳总有动机，但也不便推却。晚上，他们在约定的茶馆见面了，面对面地坐在一处靠窗的卡座。服务生给他们沏上了一壶龙井。柳总一直笑得合不拢嘴。他啜了一口茶，幸灾乐祸地告知宋奕平："焦头烂额的胡畅，再被你这一棒打得晕头转向，另外还有两出名誉侵权纠纷在了难，股东们也都责怨他，他现在乱了阵脚，人也发蔫了，也不那么盛气凌人了，哈哈。"

宋奕平听得畅快，仿佛此举目的就是为了教训一下胡畅那不可一世的姿态。他又错开话头问，《时报文汇》杂志怎么办？

柳总乐不可支地坦陈："胡总硬要我兼任副社长，指导《时报文汇》编辑工作，工资加了2000块，我现在是想推都推不掉……"

宋奕平端起的茶杯刚触口，手一抖，热茶便烫着了嘴唇。但他很快镇定下来，向他表示祝贺。

柳总不住地打着哈哈，好像从来没有这样欢快过。他话头一转，一副诚恳的形神说："宋总啊，我今天邀你喝茶，实不相瞒，是有事相求：我希望庭外和解这一场劳动纠纷。我今天呢，是受了胡总、乔副社长和其他股东的委托——我也是被他们缠得没办法，才硬着头皮出面啊。他们都说我俩一个办公室，合得来，只有我能做这个和事佬……"

宋奕平心里五味翻腾地苦笑。他感慨柳总早几天还是他的内线，眼下摇身一变，当起了胡畅的说客，角色转换也太快了一点。

他睥一眼柳总说："柳总一出马，这事我还真有些为难了。"

柳总用恳求的口气道："我们同一个办公室那么久啊，不看僧面看佛面啊，你我，还有胡总毕竟都是文化人嘛，哪有不能沟通解决的事情？哪有不能化解的矛盾？胡总也回心转意了，要我转达对你的歉意，希望和为贵。"

宋奕平笑问："胡总真托你带来了道歉？你不是在逗我吧。"

柳总睁大眼睛做认真状道："相别三日，兄弟你怎么不信我的话了呢？我柳某是个不诚实的人吗？是个说假话的人吗？现在杂志正在做又一次改版，胡总也想早日息事宁人了。"他又借机说，"胡畅最近的日子过得不舒心，昨天又闪了一下腰，医生说是他平时喝烈酒、可乐、橙汁多了，引起缺钙的原因。"

宋奕平听得有些开心，终于看到《时报文汇》迎来了拨乱反正、再改版的机会，便生出一份情愫说："柳总啊，日后《时报文汇》是你指导编辑出版，你应力主引导刊物往正道上走，赚正当的钱，这样才不辜负了一个大好的媒体平台。"

柳总收住笑，连连称是，说："刊物经历这一场事变后，是必须改版才行了。你知道，我本来就是一个走阳光大道、主张办健康大众刊物的人。这次我一定要把好刊物未来的方针走向。"

宋奕平淡然一笑道："柳总有能力挑起两刊。"

柳总不忘此行目的，言归正传紧盯宋奕平又说："兄弟啊，你看是不是我们商量着，怎么把麻烦了结一下？我很佩服你威武不能屈的男人气！现在气也出了，胡总也教训了，知道你不在乎补偿的多少，只是赌着一口气。我们兄弟一场，你无论如何要给我这个面子，也不要让仲裁去下什么裁定书了，你晓得的，杂志社败诉也会遭上头追责的……"

宋奕平听得心潮起伏，叹服柳总在哪山唱哪山歌的口舌如簧，眼下替胡畅当说客仍尽心尽力。他突然觉出：眼前滑如泥鳅的柳总，才是这一场"鹬蚌相争"中的真正"渔翁"。柳总，真乃世间"高人"哩！

宋奕平虽然觉得官司胜券在握，但也无心恋战，因此仍要感谢眼前这位老同事给自己台阶下。但他不想太快就被柳总俘虏，啜了一口茶，意味深长地说："我这次能出口气，教训霸道的胡总，也是多亏柳总的暗中相助。现在您亲自出面，我不能不给面子，那就由杂志社先拿一个和解方案吧。"

柳总的表情复杂地变换着，然后又露出强笑，请宋奕平提要求。宋奕平说："我的要求曾向胡畅提过了，既然现在是杂志社提和解，还是你们拿和解方案吧。"柳总继续说着讨好和试探的话，意在把补偿费降至最低，又和宋总说："到时候，杂志社组织去攀登珠穆朗玛峰时，我们也邀请你一起去——你作为刊物改版的首任副总编，功不可没，怎么能不去呢？"宋奕平听得哈哈大笑，心头的快感与苦涩糅杂在一起，只体味到同这一伙文化商人共事一场，真是人生如戏，却兴味索然，心生落寞。他吁了一口长气，投眼窗外的夜色都市，远远近近闪烁的灯火，璀璨迷离、虚虚实实，像落在人间的满天繁星，令世界更显神秘和深邃，让人捉摸不透，却也不失为一道风景……